Roland E. Koch

Dinge, die ich von ihm weiß

Roland E. Koch

Dinge, die ich von ihm weiß

Roman

Dittrich Verlag

Bibliografische Information der Deutschen Nationalbibliothek
Die Deutsche Nationalbibliothek verzeichnet diese Publikation in der Deutschen Nationalbibliografie; detaillierte bibliografische Daten sind im Internet über >http://dnb.ddb.de< abrufbar.

2. Auflage, 2011

ISBN 978-3-937717-69-2

Lektorat: Bettina Hesse
Umschlaggestaltung: Guido Klütsch

I

Er ist mir bis zum Schluss rätselhaft geblieben, ich habe ihn nicht verstanden und wusste nie, liebt er mich wirklich? Bin ich eine verrückte alte Frau geworden, dass ich auf einmal solche Sachen denke? Was ich damals falsch gemacht habe, wie ich mich hätte durchsetzen können. Ihn hätte ich vieles fragen müssen. Natürlich hätte er über diese Dinge nie gesprochen, so was konnte ich ihm nicht aus der Nase ziehen. Ich dachte damals, wir verstehen uns auch so, schweigend. Ich war sicher, ich wüsste, was er bei mir suchte.

Zum Schluss habe ich ihm noch geraten, den Arzt kommen zu lassen wegen seiner Bauchschmerzen, aber auch das ließ er sich von mir nicht sagen. Vielleicht hat er ihn sogar extra nicht kommen lassen, nur weil ich ihn gedrängt habe. Oder er war zu erschöpft. Es ist komisch, dass auch Erwachsene manches aus Trotz tun.

Die Operation kam dann zu spät. Er hätte noch zehn Jahre leben können oder zwanzig, aber wir würden bestimmt keine Ruhe gefunden haben, auch mit achtzig oder fünfundachtzig hätte er nicht aufgegeben zu kämpfen, er musste immer kämpfen, und freiwillig hat er nie etwas getan. Er musste sich mit jemandem anlegen, sonst war er nicht zufrieden. Manchmal werde ich wütend auf ihn, wenn ich daran denke. Ich sehe sein zorngefülltes Gesicht vor mir, und ich würde ihn am liebsten noch einmal kneifen dafür, dass er immer widersprechen musste. Oft gab er keine Antwort, sondern sah mich grimmig an, so als werde er mich gleich schlagen oder anschreien, das habe ich gehasst an ihm.

Es war ein Schock für Münster, für das ganze Land, und für mich, als er plötzlich starb, es entstand eine Stimmung, als würden wir noch einmal verlieren, oder als hätte Hitler ihn aus dem Grab mit seiner Rache eingeholt. Ich dachte damals, ich erzähle alles, aber das habe ich mich nicht getraut. Ich wollte ja auswandern. Ich war erst 48, und mein Lebenswille war stark. Verraten muss man im Leben immer jemanden, entweder sich selbst oder einen anderen, man wird dazu gezwungen, es geht nicht anders, man kann nicht sauber und unschuldig bleiben.

An Clau denke ich jetzt seltener, es ist ja alles schon zwanzig Jahre her, aber ich träume von ihm, und ich glaube, er wird mich eines Tages zu sich holen. Ich werde nachts wach, weil ich seine Stimme gehört habe, er ruft mich von da oben, und ich muss mich gürten und zu ihm kommen. Manchmal redet er auch von der Mappe, die er mir gegeben hat, in der wichtige Unterlagen waren, aber ich habe sie nicht mehr. Dann sieht er mich grimmig an.

Wir müssen uns gürten, Maria, hat er immer gesagt, wenn er etwas Wichtiges vorhatte, wenn er wieder in den Kampf zog.

Er war wie ein Soldat, ja vielleicht ist er in einem vorigen Leben Soldat gewesen, er fand nie Ruhe, immer fürchtete er, jemand könnte ihm auflauern, ihn ausspähen, auf seine schwache Stunde warten. Sogar vor mir hatte er manchmal Angst, ich könnte ihm etwas tun. Er war innerlich immer bereit zum Kampf.

Von heute aus sieht das alles leicht aus mit seinen Predigten und der Lebensgefahr, in die er sich begab, aber so war es nicht. Ich möchte hier die Wahrheit sagen, solange ich noch lebe, damit sie vielleicht später mal ans Tageslicht kommt, denn damals durfte ich nicht darüber sprechen. Endlich soll man ihn nicht nur auf der Kanzel sehen in seinen Gewändern, mit seinem Stab und der Schleppe. Da hatten die Leute Respekt vor ihm oder Angst, und er versuchte auch mal, freundlich zu gucken.

Er meinte immer, dass ich zu geschwätzig sei und alles rauskäme, weil ich meinen Mund nicht halten könne, aber zu schweigen und zu lügen und noch mal zu lügen, das macht krank. Er ist ja berühmt für seinen Mut, aber zu Hause war er überhaupt nicht mutig, das kann man schon sagen. Jedenfalls mit mir war er das nicht. Wenn er in einer anderen Zeit gelebt hätte, wäre er wahrscheinlich nicht aufgestanden. Wir hätten im Stillen gelebt, ohne den ständigen Zorn, die ständige Angst, aber das konnten wir uns nicht aussuchen.

Ich war enttäuscht, dass er mir nichts vererbt hat, natürlich haben wir ja nicht damit gerechnet, dass er so plötzlich stirbt, aber mit 68 muss man doch schon mal darüber nachdenken. Das wollte er nicht, er wollte als Kardinal noch mehr kämpfen, er hat sich selber nicht als alten Mann gesehen. Er dachte wohl, er hat noch zehn Jahre Zeit. Nichts hat er mir hinterlassen, das muss man sich mal vorstellen, dabei war ich dreizehn Jahre bei ihm. Nur, damit nichts rauskommt! War das denn das Wichtigste? Vielleicht hat er auch gemeint, die Mappe solle eine Art Erbe sein, aber es liegt mir nicht, aus so was Geld zu schlagen.

Seit ich aus der Kirche ausgetreten bin vor acht Jahren, hadere ich nicht mehr so mit ihm; er war ja auch kein großer Gläubiger, deswegen hat er sich allem unterworfen, was von ihm verlangt wurde, er hat sich mit den Regeln nie angelegt. Dabei haben die Oberen ihn doch nur schlecht behandelt, die haben ihn für blöd gehalten. Keiner wollte mitziehen, sie haben ihn alleingelassen. Nur er hielt sich an die Absprachen. Das hatte er von seinem Vater, Versprechen halten, pünktlich sein, genau, zuverlässig, gradlinig, nannten sie das.

Er ist jetzt zwanzig Jahre tot, und irgendwie denke ich heute anders über ihn. Wenn er sechzig Jahre früher oder später geboren worden wäre, wäre er vielleicht nie berühmt geworden, aber gekämpft hätte er dann bestimmt auch. Wie schwer ist es, einen Menschen gerecht zu beschreiben, mit all dem Unheimlichen und Unergründlichen. Es kommt mir so vor, als ob es diesen einen Menschen gar nicht gegeben hat, sondern nur verschiedene Bilder, die ich von ihm male.

Das erste Mal habe ich ihn als junges Mädchen gesehen, als meine Schwester gefirmt wurde, bei uns in Vellern. Er hat das immer bestritten, dass er damals dabei war als junger Priester, eigentlich lebte er ja schon lange in Berlin. Aber wahrscheinlich war er zu Besuch zu Hause und ist irgendwie eingeteilt worden, auszuhelfen bei der Firmung. Ich werde diesen Anblick nie vergessen.

Er fiel sofort auf, weil er so groß war, fast zwei Meter, das war etwas Besonderes, obwohl er aus dieser Größe nichts machte, keinen Vorteil daraus zog. Er ging nicht so selbstbewusst damit um, wie jemand anderes es getan hätte. Er schwankte sogar manchmal beim Gehen wie ein Baum im Wind. Er gefiel mir damals schon, er hatte dieses kräftige Kinn mit der Kerbe in der Mitte, er sah kühn aus und trotzig, aber gutmütig, hilfsbereit, nicht brutal. Seine Augenbrauen machten alles wieder gut, komisch, buschig, als zwinkerten sie, da es den Augen nicht erlaubt war. Den Grimm habe ich damals noch nicht gesehen.

Ich bin die älteste von acht Geschwistern, wir haben den Hof seit vielen Generationen, und uns ging es gut. Mein Vater war stolz auf den Hof, die Familie, wir hatten Knechte und sogar ein Dienstmädchen. Trotzdem mussten wir natürlich alle arbeiten, Hausaufgaben durfte ich nie machen, und mein Vater sprach sowieso nur mit den Jungen, ich kann mich nicht erinnern, dass er einmal von sich aus mit mir geredet hätte.

Ich wäre so gern Lehrerin geworden, dann hätte ich auf die höhere Schule gehen müssen, wie hätte ich da jeden Tag hinkommen sollen? Und dort wohnen, das wollte mein Vater nicht. Irgendwie wollte er gar nicht, dass ein Mädchen Abitur machte, das passte für ihn nicht zusammen. Also wurde es die Hauswirtschaftsschule. Ich hatte keine Lust zum Kochen und Nähen, aber dann kam der Krieg, und zwei Brüder wurden Soldaten. Ich musste auf dem Hof arbeiten und konnte noch nicht einmal die Schule zu Ende machen. An eine Stelle war auch nicht zu denken.

Als ich Clau das erste Mal sah, war ich fünfzehn, und ich träumte davon, Lehrerin zu werden, Bücher zu lesen, ins Theater zu gehen. Irgendwie hing das zusammen. Clau wirkte offen für alles, was ihm begegnete. Er hatte so eine Art, sich schelmisch übers Kinn zu streichen, als sei das alles nicht ernst gemeint, der ganze Aufzug, die Gewänder, der Weihrauch, die Messdiener, als komme es doch auf etwas anderes an, das hat mich beeindruckt. Ich empfand eine plötzliche, heftige Sehnsucht nach etwas Neuem, das ich nicht begreifen konnte, das weit weg war, und doch spürte ich, wie es an mir zog.

Es wurde über ihn getuschelt, dass er besonders streng sei, angeblich soll er einem Mädchen, das mit nackten Armen in die Kirche kam, die Kommunion verweigert haben, oder ein anderes, das mit bloßen Beinen Fahrrad fuhr, angebrüllt haben, aber sicher waren das Gerüchte. Man sah ihm an, dass er so sittenstreng gar nicht sein konnte, oder leicht in Versuchung geführt wurde? Vielleicht musste er deswegen so hart reagieren, weil ihn diese nackten Arme und Beine verführten? Gebrüllt hat er allerdings später oft genug.

Nach der Firmung kam der Bischof auf mich zu und sprach mich an, er fragte, ob ich auch zur Beichte ging, so was Weltfremdes. Ich hätte lieber mit Clau gesprochen, aber der verschwand irgendwo zum Essen. Natürlich musste ich jede Woche zur Beichte, aber ich log, ich hätte meine Geschwister geärgert oder meiner Freundin nicht verziehen, so was eben. Ich hatte mit dem Josef schon längst in der Scheune gelegen, oben unter dem Dach, ich wusste alles. Wir hatten ja sonst nichts, ins Kino oder tanzen gehen durften wir nicht, immer nur in die Kirche.

Mir ist, als hätte ich damals nach der Firmung ein Geräusch gehört, einen Pfiff, dann die Fetzen eines Gesprächs, eher eines Streits, so, als seien zwei Männer kurz handgreiflich geworden und hätten anschließend versucht, den Streit zu vertuschen. Ich stand zu weit weg, aber ich meine, ich hätte den Satz gehört: Das wirst du noch bereuen!

Ob Clau das gesagt hat oder jemand anderes, kann ich nicht entscheiden. Ich sehe ihn einfach noch da gehen, unter dem blauen Himmel, ich spüre, wie es damals war, fühle die Kraft, die ich in meiner Seele hatte, die sich ganz weit entfalten wollte und erheben, die nach allem griff, was entfernt und schön war.

Ich muss oft an seinen Geruch denken, es war so ein tiefer, verlässlicher Geruch, nach Blättern, nach Rinde, es sei denn, er hatte Angst oder war nervös, dann roch er ganz anders, und ich mochte das nicht. Er war nicht immer stur und trotzig, oft wirkte er wie ein kleiner Junge, der Angst hat vor der Schule, vor der Klasse und seine Hausaufgaben vor sich herschiebt.

Nach dem Krieg war ich zwanzig, und Josef längst woanders, mein zweitjüngerer Bruder war nicht wiedergekommen; Albert, der andere, sprach mit niemandem mehr und weinte manchmal nachts, sonst arbeitete er, aß, schlief, aber heiraten wollte er nicht. Ich hätte einen finden können, aber es war nicht viel Auswahl, und ich hatte keine Lust, jemandem hinterherzulaufen. Manchmal fehlte mir jemand, der mich umarmte und an sich drückte, aber ich wollte stark sein.

Ich konnte die Hauswirtschaftsschule nachholen, meine Schwester heiratete, dann der nächste Bruder; ich hatte verschiedene Stellen, aber ich war es nicht gewohnt, mich herumkommandieren zu lassen. Wir hatten schließlich selbst Dienstmädchen gehabt. Ich zog wieder auf den Hof zurück. Albert, der stumme Bruder, übernahm ihn, und ich wurde beinahe die Bäuerin, wir arbeiteten wie Mann und Frau, und es ging ganz gut. Bis diese Verrückte auftauchte, die auch nicht redete und ihn schließlich rumkriegte. Da wollte ich nicht mehr bleiben.

Das war 1933, und ich ging nach Münster, da kam ich zu Clau. Das war meine erste Stelle in der Stadt, mein Onkel hatte mich empfohlen, sonst hätte ich die nie bekommen. Mein Onkel kannte irgendjemanden beim Generalvikariat, jedenfalls tat er das für mich. Ich kam zu Clau, ich hatte mich ein bisschen auf älter gemacht, mit dunklen Sachen, denn ich war ja eigentlich zu jung. Ich bemerkte wieder sofort, dass er anders war. Ein Adliger und gelehrter Mann, ein Bischof, und trotzdem sah er ein wenig so aus wie mein Bruder, nicht wie diese raffinierten heuchlerischen Leute. Er rieb sich gleich das Kinn, als er mich sah, so als wolle er sagen, dass wir bestimmt viel Spaß zusammen haben würden. Ich spürte wieder die Sehnsucht nach etwas weit Wegliegendem, es war, als würde eine Sehne oder ein tiefliegendes Band aus meinem Körper gezogen.

Ein Jahr ging alles gut, Clau war mit meiner Arbeit und meinem Essen zufrieden, ich sah ihn nicht oft, aber er fragte mich manchmal nach dem Abendbrot etwas, gab mir Bücher, stellte Fragen dazu und zeigte mir, wie man kleine Zusammenfassungen schreibt. Überhaupt, er verbesserte meine Schrift, meine Rechtschreibung, und neben meiner Arbeit war ich immer beschäftigt, zu lesen, zu lernen, ich las ihm aus der Zeitung vor, wir sprachen darüber, er nahm sich Zeit.

Er hatte ja einen Sekretär und viele Leute, die für ihn arbeiteten, aber er wollte, dass ich noch etwas lernte, er hatte vielleicht meine Träume gespürt, und so brachte er mir Latein bei, Mathematik, und ich wurde eine richtig gute Schülerin. Ich lernte Italienisch, etwas Griechisch, es war wie ein Wunder, es war ein Wunder. Ich hätte bestimmt das Abitur geschafft. Er selbst war nicht gut in der Schule gewesen und meinte oft, dass ich viel begabter wäre.

Es gab natürlich auch Leute, die darüber redeten, was er für eine junge Haushälterin habe, aber Clau stand so weit über ihnen, dass er nichts bemerkte, und er hatte einen überaus strengen Ruf, so dass sich keiner traute, ihm was zu unterstellen.

Warum er das tat? Besonders hübsch oder so war ich wohl nicht, daran kann es nicht gelegen haben. Eher derb sah ich aus, oder ich fand mich derb, ich hatte nie Interesse an schönen Kleidern, an Frisuren, an Schuhen oder Schmuck. Ich wäre besser ein Junge geworden, dann hätte mein Vater wenigstens ab und zu mit mir gesprochen, mir gesagt, was ich tun sollte. Aber Clau, der war anders, er war vielleicht kein großer Theologe, und er hatte sein Abitur nur mit Mühe geschafft, aber er sah sofort, was einen Menschen ausmacht, die Seele.

Was er dann bei mir gesehen hat, weiß ich nicht, er kümmerte sich einfach um mich. Ich war den ganzen Tag in der Schürze, baden tat ich einmal in der Woche, und dann zog ich eine frische Bluse an, das war alles. Im Sommer ging ich manchmal schwimmen, darum beneidete er mich natürlich und wäre gern mitgekommen, aber das konnte er sich nicht erlauben, als Bischof plötzlich in der Badehose am Aasee auftauchen oder im Schwimmbad. Das Palais war noch alt und ohne Komfort, ich konnte froh sein, dass ich ein Küchenmädchen hatte, sonst hätte ich das alles nicht geschafft.

Das erste Jahr bei Clau war vielleicht das schönste, auch wenn das heute komisch klingt. Ich merkte, dass er sich aufregte, wenn es um Politik ging, Hitler war ja schon an der Macht, und Clau sprach davon, was sich alles ändern werde jetzt im Deutschen Reich. Alle würden Arbeit haben, den Bauern würde es besser gehen, wir würden uns rächen für die Demütigungen. Die Kirche würde wieder mehr Einfluss bekommen.

Er hat ja gar nicht Theologe werden wollen, aber irgendwie war das eine Familientradition, dass einer aufs Priesterseminar gehen musste, und sein Vater hatte ihn gezwungen. Er wäre am liebsten Sportler geworden, Skifahrer oder Leichtathlet, er war gut im Ballsport, oder Jäger, aber so was kam natürlich nicht in Frage. Auch Medizin hätte er gern studiert, der Vater war streng, und keiner traute sich, gegen ihn aufzumucken. Dreizehn Kinder, die arme Frau!

Er war auch der Falsche für den Zölibat, das sah man sofort. Er war nicht so ein blasser, vergeistigter, linkischer Typ, der das alles ausschwitzen konnte, er hätte selbst viele Kinder haben können und eine Frau. Aber sein Onkel war auch Bischof, und er musste da wohl mitziehen.

Den Onkel mochte er sehr, der hat sich immer um ihn gekümmert, wenn er Sorgen hatte. Er wäre auch bestimmt ein guter Bauer geworden, alles Mögliche, nur Reden halten, das konnte er nicht gut. Er wurde dann starr und ungeschickt, schwankte auf seinen langen Beinen, er spürte, dass es den Leuten beinahe peinlich war, wenn er etwas Unangenehmes sagte, und für meinen Geschmack hielt er sich zu sehr zurück.

Er aß am liebsten Bratkartoffeln mit Speck, die musste ich ihm immer machen, wenn wir allein waren, er trank gern starken schwarzen Kaffee und rauchte heimlich Zigarren, dann nahm er auch ein paar Korn nach dem Essen, aber man merkte ihm nie was an. So ein großer Mann braucht schon eine Menge Kalorien und kann was vertragen. Oder Möpkenbrot, das war sein eigentliches Leibgericht, aber das konnte ich nur machen, wenn jemand schlachtete, dazu braucht man das warme Schweineblut. Wenn es keins gab, redete er tagelang davon, ich sollte mal wieder Möpkenbrot machen, aber so oft schaffte ich das nicht. Man braucht auch die richtigen Gewürze, und das aus der Metzgerei taugte nichts.

Wenn ich abends müde war, rief er mich in sein Studierzimmer, hörte mir Vokabeln ab, ließ mich etwas vorlesen oder fragte mich nach dem, was ich gelesen hatte. Wenn er unterwegs war, hatte ich ja immer Zeit, zu lesen, ich schickte Hildegard, das Küchenmädchen weg, und dann machte ich es mir richtig gemütlich mit meinem Buch oder den Vokabeln.

Einmal musste ich meine Eltern einladen, er wollte sie kennenlernen, und sie sollten bei uns essen, ich durfte einen Kalbsbraten machen. Die waren stolz und schüchtern, sie kamen mir plötzlich alt oder beschränkt vor. Aber Clau ließ das nicht gelten, er machte keine Konversation, das hasste er, er kam sofort zur Sache und brachte sie zum Reden. Wenn vier oder fünf Leute zusammen waren, konnte er reden und zuhören, das war ein richtig schöner Nachmittag, und nachher war ich stolz auf ihn, wie er das geschafft hatte. Er fing sofort mit meinem Vater ein Gespräch über den Hof an, über das Getreide, und mit meiner Mutter redete er über die Hühner, über die Kinder, sie wurden richtig lebendig. Sie sahen, dass ich es gut hatte.

Manchmal erzählte er auch von seinem Ärger, das Generalvikariat ärgerte ihn, die Verwaltungsleute, die Finanzplanung, alles, was er unterschreiben musste. Ich wunderte mich, dass er mit mir darüber sprach, aber wenn er abends seine Soutane ausgezogen hatte und den Hausanzug trug, war er ein ganz normaler Mann, der aus dem Büro kam und von seiner Arbeit redete.

Es war sofort etwas zwischen uns, vom ersten Moment an. Er hat das nie eingestanden, aber ich spürte es. Dieses Gefühl versuchte ich wegzuschieben, ich wollte mich nicht darauf einlassen, es machte mich unruhig. Ich hatte ein schönes großes Zimmer gleich unten neben der Küche, zum ersten Mal so viel Platz für mich, und Clau störte mich nicht, wenn er nur für sich etwas brauchte. Er machte selbst Feuer, kochte sich Kaffee oder briet ein Ei, wenn er nicht schlafen konnte. Er hatte oft Schlafstörungen, er machte sich dann Sorgen und lag viel zu lange wach, er war am nächsten Tag ungenießbar, und schließlich nahm er ein Mittel. Auch mit seiner Verdauung gab es Probleme, manchmal konnte er tagelang nicht, ich wusste, er hockte da einsam auf dem Klo und kam nicht weiter, ich gab ihm Backpflaumen, rohes Sauerkraut, Leinsamen, nüchtern ein Glas kaltes Wasser, aber das half alles nichts, er hielt einfach etwas fest und ließ nicht los.

Oft kamen dann Leute zum Mittagessen, seine Kollegen, der Generalvikar, die Äbte von Gerleve und anderen Klöstern, vom Priesterseminar, manchmal auch ausländische Priester, die zu Besuch waren. Dann hatte ich viel zu tun, aber es machte Spaß, ich stand immer um halb sechs auf, arbeitete in der heißen Küche, schmiss die Pfannen und Töpfe herum und konnte mich richtig austoben.

Ja, auch ich hatte manchmal eine Sehnsucht, aber daran durfte ich nicht mehr denken, ich war 35, galt als alte Jungfer, hatte den Ruf, Haare auf den Zähnen zu haben, nur weil ich mir nicht alles gefallen ließ, auf dem Markt, in den Läden, von den Lieferanten. Dabei spürte ich, wie jemand an meinem inneren Band zog, und ich sagte mir immer wieder, dass ich lieber jede Hoffnung aufgeben sollte, dass ich mir nur schaden würde, dass ich mich abhängig machte, mir etwas vorstellte, das es nicht geben durfte. Das es

Gott sei Dank nur in meiner Phantasie gab und auch dort bleiben würde. Aber es war schön, wenn Clau mit mir sprach, und ich spürte, dass ich ähnliche Gedanken hatte wie er, dass ich mindestens so schlau wie er war, mich nur nicht gleich so gut ausdrücken konnte.

Meistens gab es dann Kalbsbraten, wenn wir Gäste hatten, und war der nicht zart und weich wie Butter, musste ich das ausbaden. Clau konnte sehr wütend werden, ja, das war eine Eigenschaft, die er selbst nicht mochte, seine Wutanfälle. Manchmal brüllte er so laut durchs Haus, dass ich Angst bekam, nur weil er etwas verloren, sich geklemmt oder geschnitten hatte, Kleinigkeiten, aber er geriet immer so unter Druck, wo sollte er auch den Dampf ablassen? Er stand ja noch im Saft, wie man bei uns zu Hause sagte, er war voller Kraft, gesund, er aß und trank gern, bloß hatte er kein Ventil.

Er bereute es oft, dass er gewählt worden war und angenommen hatte, erstens hasste er die ganzen Verwaltungsentscheidungen, und dann hatte ja die schlimme Zeit begonnen. Er sah es noch nicht, er glaubte an die große Zukunft, die jetzt kommen würde, aber sein Bauch spürte schon, dass er genau zum falschen Zeitpunkt Bischof geworden war, dass er nichts als Ärger haben würde. In seinem Bauch fraß sich das alles fest.

Die Braunen waren von Anfang an dabei gewesen, bei seiner Bischofsweihe und allem. Es sah so aus, als käme jetzt ein Bischof, der die neue Zeit anführen würde. Er wollte es zuerst allen recht machen. Im Grunde hatte er nie damit gerechnet, Bischof zu werden, alle hatten ihm ja gesagt, dass er nicht klug genug sei, anständig schon, aufrecht, mit dem Herzen dabei, aber Bischof? Wenn der Donders nicht verzichtet hätte, wegen Krankheit, wäre er es auch nicht geworden. So hat es Clau mir erzählt.

Wenn ich an ihn denke, fällt mir immer zuerst seine Stimme ein. Die passte eigentlich gar nicht zu so einem riesenhaften Mann. Jedenfalls war sie nicht tief und voll, sondern sanft und hoch, und in Wirklichkeit war er auch sanft. Wenn etwas vorgefallen war, im Borromäum, die Seminaristen rückten manchmal nachts aus und stellten irgendwelchen Unsinn an, oder in der Diözese, wenn ein Pfarrer Mist gebaut hatte, zitierte er die Leute zu sich ins Palais, und versuchte, streng auszusehen. Er übte das manchmal. Meistens hielt er diese Rolle nicht lange durch und musste selber schmunzeln oder eine kleine Buße vorschlagen. Er hatte seine Augenbrauen nicht im Griff.

Aber er war kein lustiger Mensch, er lachte nicht oft. Nein, er war ein typischer Westfale, schwermütig, nachdenklich, als habe er hinter den Dingen eine traurige Wahrheit gesehen. Auch hinter den guten Dingen. Zu mir war er immer ganz ernst, als habe er vor, mir eine wichtige Aufgabe zu übertragen, ein Geheimnis anzuvertrauen. Und er war dickköpfig. Manchmal gab ich ihm einen Rat, nicht so viel zu trinken, etwas Wärmeres anzuziehen oder etwas Dünneres, die Schuhe auszuziehen zum Putzen, das Sauerkraut roh zu essen, und ich konnte sicher sein, dass er das Gegenteil tat. Dann stritten wir uns, denn ich hatte keine Scheu, ihm zu sagen, was ich dachte, von seinen Gewohnheiten, und wenn er nachts mit schmutzigen Schuhen nach oben ging. Da half nichts, da konnten wir beide nicht lachen, da fiel keinem ein Witz ein oder ein leichtes Wort. Und keiner wollte nachgeben.

Damals ging er ja noch auf die Jagd, das machte er so gern, und ich fand das schrecklich. Er kam dann besoffen und verdreckt nach Hause, zerschlug noch etwas in der Küche oder ließ das Licht brennen, und irgendwo lag ein Sack mit einem halben Reh oder ein paar Hasen. Ich durfte die Beute dann ausnehmen und braten. Wenn ich ihn darauf ansprach, wurde er wütend, das Jagen wollte er sich nicht nehmen lassen, das hatte er auch von seinem Vater, aber er wusste selbst, dass das bald vorbei sein würde. Seit dem ersten Hirtenbrief gegen die Braunen musste er sowieso aufpassen, was er tat, die würden ihn gnadenlos verfolgen, meinte er, wenn irgendetwas zweifelhaft oder anrüchig war.

Er wäre ein guter Förster geworden oder Gutsverwalter vielleicht, er war am liebsten draußen und bei den Bauern, er kannte die Arbeit, und sie redeten mit ihm. Er sprach ja Platt, mit mir auch, und im Platt duzten wir uns und konnten uns alles sagen. Nur wenn Besuch da war, mussten wir Hochdeutsch sprechen und uns siezen. Er fragte mich oft nach meinen Brüdern und Schwestern, das war mein wunder Punkt, die waren alle verheiratet, hatten Kinder und sahen auf mich herab, als Haushälterin. Nur Leni, die Frau von meinem Bruder Albert, der so spät erst geheiratet hatte, die war durchgedreht und in eine Anstalt gekommen, das hätte ich ihm vorher sagen können. Albert war jetzt allein mit den Knechten, aber er hatte angeblich eine junge Magd, die bei ihm wohnte.

Ich wollte nicht mehr hinfahren und ihn sehen, meine Eltern waren auf dem Altenteil, und ich fühlte mich befreit. Ich lernte ja jeden Tag, und wenn Clau mal wieder nicht aufstehen wollte, weil er nachts so lange wachgelegen hatte, nahm ich mir morgens ein Stündchen zum Lesen. Bald kam dann jemand rüber vom Domprobst Donders, wann denn der Bischof endlich käme und ob er schon aufgestanden sei, oder brachte irgendwelche Akten. Ich schirmte ihn dann ab, damit er wenigstens ein bisschen Zeit hatte und noch mal in Ruhe aufs Klo gehen konnte.

Und dann, eines Tages, fand ich ihn so. Das war schon nach dem Hirtenbrief. Einmal war ich mitgefahren nach Billerbeck, weil ich da eine Freundin hatte. Da war eine Firmung, und ich sah, wie er den jungen Mädchen auf die Wangen schlug, bei manchen schien ihm das zu gefallen, und es dauerte ziemlich lange. Er predigte unter freiem Himmel am Ludgerbrunnen, aber die Predigt war nicht stark. Die Leute haben sowieso nicht viel verstanden, und er hat sich gewunden, dass man wirklich nicht wusste, was er wollte. Es war so heiß, das weiß ich noch, dass alle versuchten, im Schatten zu stehen und vor lauter Durst ungeduldig wurden. Wenn ich die Predigt hätte schreiben müssen, wäre das klarer und deutlicher gewesen.

Die Leute liebten ihn nicht wegen der Predigten, das sah man, die nahmen sie nur in Kauf, es war etwas in seiner Ausstrahlung, dieses Trotzige, das wollten sie sehen. Mir ging das ganze Geläute und Getue schon damals auf die Nerven, die vielen Messdiener mit den ungeputzten Schuhen und die Schleimer, die alle um Clau rumliefen. Die Leute mochten, dass er wie sie war, gerne Schinken aß und Korn trank, auch mal zupacken konnte und menschlich war, die ließen ihn nicht mehr los.

Na jedenfalls, nach dem Hirtenbrief, da gab es eine Kundgebung der Braunen gegen ihn, das hat ihm auch Sorgen gemacht. Dann kam die Kundgebung auf dem Domplatz, für ihn, und er war richtig stolz, wie ein Kind, zwanzigtausend waren da. Dann kriegte er von oben eins auf den Deckel, und er musste versprechen, nicht mehr vorzupreschen. Da war er schon ziemlich wütend.

Ja, also eines Morgens danach, noch im Sommer, kam er wieder mal nicht runter, und Pater Bart war schon zweimal dagewesen, das war der Spiritual aus dem Borromäum. Der wusste, dass Clau noch im Bett lag, aber irgendwas Wichtiges war passiert. Pater Bart, der wurde nur so genannt, war in Ordnung, der konnte niemandem etwas zuleide tun, der war auf unserer Seite. Ich schmierte ihm ein Brötchen, dann schickte ich ihn wieder weg.

Trotzdem ging ich diesmal nachsehen, ich weiß nicht, warum, es war ein schöner, warmer Morgen, und ich dachte auch, dass er allmählich mal aufstehen sollte. Oder saß er noch auf dem Klo? Oder war es ein anderer Tag? Ist das wichtig? Ich sehe mich hundertmal in das Schlafzimmer gehen, Clau hatte sich doch ein extra langes Bett machen lassen, weil er in das alte nicht hineinpasste. Er hatte mir auch gesagt, dass ich ihn immer stören könne, wenn ich etwas fragen wolle, wenn ich etwas nicht verstehe oder wissen müsse.

Manchmal fragte ich ihn abends auch nur, was er am nächsten Tag essen wollte. Oder ich brachte ihm noch einen Korn, wenn er nicht schlafen konnte. Ja, das war schon so etwas wie ein Ritual geworden, dieser letzte Schnaps, ich musste für mich auch einen mitbringen und mit ihm anstoßen. Dann unterhielten wir uns immer noch ein bisschen, ich stand in der Tür oder im Fenster, er lag schon im Bett, war dann oft entspannter als sonst, schimpfte bloß im Spaß auf jemanden aus dem GV, so sagte er immer als Abkürzung, obwohl das ja doppeldeutig war, oder über die Braunen.

Es war ganz normal, dass wir da eine halbe Stunde standen, niemand sah uns und konnte uns stören, das Telefon ging damals höchstens in ganz dringenden Fällen, und er erklärte mir manchmal auch, was man machen müsse, wenn man an seinem Glauben zweifelte. Dass er oft zweifelte, das wusste ich, und er sprach davon, dass die Schöpfung, die Menschen, die Tiere, die Natur, größer sei als Gott, und Gott das auch wisse und sich zurückgezogen habe, dass wir mit seinem Eingreifen nicht mehr rechnen könnten. Sonst hätte ich es bei ihm auch nicht ausgehalten, wenn er so ganz hundertprozentig gewesen wäre.

Was wollte ich jetzt erzählen? Ach ja, ich hatte die hartgetrockneten Flecken in seiner Bettwäsche gesehen, das kannte ich von meinem Brüdern, das war doch normal, und ich wäre nie auf die Idee gekommen, dass ein Mann anders konnte, wenn die Kirche es noch so oft verbot. Was die jungen Männer im Seminar taten, war doch bekannt, und irgendwohin mussten sie ja mit ihrer Kraft. Also, mich konnte nichts stören, solange ich lesen durfte und lernen, auch ich selber lag abends mal wach und half mir selbst, und es hätte mir gereicht, wenn das nicht passiert wäre. Oder habe ich insgeheim auf einen solchen Moment gewartet? Ich sagte mir, dass es genügte, wenn er so offen mit mir sprach, wenn wir lange diskutierten und heiße Köpfe bekamen. Wir wurden beide laut, und manchmal erschrak ich über mich.

Es ist seltsam, ich habe so oft an diesen Anblick gedacht, und doch weiß ich nicht mehr genau, wann es war, nicht einmal mehr genau, ob es vielleicht doch abends passiert ist. Manchmal hatte Clau auch die Tür abgeschlossen, dann wusste ich, dass ich ihn nicht stören durfte, aber was er dann machte, dachte ich mir eben. Vielleicht musste er geheime Akten lesen, vielleicht telefonieren, vielleicht betete er? Wahrscheinlich nicht.

Diesmal hatte er jedenfalls nicht abgeschlossen, und auch darüber habe ich mich nachher gewundert. Ich kam also rein wie immer, wahrscheinlich sogar ziemlich eilig, und hatte nicht angeklopft, weil ich irgendwas wollte und ungeduldig war, das hat er mir ja so oft vorgeworfen, dass ich zu ungeduldig bin, aber es ist doch auch eine gute Eigenschaft, wenn man nicht so lahmarschig ist (wie Eure Exzellenz manchmal, hätte ich dann am liebsten gesagt, und einmal habe ich es auch getan, natürlich ohne die Anrede). Er konnte nämlich auch wahnsinnig langsam sein, wie ein störrischer Esel, als ob das Ausharren und Bocken etwas lösen würde.

Ich hörte ein seltsames Geräusch, wie ein Lachen oder Glucksen von einem Kind, und dann lag er da, ohne Hose, ich sah, wie sich seine Hand bewegte, es war ja nicht schlimm, dachte ich, ich blieb sofort stehen und hätte fast gelacht, aber dann sah ich seinen Blick, gequält, getroffen, verletzt, und ging sofort. Ich lief erst mal raus, auf den Markt, ich weiß noch, dass ich Pilze kaufte, also muss es schon fast Herbst gewesen sein, und ich war schon ein Jahr da.

Jetzt ist alles vorbei, dachte ich, er würde mir nicht verzeihen, er würde mich sofort rausschmeißen, ich konnte wieder bei irgendwelchen Großbauern arbeiten und würde nicht mal ein gutes Zeugnis bekommen. Vorbei war es mit dem Lesen, mit der Bibliothek, mit den Sprachen. Nachher begann ich sofort, meinen Koffer zu packen, damit ich schnell raus konnte, wenn er tobte. Ich hatte einfach Angst. Das war ich gewesen, die in sein Zimmer gegangen war, ich hatte wieder das Ziehen gespürt, etwas sagte mir, es ist doch nicht schlimm, geh doch einfach mal nachsehen, ich redete mir ein, dass das zu meiner Arbeit gehöre, ja ich tat vor mir selbst immer noch, als wäre das völlig normal.

Als ich zurückkehrte, war er schon weg, er kam auch abends nicht nach Hause, ich aß die Pilze selbst, weil ich sie ja nicht warmhalten konnte. Spät in der Nacht hörte ich ihn nach Hause kommen, betrunken, er torkelte die Treppe hoch mit den schweren Schuhen, und ich war kurz davor, sie ihm auszuziehen. Dann hörte ich ihn oben rumbrüllen, er warf Stühle um und knallte die Türen. Am nächsten Morgen sprach er nicht mit mir, er sah mich nicht einmal an, aber ich spürte, dass er nichts gegen mich tun würde, dass ich bleiben konnte, und das reichte mir. Von mir aus sollte er schweigen, bis er es nicht mehr aushielt. Es war doch nichts Schlimmes passiert, schließlich war er kein Kind mehr, und ich würde auch darüber schweigen.

Mir hat er sofort leid getan, wie er da lag, so seltsam verdreht, mit seiner Kraft, seinem verstörten Blick, einsam wie er war und überhaupt nicht der Typ, allein zurechtzukommen. Er stammte aus einer Großfamilie, er kam vom Land, und jetzt war er völlig einsam. Na ja, er hatte mich, aber wie sollte er mit mir darüber sprechen? Das wäre nicht gegangen, und allmählich verstand ich auch, ohne dass Gott mir das einflüstern musste, dass es jetzt meine Aufgabe war, mich um ihn zu kümmern.

Mir ging es ja viel besser als ihm, er war gerade auch noch von oben gerüffelt worden, aus Berlin, das wusste ich, und er hatte wieder geschluckt und nachgegeben. Nachgeben, das konnte er nicht, das war gegen seine Natur, so ein toller Christ konnte überhaupt niemand sein, sich dermaßen zu verleugnen, und er wusste sehr gut, dass er im Christsein nicht der Beste war.

Eine Woche ging es so, dass er kein Wort sprach, wir hatten Besuch, und er übersah mich, ich kochte, was ich wollte, er sagte nichts, ich las still für mich und ließ ihn in Ruhe. Abends stand ich nicht mehr in der Tür, er musste sich selbst seinen Schnaps holen. Morgens weckte ich ihn auch nicht mehr, dann sollte er eben zu spät kommen. Er war sowieso meistens unterwegs und kam nachts nach Hause. Ich schrieb ein Plakat »Bitte nachts Schuhe ausziehen!«, aber er beachtete es nicht. Ich fragte mich, wo er abends so lange blieb. Früher war er gern ins Pinkus gegangen, ein paar Bier trinken, aber da konnte er doch jetzt nicht einfach herumsitzen. Meistens musste ihm die Hildegard von da einen Krug Bier holen. Er vertrug ja eine Menge, man merkte ihm nicht so leicht was an.

Ich hasste ihn in dieser Zeit. Warum quälte er sich so! Er hätte doch alles zu Hause haben können! Am liebsten hätte ich ihm das gesagt, aber wir sprachen ja nicht miteinander. Er ging mir auf die Nerven mit seinen schweren Schritten, seiner sorgenvollen Stirn, den großen Portionen, die er restlos aufaß, ohne zu sagen, ob es ihm schmeckte. Mit seinen Büchern, die er nachts las. Ich ging manchmal vors Haus, um zu sehen, ob in seinem Zimmer noch Licht brannte. Ich überlegte, selbst zu kündigen und zu meinem Bruder zurückzugehen, der hätte mich nicht wegschicken können. Oder ich wollte Clau einen Brief schreiben.

Dann kam mein Geburtstag, und ich wusste, Clau konnte ihn nicht übergehen, er musste etwas tun; letztes Jahr hatte er mir die Novellen von Storm geschenkt, in einem schönen Lederband, und ich hatte sie auch alle gelesen, besonders »Immensee« hatte mir so gefallen, dass ich es zweimal las. Das war ja kein gut katholisches Geschenk gewesen, und ich hatte mich gefreut, dass er nicht irgendein langweiliges Andachtsbüchlein für mich ausgesucht hatte. Darüber habe ich lange nachgedacht, was das bedeutete, die Geschichte von Reinhard und Elisabeth, die sich nicht bekommen.

Ich konnte die ganze Nacht nicht schlafen, weil er nicht nach Hause kam. Wahrscheinlich war er auf einer Dienstreise, ich wusste jetzt ja nichts, sah auch keine Akten mehr. Es wurde früh dunkel, und ich hatte mich angezogen ins Bett gelegt, damit ich aufstehen konnte, wenn etwas passierte. Aber er kam nicht. Den ganzen Tag nicht. Ich bekam Post von meinen Eltern und meinen Geschwistern, von meiner Freundin, und ich saß zu Hause. Ich machte mir selbst Bratkartoffeln mit Speck, aber die schmeckten nicht. Vielleicht war er nach Rom gefahren? Oder er hatte gebeichtet und alles erzählt und musste jetzt zurücktreten? Ich war damals naiv. Oder die Braunen hatten ihn vorgeladen, verhörten ihn, hatten ihn vergiftet. Ich glaubte, dass ich mir für den Rest meines Lebens jede Sehnsucht abgewöhnt hatte.

Spät in der Nacht hörte ich ihn poltern. Er zog diesmal sogar die Schuhe aus und schlich nach oben. Er schien nicht getrunken zu haben, denn es blieb ruhig. Ich stand auf, ich wollte mich ein bisschen bemerkbar machen. In der Küche an meinem Platz lag ein kleines Päckchen, nur in Packpapier, ganz ohne Schmuck. Ich riss es sofort auf, irgendwie glaubte ich nicht daran. Es war ein kleiner goldener Ring darin, der alt war, bestimmt ein Erbstück; als ich ihn berührte, fühlte ich mich verwandelt wie in einem Märchen. Ich zog ihn an, er war nur ein bisschen weit, er passte, mit so etwas hatte ich nicht gerechnet.

Später erzählte er mir, dass er den von einer Tante geerbt hatte, die in einem Kloster lebte. Ach, das war eine schrecklich fromme Familie, drei Schwestern Nonnen, zwei Brüder Priester, der Onkel Bischof undsoweiter. Aber ich schweife ab. Ja, es fällt mir auch immer noch schwer zu erzählen, obwohl nichts auf der Welt einfacher ist. Ich war ja nicht so fromm, und dank Josef hatte ich wenigstens Erfahrung.

Da ist es dann passiert. Ich bin im Nachthemd zu ihm hoch, habe alle Lichter gelöscht, ich habe sofort gehört, dass er wach ist und unter der Decke liegt. Wir haben kein Wort geredet, ich bin zu ihm, er trug auch sein Nachthemd, hat sich auf die Seite gedreht, und ich habe mich dahinter gelegt. Es war kalt im Zimmer, und es dauerte ein bisschen, bis mir warm wurde. Ich habe ihn dann geküsst und gemerkt, dass er da auch Erfahrung hat. Er war ein ganz normaler Mann, ein bisschen aufgeregt, danach ließ er mich los, und auf einmal begriff ich seine Größe.

Er war viel stärker, als ich gedacht hatte, er vertraute mir, er hatte auf mich gewartet, er wusste, dass ich kommen und niemals etwas verraten würde. Er wollte nicht, dass ich Licht machte, und wir lagen dann einfach da, er musste übermüdet sein, so dass er sofort einschlief. Jetzt war mir, als hinge ich an dem Band oder dem Faden, der aus meinem Inneren kam, und als könne ich ein bisschen schweben. Ich blieb noch eine halbe Stunde, das machte ich später immer so, dann ging ich leise nach unten.

Am anderen Morgen schenkte Clau mir noch etwas, die Theaterstücke von Goethe, in rotes Leder gebunden, und er hatte etwas angestrichen, ganz fein mit Bleistift, so dass man es auf den ersten Blick fast nicht sah. Es geht darum, dass man dem Wink des Herzens nachgehen soll, dass das die Stimme Gottes ist. Das war sein Glaube.

In den nächsten Wochen ging es uns gut. Er hatte keinerlei Gewissensbisse oder so was, kleinlich war er nicht, er wusste, dass er das Richtige tat und der richtige Mann an seinem Platz war; dass er nicht heiraten durfte, das war alles, erklärte er mir, er war ja kein Mönch! Es durfte bloß niemand wissen. Wir nahmen unsere Gespräche wieder auf, er gab mir neue Bücher, erzählte von den Akten, und später legte ich mich zu ihm, nicht immer, aber alle zwei, drei Tage, ja eigentlich veränderte sich nicht so viel, wie man denken könnte. Nur dass er nicht mehr so mürrisch war.

Er hatte eine Menge auszustehen, die Braunen wollten die katholischen Schulen schließen, die Kreuze entfernen, er durfte nichts sagen, weil sie ihm von oben den Mund verboten hatten. Sie wollten alles auf diplomatischem Weg lösen und nicht noch mehr herausfordern. Seine Stirnfalte wurde immer tiefer, wenn er davon sprach. Ihm wurde vorgeworfen, dass er eitel sei und sich besonders herausstellen wolle. Er genieße es zu sehr, wenn die Leute ihn bewunderten.

Wir hatten jetzt oft Besuch, und fast jeden Abend machte ich unten den Kamin an. Strick kam oft vorbei, sein Bruder, und dem konnte man nichts vormachen. Der durfte ruhig alles wissen. Oft kamen auch die Pfarrer aus den Gemeinden, die um eine Audienz gebeten hatten; die, die Clau zu den Unsrigen zählte, so sagte er immer, lud er nach Hause ein, auf einen Schnaps. Es gab dann meistens Schinkenplatte, und ich kriegte eine Menge mit.

Zwei Drittel der Kirche waren Waschlappen, wie Clau sagte, die hatten sich längst verkauft. Die wollten ihre Pfründe retten, das wollte ja jeder, die sahen die Stimmung im Volk, die wollten sich anpassen. Was er vorhatte, war nicht so einfach zu verstehen. Er war jedenfalls gegen die Waschlappen, und er wollte keiner sein. Er wollte irgendwas machen, um die anderen auf seine Seite zu ziehen, um ihnen die Augen zu öffnen. Er spürte etwas, aber er konnte es nicht richtig erklären, das war sein Problem, er wusste, dass er recht hatte, aber er konnte die anderen nicht überzeugen. Er war nun mal nicht so ein glatter, schmeichelnder Redner, das lag ihm nicht, er stellte seine Ansichten dar, und das reichte ihm. Wenn der andere nicht überzeugt war, dann eben nicht.

Ich sagte ihm oft, dass er mehr auf die Menschen eingehen müsse, ihnen entgegenkommen, mal was Privates reden, ein paar Witze machen, beweglich sein, aber das nannte er alles waschlappenhaft. Er wollte etwas Ganzes machen, keine halben Schritte. Er schimpfte auf den Papst und dessen Berater, die er verabscheute. Er wusste von den Bauern, wenn jemand log, er konnte das sofort sehen. Aber dass er nichts dagegen machen konnte, ärgerte ihn furchtbar.

Damals glaubte ich allmählich etwas von ihm zu verstehen. Er hatte nicht gelernt, wie man feilscht, sich kleine Vorteile verschafft, andere übers Ohr haut. Er war naiv, in gewisser Weise. Er hatte noch keine Angst, dass etwas rauskommen könnte. Ich hätte ihn ja verraten, es jemandem erzählen können, der ihn erpresste. Er hätte sofort aufhören müssen. Er kannte diese Gedanken nicht, er kannte nur vorwärts oder rückwärts, nichts dazwischen. Vielleicht überlegte er sogar, aufzuhören? Mit mir wegzugehen? Vielleicht war er sowieso alles leid, die Intriganten, die Politik, die Rüffel? Das Stillhalten?

Das wäre der Moment gewesen, um einfach abzuhauen. Manchmal habe ich davon geträumt, wie das gewesen wäre, aber ich habe nie daran geglaubt. Clau saß wie eine Eisenbahn in seinem Gleis, und er wäre nie herausgesprungen. Er hatte seine Aufgabe zu erfüllen, er fuhr jeden Tag ein Stück weiter oder hielt an, etwas anderes war für ihn unmöglich.

Das war die Zeit, als er einen neuen Chauffeur bekam, er hatte ihn nicht selbst ausgesucht, das wusste ich, und plötzlich stand der Josef vor der Tür. Es war schon ein Schock. Er hatte sich sehr verändert, war so glatt und dienerhaft geworden, angepasst, aber er hatte keine andere Möglichkeit. Er erkannte mich sofort, obwohl es zwanzig Jahre her war. Wir sagten beide nichts, es war auch keine Zeit, Clau musste irgendwohin gefahren werden. Morgens stand er mit dem Wagen vor dem Haus, und manchmal kam er kurz in die Küche. Er war lange arbeitslos gewesen, und jetzt ging es ihm besser. Er hatte nicht geheiratet, er hatte vieles versucht, aber ihm war nichts geblieben. Ich merkte, dass er ein bisschen neidisch war.

Einmal versuchte er, mich in den Arm zu nehmen, aber da wehrte ich mich sofort, dann traute er sich nicht mehr. Ich trug ihm nichts nach, er war ja damals nett gewesen, aber da waren wir Kinder. Ich hatte Angst, dass er uns verraten würde, und ich sprach mit Clau, aber der verstand kaum, was ich meinte. Der konnte sich mal wieder nichts Schlechtes vorstellen. Ich sagte Josef ganz klar, wenn irgendetwas vorkam, würde er sofort gekündigt, dafür würde ich sorgen. Er hat das ernst genommen, und er hatte Angst vor mir. Ich sah dann, dass er Clau mochte, dass er vieles für ihn tat, nicht nur nachts aufstehen und losfahren. So kamen wir schließlich gut miteinander aus, und

Josef hielt dicht. Er hätte alles getan, um die Stelle zu behalten.

Aber für mich hatte sich viel verändert damals. Ich sah manchmal nur die Gefahr, in der Clau sich befand. Sie hatten vor, ihn zu versetzen, oder das Gerücht wurde jedenfalls gestreut. Manchen passte er nicht, und er hatte schon Leute vor den Kopf gestoßen, ohne dass es nötig gewesen wäre. Er war ebenso kompromisslos, und wenn ich nicht gewesen wäre, hätte er sich vielleicht sofort den Schädel eingeschlagen. Ich riet ihm, vorsichtig zu sein, keinem zu trauen, misstrauisch zu werden, das konnte er überhaupt nicht. Er traute erst mal jedem, vertraute auch denen noch, die ihn hintergingen, sah nicht die Bosheit und Gemeinheit. Hinterher ärgerte er sich dann. Man hätte sagen können, er hatte seinen Laden nicht im Griff, wenn er die Feinde im eigenen Büro nicht bemerkte. Aber er brütete an etwas anderem, das spürte ich damals schon.

Es war eben eine Größe, so zu handeln, so überlegen wie er, und sich nicht darum zu scheren, wie viel ihm das schaden konnte. Er tat etwas und fertig. Das habe ich an ihm bewundert. Er nahm sich das, was er brauchte und fragte keinen um Erlaubnis. Es war nicht mehr so schön, so unbeschwert wie im ersten Jahr, ich hatte immer das Gefühl, es könnte gleich zu Ende sein.

Aber wenn er mich abends bat, ihm ein Bad einzulassen und einen Korn zu bringen, dann wusste ich, er braucht mich, und ich schlief jetzt manchmal auch bei ihm ein. In der Nacht wurde ich dann wach und schlich nach unten in mein kaltes Zimmer, aber ich war froh, wenn ich in meinem Bett lag und freute mich auf den Morgen.

Manchmal kam auch einer von den Braunen vorbei, und damals spürte man noch den Optimismus, die Veränderung. Den Leuten ging es besser, und sie wurden schnell überheblich oder frech. Clau war wie immer ernst und streng, aber ich sah auch, wie er grübelte. Er ließ die Leute reden und nickte höchstens. Es gab da einen Kirchenreferenten oder wie das hieß, der kam öfter. Der hatte selbst am Seminar studiert, aber dann geheiratet, und war jetzt in der Partei aufgestiegen. Becker hieß der, glaube ich, Reinhard Becker. Clau kannte ihn von früher, und sie unterhielten sich lange. Es gab irgendetwas, für das Clau sich entscheiden sollte, aber er tat es wohl nicht. Mir hat er darüber nicht alles erzählt. Ich wusste oft nicht, was Clau wirklich dachte.

Er war für das Zentrum, er wollte, dass alles wie früher war, er war gegen Frankreich und England, gegen die Russen, er war auch gegen die Juden. Er wollte, dass Deutschland wieder groß und frei wurde, aber dachte er so einfach? Ich glaube, er war angesteckt wie wir alle von der neuen Zeit. Einmal wollte er sogar, dass ich eine KdF-Reise machte, nach Norwegen, damit ich mich erholte und etwas anderes sah. Das sollte ein Geschenk sein. Aber ich wollte nicht allein weg.

Clau mochte Kinder sehr gern, genau wie ich. In den Ferien kam einmal sein Neffe Konrad zu uns, ich weiß nicht, ob das schon im ersten Jahr war, und da waren wir fast eine richtige Familie. Auch mit Konrad übte er eine Menge, Latein und Mathe, aber Konrad erfuhr nichts von den schlechten Noten seines Onkels. Manchmal träumte ich davon, wie es wäre, selbst ein Kind zu haben, ich war schon zu alt, aber ich fühlte mich nicht alt. Das Gefühl war ganz stark. Ich glaube, ich habe da erst gemerkt, dass ich mir immer Kinder gewünscht habe. Clau ging es genauso, aber er hat das natürlich nicht gesagt. Er wäre ein guter Vater geworden, das konnte ich sofort spüren.

Im November kam für mich eine Zeit, in der ich immer traurig wurde. Ich hatte das früher schon manchmal gehabt, dass ich deprimiert und schwermütig wurde, aber im ersten Jahr bei Clau war es ganz weggeblieben. Früher hatte ich gemerkt, dass viel Arbeit gut dagegen war. Aber jetzt konnte ich machen, was ich wollte, an den langen Abenden, wenn ich allein war und auf Clau wartete, zog es mich einfach weg. Ich fühlte mich überflüssig und wie ein Klotz, der nur im Weg liegt. Mein Bauch tat weh, ich trank heißen Tee, aber das half nur im Moment. Und Clau war jetzt fast jeden Abend mit Josef unterwegs, oft mussten sie irgendwo übernachten, weil die Straßen zugeschneit waren. Ein schwerer Stein rollte auf mich zu, erdrückte mich fast, aber es war so, als müsse ich von ihm eine Antwort bekommen, eine Auskunft, die lebenswichtig war.

Ich war nicht wütend, ich tat mir selbst leid, gab Clau die Schuld an meiner Lage, aber tat nichts, ich versuchte nur, den drückenden Gedanken zu entkommen. Vielleicht hätte ich mehr Gesellschaft gebraucht, Freundinnen, lustige Abende, vielleicht wollte mich Clau deswegen auf die Kreuzfahrt schicken, aber in Münster hatte ich wenig Bekannte, und mir stand nicht der Sinn nach den Haushälterinnen der anderen Pfarrer. Ich hatte jetzt zu viel gelesen, um noch mit ihnen über ihre Familiengeschichten plaudern zu können, ich hätte abends jemanden einladen können, aber ich wusste nicht wen. Die Schwermut lag bei uns in der Familie, besonders von meinem Vater kenne ich sie im Winter, aber er hatte es immer geschafft, Ablenkung zu finden.

Mir war, als würde ich zu viel sehen, als müsse ich eigentlich die Augen schließen oder die inneren Augen, weil ich dem nicht gewachsen war. Clau, so kam es mir vor, hatte ja jetzt alles, was er brauchte, er war Bischof geworden, was ihm doch viel bedeutete, er hatte mich, Konrad kam manchmal, er konnte zufrieden sein. Wenn er wollte, rief er mich, wenn nicht, hatte er seine Ruhe. Natürlich war es nicht nur so, aber in meiner Einsamkeit steigerte ich mich da hinein.

Und ich, ich lief, wenn er rief, ich hatte nichts; wenn ich ihm nicht mehr passte, konnte er mich rausschmeißen und eine andere suchen, ich stand dann auf der Straße. Ich hatte keine Familie, keine Kinder, keine Freunde, nur ihn und Josef, die beiden Männer in meinem Leben! Ich mochte auch nicht allein ins Kino gehen oder so was, immer dachte ich, Clau könne ja inzwischen nach Hause kommen und mich vermissen. Jetzt war es ein rechtes Elend, alles verschweigen, lügen zu müssen, ich traute mich nicht mehr, meine Freundin zu besuchen, irgendwie hätte sie bestimmt was gemerkt. Immer hatte ich das Gefühl, jemand redete über mich, beobachtete mich, auf dem Markt, in den Läden, in der Kirche.

Ja, ich ging natürlich auch in die Kirche, wenn Clau predigte, oft hatten wir zu Hause über die Texte gesprochen, ich hatte sie durchgelesen und sogar kleine Verbesserungsvorschläge gemacht. Clau meinte, ich sei eine geborene Redekünstlerin, ich versuchte immer, etwas mehr Gefühl in das Ganze zu bringen, ein paar Fragen, Ausrufe, Drohungen einzubauen. Er las einfach ab, ohne Betonung, er war kein Schauspieler, er konnte überhaupt nicht spielen oder sich darstellen, dazu war er zu wenig selbstverliebt oder eitel. Die Leute strömten trotzdem, egal ob er draußen oder drinnen predigte, bei einer Prozession, im Dom oder in einer anderen Kirche. Man spürte, dass sie begeistert waren, weil er genau ihren Ton traf, das

Trockene, Treuherzige, das musste er nicht spielen, das waren seine Leute, die drückten sich genauso aus.

Ich habe nur langsam begriffen, dass zu einem Menschen mehrere Seiten gehören, ich wollte ihn immer entweder gut oder schlecht, groß oder klein, in meiner Schwermut begann ich manchmal zu weinen, wenn ich an Clau dachte, und nach einem solchen Tränenstrom fühlte ich mich für ein, zwei Stunden besser. Ich schrie den Stein an, aber es kam keine Antwort. Ich ging auch noch zur Beichte und versuchte, meine Trübsal zu schildern, der Pater, bei dem ich kniete, hörte zu, aber von meinen eigentlichen Sorgen konnte ich ja nicht reden. Er sagte immer etwas Lobendes zu mir, vielleicht spürte er meine Verzweiflung und dass ich eigentlich gut sein wollte.

Clau hatte seinen Beichtvater in Berlin, aber was er dem erzählte oder schrieb, das weiß ich natürlich nicht, das wird nie herauskommen, der ist schon lange tot. Wenn ich jetzt nicht alles aufschreiben würde, käme vieles nie mehr ans Licht. Ich versuche ja, nur das Wichtige zu erzählen. Aber wichtig ist auch, dass wir wie zwei tief aufeinander eingestellte Instrumente waren, die sich nun gefunden hatten, wie zwei Kompasse, die immer den anderen anzeigten, so als wären sie früher an demselben Ort gewesen und nur vorübergehend herumgewandert.

Wenn Clau zu Hause war, wollte er es immer harmonisch haben, er hatte genug Ärger den ganzen Tag, wurde angegriffen, das verstand ich ja. Es war fast wie in einer normalen Ehe, und das mochte ich so an ihm. Wir sprachen über die Klassiker, die ich las, über Schiller, er nahm ein Bad, las Zeitung, telefonierte, dann aßen wir zusammen und gingen ins Bett, wie sich das gehört, wie es überall die Leute tun, nur eben als Geheimnis, als Verbotenes, als Sünde. Darüber hat er nie mit mir gesprochen. Wie es weitergehen sollte, das hätte ich gern gewusst. Da hat er geschwiegen, das kann ich ihm heute auch nicht verzeihen.

Er hat es mitangesehen, dass ich die ganze Zeit litt unter diesem Versteckspiel, dass ich Angst hatte, dass ich aufbegehrte. Ich wünschte mir nur mal, mit ihm abends irgendwohin zu gehen, genau das, was unmöglich war. Ich wünschte mir, dass er sich nicht nur an mich anlehnte, sondern dass er mich sah, in meiner Not, in meiner Schwäche, so wie ich ja auch seine sah. Ich wünschte mir, dass wir beide an demselben Band in der Luft hingen und weggezogen wurden, wegflogen, über die anderen hinweg, in eine stillere und einsame Gegend, in der uns keiner mehr beobachten würde, in der uns vielleicht niemand kannte, und wir abends zusammen spazieren gehen konnten.

Es war unglaublich viel, was Clau zu tun hatte, aber er wollte auch alles selbst machen, selbst firmen, selbst überall sein, mit den Leuten reden, unterwegs sein. Zu Hause stapelten sich die Akten. Dann sollte er noch Predigten schreiben, dazu hatte er am allerwenigsten Lust.

Ich hatte nie besonders viel mit den Braunen am Hut; das klingt leicht gesagt, und ich will nicht so tun, als müsse ich mich für irgendwas rechtfertigen. Einerseits lag das an meinem katholischen Elternhaus, dass ich weiter in die Kirche ging und an die Nächstenliebe glaubte. Ich dachte damals, wenn ich anderen etwas Gutes tat, würde sich das für die ganze Welt auszahlen. Ich weiß nicht, ob ich an Gott glaubte, eher an eine Gerechtigkeit, die es geben musste, an ein friedliches Zusammenleben. Ich glaubte wie Clau an die Kraft und die Schönheit der Schöpfung.

Ich wünschte mir schon, dass es Deutschland wieder besser ging, dass wir stark wurden, dass es keine

Arbeitslosen mehr gab, dass der Fortschritt kam. Eine Cousine von mir war streng nationalsozialistisch, ich sage das nicht nur so, um von mir abzulenken. Der Mann war irgendwas in der Partei, und die glaubten an den Führer. Sie erzählte mir dann, dass sie ein Baby bekommen hatte, das eine offene Stelle am Rücken hatte, ich weiß nicht genau, wie diese Krankheit heißt, jedenfalls hätte man das vielleicht heilen können. Die haben das Baby sofort umbringen lassen, mit einer Spritze. Das hat mich schon nachdenklich gemacht. Das eigene Kind töten, das hätte ich mir nicht vorstellen können. Aber das war es, was die Braunen wollten, das unwerte Leben vernichten.

Ich habe das auch Clau erzählt, der sich ziemlich aufgeregt hat. Er wollte meine Cousine zur Rede stellen, aber ich hielt ihn davon ab. Ich habe seitdem nicht mehr mit ihr gesprochen. Das war für mich kriminell, aber ich sagte es nicht laut.

Wir konnten uns ja nicht mal vorstellen, wie es ist, ein Baby zu haben, wir sollten nicht über die anderen richten, habe ich Clau gesagt. Auch wir hätten uns kein behindertes Kind gewünscht. Das wäre irgendwann in eine Anstalt gekommen und dann früher oder später gestorben. Aber trotzdem hätte ich kein eigenes Baby töten lassen können, da bäumte sich etwas auf. Dann hätte man mir auch irgendwann eine Spritze geben müssen, wenn ich mit meiner Schwermut nicht fertig wurde.

Clau sprach vom Gesetz des Lebens. Entweder man war für das Leben oder dagegen. Dazwischen gab es nichts. Für das Leben hieß gegen Krieg, gegen Gewalt, gegen die Todesstrafe, dann hatten wir überhaupt kein Recht, auch nur über ein einzelnes Leben zu entscheiden. Aber das wurde jetzt anders gesehen. Und auch Clau war dafür, gegen den Bolschewismus zu kämpfen, der genauso lebensfeindlich war. Das hatte er sich in den Kopf gesetzt, dass das der schlimmste Feind des Glaubens war. Da war er beschränkt. Wie konnte er für das Gesetz des Lebens und für den Krieg sein? Wie kriegte er überhaupt all das Gegensätzliche zusammen, die Frömmigkeit, die Natur, mich, seine Versprechen an die Diözese, die Zeremonien, sein Herz, die täglichen Kämpfe, das Beten, seine Zweifel? Ich glaube, es war ein großes Durcheinander in ihm, ein Gewirr von Stimmen, nur die Leute merkten das nicht, die sahen in ihm eine feste, geschlossene Person, einen Baum, an den man sich anlehnen konnte.

Im Winter, wenn er ein paar Stunden Zeit hatte, ließ er Josef nach Telgte fahren, ein Stück über die Landstraße, in einen Wald einbiegen und dort das Auto abstellen. Der Josef durfte dann schlafen oder tun, was er wollte; wir machten einen Spaziergang, hier, wo wir niemanden treffen würden, nur wir zwei, das war für mich das schönste Geschenk. Da spürte ich, dass ich ihm etwas bedeutete. Wir liefen einfach durch den Wald, redeten, und keiner konnte uns sehen. Danach ging es mir gleich besser. Ich spürte, dass wir uns verstanden, wie sich niemand verstand, den ich kannte, ein ganz besonderes tiefes Winken war zwischen uns, wir brauchten es nicht auszusprechen; jetzt zweifelte ich auch nicht mehr.

Clau war oft recht verzagt. Natürlich hatte ich mir nicht überlegt, wie angreifbar er jetzt war. Sobald er einen eigenmächtigen Schritt ging, würde sich jemand finden, der uns denunzierte. Vielleicht machte er sich auch Sorgen, wie er mich schützen konnte. Ich weiß es nicht. Er war eben oft verschlossen, und nicht einmal ich konnte ihn öffnen. Wenn ich davon sprach, dass er sich versetzen lassen könne, nach Rom, in irgendein Amt in der Kirchenverwaltung, wurde er wütend. Er wollte bei den Leuten bleiben, in seiner Heimat. Er liebte diese Heimat, ich nicht.

Ich träumte davon, nach Rom zu gehen, in die Wärme, dort wo es ungefährlich war und ein bisschen lockerer. Ich wäre so gern nach Italien gefahren, wenigstens einmal. Clau konnte mir nicht versprechen, mich mitzunehmen, wenn er dorthin musste. Wie würde das aussehen? Deutscher Bischof bringt seine Haushälterin mit! Ich hatte lange die Hoffnung, dass er aufgeben und sich erweichen lassen würde. Es gab dort wunderbare Posten, bei denen man nicht viel zu tun hatte. Zum Beispiel an der Bibliothek. Oder als päpstlicher Gesandter. Er hätte wenigstens einmal anfragen müssen, über seinen Onkel oder seinen Beichtvater. Wir hätten den ganzen Tag lesen können, ich hätte noch besser Italienisch gelernt, ich brauchte dieses kalte, flache Münsterland nicht mehr, mit seinen vertrockneten, mundfaulen Menschen. Es war jetzt so, als ob an dem Band nicht mehr gezogen würde, als liefe es in eine andere Richtung, nach Italien, oder als wickele es sich auf zu einem Knäuel.

Anfang 1935 merkte ich dann, dass etwas passiert war. Im Grunde war wohl mein Wunsch in Erfüllung gegangen, und ich hätte niemals daran gedacht, das nicht zu bekommen, was da unterwegs war. Ich hatte bloß geglaubt, ich wäre zu alt, und ich hatte Angst, dass es Komplikationen geben könnte. Mir war jetzt alles egal. Clau sah ich kaum, und ich sagte ihm erst mal nichts. Wenn ich so alt noch gesegnet worden war, war das ein Wunder, und schließlich war das Kind von ihm. Sollten sie mich alle verstoßen und verachten! Ein Kind von ihm! Das durfte bloß nie herauskommen. Ich merkte noch nicht, dass ich mich immer tiefer verstrickte in Lügen und Geheimnisse.

Mein Bruder Albert ist ein toller Kerl. Ich bin sofort zu ihm gefahren und habe ihn gefragt, ob ich zurückkommen könne, wenn ich dafür bei ihm arbeite.

Du kannst immer kommen, sagte er sofort. Du ja.

Er hatte es nicht leicht. Der Hof lief zwar gut, und Geld kam genug herein. Seine kranke Frau war zurück, sie hatten sie entlassen, aber sie sah nicht gesund aus. Sie betete die ganze Zeit, kniete auf dem Boden, war dick geworden und erkannte einen nicht. Sie merkte nicht einmal, dass Albert mit der Magd zusammen war, die jetzt auch ein Kind bekam. Trotz allem wollte er mich aufnehmen, das Kind aufziehen, er war eben gutherzig und verstand mich. Ich machte mit ihm aus, dass ich im Juni kommen würde, er versprach, ein Zimmer freizuhalten, ich könne auch schon früher einziehen. Das tat mir so gut, dass wir offen miteinander reden konnten.

Clau sah ich nur noch selten, er fuhr ohne mich nach Rom, für vier Wochen, das hatte ich sowieso gewusst. Mir war oft schlecht, aber ich konnte nicht zum Arzt gehen. Nur im Notfall, dann musste ich irgendwo hinfahren, wo mich keiner kannte und einen falschen Namen angeben. Was sollte mit dem Kind passieren, wenn ich starb? Ich war schon eine alte Mutter, ich konnte ihm nichts hinterlassen. Ich wollte, dass Clau für es aufkam, im Guten, freiwillig natürlich, und so, dass es ihm nicht schadete. Ich war ganz allein, aber ich fühlte mich stark.

Als Clau zurückkam, war er sehr zufrieden. Sie hatten mit dem Papst gesprochen und an einem Schreiben gearbeitet, das zum passenden Zeitpunkt veröffentlicht werden würde. Es ging gegen die Braunen, gegen die Kirchenfeindlichkeit, gegen den Hass. Clau meinte, es wäre sehr deutlich. Wenn die Kardinäle es nicht wieder verwässerten und verdünnten.

Trotzdem war die Reise für ihn ein Erfolg, der Papst hatte ihm Zeit gewidmet und sogar auf ihn gehört.

Es war kurz vor Ostern, als ich es ihm erzählte. Er sah mich mit offenem Mund an, sagte aber nichts. Er hatte wohl in seiner Heiligkeit und in seinem Kampf nie daran gedacht? Das nahm ich ihm nicht ab. Ich war sehr hart, weil ich ihn vier Wochen nicht gesehen hatte und er nur von Rom erzählte. Vielleicht ließ ich ihn auch gar nicht reden, sondern sagte sofort, was ich mir überlegt hatte. Er musste für das Kind aufkommen, er würde keine Probleme kriegen, niemand würde was erfahren; Josef würden wir sagen, dass ich bei einem Knecht auf unserem Hof gewesen war, an Weihnachten, es war auch noch Weihnachten passiert. Josef würde das schlucken, es würde ihn nicht wundern, er sah mich ja bei den Knechten. Clau würde mir ein Zeugnis schreiben, und ich würde im Juni zu meinem Bruder gehen.

Über Josef staunte ich am meisten. Er bot mir an, mich zu heiraten. Er stammelte erst, dass wir uns doch so gut kannten, dass er sich nicht schämen würde, dass er auch gern eine Familie hätte, dass ich die beste Mutter würde, die er kannte. Ich musste heulen, schließlich heulte Josef auch, über seine Großzügigkeit, aber ich sagte nein. Ich konnte von ihm nichts lernen, außer Autofahren, das war das Einzige, was mich störte. Er war ein guter Kamerad, ein anständiger Mensch, er war zu kurz gekommen, aber ich passte nicht zu ihm. Es war schwer, aber er schluckte es. Er schwieg, solange er lebte, und das rechne ich ihm hoch an.

Clau war verändert. Ich ging abends nicht mehr zu ihm. Er machte sich Sorgen, er schlief wieder nicht und trank. Mehrmals schmiss er Besucher raus, die ihm auf die Nerven gingen mit ihrem Schleimen. Alles, was er sagte, jeder Schritt, den er tat, wurde beobachtet, das regte ihn auf.

Ich arbeitete ganz normal weiter, und die Übelkeit ließ nach. Ich dachte jetzt nur noch an das Kind und mich. Und wenn es behindert oder krank sein würde? Ich hatte Angst, aber ich sagte mir, dass ich dieses Kind lieben würde, egal wie es aussah, welches Geschlecht es hatte, wie stark es war. Ich fühlte mich oft glücklich, ja, das ist das Erstaunliche, ich wurde 37, und zum ersten Mal hatte ich etwas, an das ich glaubte. Mein Kind. Die Schnur war locker geworden, ich spürte sie kaum noch, es war, als hätte sie mich hierhin geführt, wo ich nun bleiben sollte, zu mir selbst.

Ich muss wohl auch verletzend gewesen sein zu Clau, ich wollte mir einfach nehmen, was ich brauchte. Er war recht verschüchtert, wenn ich laut wurde, aber er tat, was ich wollte. Ich hatte kein Mitleid mit ihm, warum auch. Er wurde wegen seiner Aktivitäten in Rom angegriffen, als Intrigant, als Verräter, als Schädling beschimpft, alles hinter seinem Rücken und heimlich. Er erfuhr das immer von Donders, der seine Informanten hatte.

Ich erinnere mich an die letzten beiden Monate bei Clau als eine leichte, freudige Zeit, ich ging weiter in die Kirche, wenn er predigte, aber ich spürte eine Entfernung zu ihm, ich las seine Predigten nicht mehr durch, und wir sprachen nicht darüber. Er sah immer traurig aus, aber was sollte ich für ihn tun. Ich weiß, dass er auf ein gutes Wort, einen Trost von mir gewartet hat. Ihm fiel die Trennung wohl viel schwerer als mir, die ich ja jemand Neues haben würde, einen neuen Menschen. Er konnte nicht einmal bei der Taufe dabei sein. Doch, er könnte ja, wir müssten einfach weggehen, nach Südamerika zum Beispiel, nach Chile, da hatte ich sogar einen Onkel, der ausgewandert war.

Ich träumte und freute mich an den kleinen Dingen. Es war Frühling, ich ging abends am Aasee spazieren, ich brauchte niemanden, der sich um mich kümmerte, ich kam auch so zurecht. Clau ließ mir jetzt immer von Josef etwas ausrichten, und ich schickte ihn genauso mit einer Frage oder einer Antwort hin und her. Der arme Josef. Clau traute sich nicht, mich anzusprechen oder mich zu belasten, er vermied es, mich zu treffen, mit mir zu reden. Ich war manchmal von einem solchen Freudengefühl durchdrungen, dass ich gar nichts merkte. Ich spürte nur, dass sich in mir etwas tat, dass ich mich veränderte, dass ich vollständiger, reifer oder erwachsener wurde, ja vielleicht fing das erst jetzt bei mir an. Es klingt komisch, auf einmal konnte ich mich mit mir abfinden.

Eines Abends sprach mich Clau doch an, als er nach Hause kam und ich gerade die Treppe hinunterging.

Willst du nicht mal wieder nach oben kommen?, fragte er.

Ich höre die Frage noch heute, seine zaghafte Stimme, die Angst in seinen Augen, die Sorge. Ich war zu hart ihm gegenüber, aber es war gut für mich, endlich einmal etwas bestimmen zu können. Ich fühlte mich überlegen.

Ich gab irgendeine schnippische Antwort, nicht einmal eine ernsthafte, ehrliche, ich sah an seinen Augen, wie ich ihn getroffen hatte, und er ging allein nach oben, ohne Essen. Danach blieb es merkwürdig still, er badete nicht, bewegte sich nicht, man hörte keinen Schritt und keinen Ton. Es war totenstill. Irgendwann folgte ich ihm dann doch nach oben, öffnete leise die Tür, die ich immer gut geölt hatte, und schaute hinein. Er saß im Stuhl und las ein Buch, er sah entsetzlich alt aus auf einmal und tat mir leid. Ich schloss die Tür schnell wieder, ich glaube, er hat mich nicht bemerkt.

Das war die andere Seite. Am Ostermorgen ging ich in den Dom, noch war mein Bauch nicht zu bemerken. Schon zwei Stunden vorher strömten die Leute, nicht nur aus Münster, aus den Bauerschaften, von überall her, es war wunderschönes Wetter, und trotzdem war der Dom um halb zehn überfüllt. Immer mehr drängten herein, und ein Küster versuchte, noch Bänke aufzustellen, Ordnung in das Durcheinander zu bringen.

Die Leute wussten, dass Clau predigen würde, und als das Orgelvorspiel begann, war die Spannung kaum auszuhalten. Clau war allein, nur mit den Messdienern, und es genügte, dass er hereinkam, dass sein Körper den Raum betrat, um eine Andacht auszulösen, eine Erregung, ein Schaudern, und alle standen auf. Ich mochte schon damals dieses ganze Brimborium nicht, den Weihrauch, die schwellende Musik, das viele Aufstehen und Singen und Setzen, ich hätte viel lieber ein paar klare Worte aus der Bibel gehört, gut erklärt, ein paar Gedanken dazu, ganz einfach, das hätte mir gereicht. Clau machte es schon so einfach wie möglich.

Er sprach über die Bergpredigt, und es war totenstill im Dom. Er sprach über die Schwachen und Späten, die Lahmen und Blinden, und jeder erkannte sich oder einen Angehörigen darin. Er sprach so zögernd, so wenig flüssig, aber jeder Gedanke war wie ein Schlag. Er las alles ab, und ich wunderte mich, dass er manchmal unvollständige Sätze brachte. Es hatte wohl niemand mehr durchgelesen. Er sprach wieder über den Vorrang des Lebens, man hörte kein Wispern, aber ein inbrünstiges, erleichtertes, schallendes Singen, als er fertig war.

Ich hatte Hitler gehört und Goebbels und all die anderen, und ich wusste aus der Wochenschau, wie sie das machten, die Leute faszinieren und mitreißen. Nichts davon bei Clau, er stand fast ohne Stimme, fast ohne geläufige Sätze, nur seine Figur, sein Aufrechtstehen ließ die Leute ihm glauben, ihm vertrauen. Er brauchte nie zu schreien. Er brauchte bloß dort oben auf der Kanzel zu stehen und ein wenig die Hände zu erheben, das überzeugte mehr als alles andere, dass er es ehrlich meinte, dass er das Gute kannte, dass er wusste, was zu ergreifen war und was zu fliehen, wie Goethe es ausgedrückt hat in dem Buch, das Clau mir geschenkt hat.

Es war, als wären hier die letzten wirklichen Menschen versammelt, die gekommen waren, um zusammenzuhalten, die auf einen Führer hören wollten, der keinen Sieg versprach und keinen Tod der Feinde, der von Anstand sprach und von der Richtschnur des Handeln, so dass jedem, dem Einfachsten unter ihnen, klar sein musste, was richtig und was falsch war.

Es war großartig, ich war stolz, ich war gerührt, und ich dachte nur, dass ich seinen Sohn oder seine Tochter zur Welt bringen würde, ohne dass jemand davon ahnte. Ich fürchtete übrigens auch, dass das Kind sehr groß sein würde im Bauch, und es schwierig werden würde mit der Geburt.

Aber ich ging still nach Hause, servierte still das Essen, aß danach allein und setzte mich auf einen Stuhl in die Sonne, den ich vor meinem Fenster im Hof aufgestellt hatte.

Was ich damals nicht verstand, er bemühte sich in keiner Weise, mich umzustimmen, eine Richtung vorzugeben, etwas anderes vorzuschlagen. Ich hätte mehr von ihm begreifen müssen, ich nahm auch an, dass er schwere Probleme zu lösen hatte, dass noch viel schwerere vor ihm lagen, aber was wog das für mich angesichts meines Bauchs? Angesichts unseres Abschieds?

Es wurde dann richtig traurig. Im Mai ging es nicht mehr, man sah den Bauch ziemlich deutlich, und Clau suchte eine Nachfolgerin, er kümmerte sich selbst überhaupt nicht mehr darum, sondern ließ das Josef machen, der eine alte Verwandte anschleppte, die lange in einem Hotel gearbeitet hatte und sich nicht auskannte. Aber sie war alt, älter als Clau, und Josef dachte wohl, dass er ihm damit einen Gefallen tat.

Ich machte zum letzten Mal Möpkenbrot, zum letzten Mal meine Bratkartoffeln, aber mir wurde selbst fast schlecht beim Essen, und ich musste weinen. Ich packte alle Bücher ein, und ich wusste, dass ich sie doch nie mehr lesen würde, weil auf einem Bauernhof lesen einfach nicht vorkommt. Clau ging mir aus dem Weg die letzten Tage, die Alte war schon da, und auch Hildegard mischte sich immer mehr ein, sie hatte gedacht, dass sie die Stelle kriegen würde, aber sie war nun wirklich zu jung.

Clau war nicht mal da, als Albert kam, um mich abzuholen. Ich hatte eine Menge angesammelt, nicht nur die Bücher, Kleider, Schuhe, Handtücher, Bettwäsche, ich war wohlhabender als bei meinem Einzug. Ein letztes Mal sah ich mein Zimmer an, während Albert aß, was diese Alte gekocht hatte, ging durch das Palais, ich würde es nie wiedersehen, dachte ich, und für immer Magd auf dem Hof meines Bruders sein. Josef brachte mir einen Umschlag von Clau, den steckte ich sofort ein, ohne ihn zu öffnen.

Ich erinnere mich gut an die langsame Fahrt nach Vellern, Albert fragte mich nichts, er war der beste Bruder, den man haben kann, es war Frühling, und er hatte jede Menge zu tun, aber er brachte mich in mein Zimmer, sagte, dass ich mich ausruhen solle, stellte mir einen Krug Wasser hin, und ich war wieder zu Hause. Ich nahm mir vor, nie wieder in eine Kirche zu gehen, Clau zu vergessen, mein Kind zu verwöhnen, für es zu leben, und eines Tages, da würde ich mit einem großen Jungen oder einem großen Mädchen, das wusste ich ja noch nicht, vor dem Palais stehen und einen Besuch machen. Oder hatte Clau das nicht verdient?

Mein Bruder tat alles für mich. Er ließ aus Oelde den Doktor Spiegel kommen, er baute einen zweiten Stubenwagen aus Holz, er besorgte mehr Windeln und Tücher. Er steckte ganz schön in der Klemme. Leni lag oft tagelang im Bett, dann lief sie durchs Haus und phantasierte. Oft erkannte sie niemanden oder schimpfte los, sobald man ihr begegnete. Sie sah eigentlich nicht krank aus, aber sie würde nie mehr arbeiten können. Sie verstand nicht, was passiert war. Manchmal redete sie mich mit Eure Exzellenz an, worüber ich damals nicht lachen konnte. Sie starrte auf meinen Bauch, als habe sie alles verstanden.

Thea, die Magd, hatte ihr Baby schon bekommen, es war ein starker Junge, und es würde zwei Gleichaltrige geben auf dem Hof. Sie hatte das Buch geschenkt bekommen »Die deutsche Mutter und ihr erstes Kind«, aber sie las nie darin, ich nahm es mir, und es gefiel mir nicht. Sie wartete darauf, dass sie Albert heiraten konnte. Mein Bruder ähnelte meinem Vater, aber er war doch viel sanfter und weichherziger. Die Zeiten hatten sich gebessert, das Korn erzielte anständige Preise, und ich war noch bei der Ernte dabei. Ich kam nur langsam voran, und in der Hitze musste ich oft ausruhen, aber es wurden einfach alle gebraucht.

Dann ging es nicht mehr, und Anfang August legte ich mich ins Bett. Ich hatte Schmerzen, aber es war noch nicht so weit. Der Arzt kam und riet mir, mich nicht zu bewegen. Die letzten vier Wochen konnte ich kaum aufstehen. Gott sei Dank hatten wir in Vellern eine Hebamme, die ab und zu vorbeischaute und schon auf den Schinken wartete, den mein Bruder ihr versprochen hatte. Den Umschlag von Clau hatte ich einmal kurz aufgemacht, er enthielt ein Sparbuch, auf das er für sechs Jahre im Voraus eingezahlt hatte, sonst nichts. Ich legte es erst mal weg.

Einmal kam Josef vorbei, um sich nach mir zu erkundigen, ich glaube, Clau hatte ihn geschickt, aber ich lag im Bett und konnte ihm nicht viel sagen. Mein Bruder hatte zwei Knechte, einen Traktor, und ich war jeden Tag froh, dass er mich aufgenommen hatte. Er machte mir niemals Vorwürfe, im Gegenteil, er schien mich ein bisschen zu bewundern, für das, was ich gelesen und gelernt hatte.

Die Geburt im September war recht leicht, sie dauerte vier Stunden, es tat weh, aber die Hebamme blieb bei mir. Es war ein Mädchen, und ich nannte es Mechthild, den Namen hatte ich mir schon lange überlegt. Am 21. September wurde sie geboren, sie war nicht besonders groß, aber gesund und lebendig, sie trank gleich an meiner Brust, und uns fehlte nichts. Albert hatte alles vorbereitet, die Hebamme und der Arzt waren einverstanden und bestochen. Albert gab sie als Lenis und seine Tochter aus, denn Leni lag sowieso viel im Bett, und sie meldeten sie an. Niemand auf dem Hof hätte sich getraut, gegen Albert etwas zu sagen. Ich war bloß Taufpatin, aber sie wurde ordentlich getauft. Thea war die andere Taufpatin. Mechthild blieb still und ernst, sie sah sich alles mit ihren blauen Augen an, als wisse sie schon, was sie davon halten solle und müsse eigentlich darüber lachen.

Der Pfarrer gab sich Mühe, er sang selbst, er sprach die Worte, und ich hatte das Gefühl, als breche durch die Zeremonie ein Strahl von oben, als sehe jemand zu von dort, der uns wohlwollte.

Es war ein heißer Sommer, daran erinnere ich mich noch genau, und auch die ersten Herbstwochen blieben sonnig und warm. Ich saß oft mit Mechthild hinter dem Haus in der Sonne, bestimmt ist sie deswegen so gesund geblieben, weil sie gleich viel Licht abbekommen hat. Ich hatte immer mitgearbeitet, und jetzt fing ich wieder an, mitzuhelfen, in der Küche, bei der Kartoffelernte, immer noch schwitzten wir, obwohl wir unsere Sommersachen trugen.

Ich hatte seltsame Gedanken damals. Es wurde mir klar, dass ich eines Tages sterben musste. Meine Zeit war begrenzt, sie lief unaufhörlich ab, ich alterte, ich würde bald eine alte Frau sein, eine alte Mutter, je größer Mechthild wurde, desto näher ging ich auf den Tod zu. Ich wollte nur mit meinem Leben zufrieden sein, ich wollte alles für die Kleine tun und im Guten gehen, mit meinem Bruder, mit der ganzen Familie. Ich wollte mit niemandem im Bösen stehen, ich wollte jedem verzeihen. Es war, als wäre eine Schnur durchgerissen, die mich geführt, aber auch blind und vertrauensvoll gemacht hatte. Es war, als müsse ich nun an einen Stein klopfen, damit er mir eine Antwort gebe.

Solche Stimmungen hat man nach einer Geburt, das ist wohl gar nicht so selten. Dann lachte ich wieder, wenn Mechthild mich ansah, und ein warmes, strömendes Glücksgefühl ging durch meinen Bauch.

Wir hatten eine gute Ernte und reichlich Vorräte, mein Bruder schlachtete fast jeden Tag ein Huhn und beinahe jede Woche ein Schwein. Ich aß für zwei, und ich versuchte, meine Arbeit gut zu machen. Im Winter würden wir alle ausruhen können. Wenn ich abends bei Mechthild saß und sie eingeschlafen war, hatte ich manchmal das Gefühl, es wäre noch jemand im Raum, Clau säße da, in seinem einfachen schwarzen Anzug oder in seinem Nachthemd und sähe seiner Tochter zu, manchmal war mir, als ob ich seine leise Stimme hörte, wie er für sie ein Gebet sprach oder sie sogar taufte. Ja, das wäre eigentlich seine Aufgabe gewesen.

Ich sah ihn still und friedlich neben mir sitzen, ich schaute ihn gerne an, seine kräftigen Hände, seine buschigen Augenbrauen, die noch etwas dichter zusammengerückt zu sein schienen, seine kurzen, borstigen Haare, den kantigen Kopf, den langen Körper. Es war, als spräche er mir zu, zurückzukommen, ihn nicht allein zu lassen, als wäre das meine eigentliche Aufgabe, dann war er weg, und ich dachte plötzlich, jetzt habe Gott mich gerufen, und ich müsse auf diese Stimme hören. Dann war ich verlegen über die Einbildung, aber das Gefühl, dass ich noch etwas zu erledigen hatte, dass noch eine Aufgabe da war, außer der Kleinen, das blieb. Jetzt war es eher wie ein Wind, der mich anwehte und in eine bestimmte Richtung treiben wollte.

Ich hörte von Clau oder las etwas in der Zeitung, wir hatten jetzt wieder eine Köchin, und die wusste immer etwas Neues aus Münster. Ich konnte schweigen und hielt mich aus allem raus. Ich mochte auf eine solche Neuigkeit über Clau, ein Gerücht, eine Erzählung, einfach nichts sagen. Leni, meine Schwägerin, musste wieder in die Anstalt, sie hatte den kleinen Hermann, den Sohn meines Bruders, in den Stall getragen und in eine Tränke gesetzt. Sie wusste alles, auch über mich, nur sie konnte es nicht verarbeiten. Man merkte, dass es in ihr kochte, aber dass sie es nicht richtig zusammenbekam. Albert besuchte sie sonntags, aber er war sehr blass und bedrückt, wenn er zurückkam.

Ich verstand mich mit allen, auch mit Thea, der Magd, und oft passte ich auf Mechthild und Hermann zusammen auf; Thea schlief jetzt wieder bei meinem Bruder, und ich schwieg. Die Knechte waren in Ordnung, manchmal faselten sie ein bisschen viel von der deutschen Rasse, vom Sieg, der noch kommen würde, aber sie waren schlichte Gemüter. Jemand hatte ihnen erzählt, dass das westfälische Blut besonders wertvoll wäre, das Beste, das es im deutschen Volk gäbe, und sie glaubten diesen Quatsch. Jedenfalls würden sie niemals etwas verraten.

Ich holte manchmal wieder die Bücher heraus, ich hatte sie jedenfalls in meinem Zimmer aufgestellt, aber Zeit, um zu lesen, hatte ich nicht. Ich stand ja oft nachts auf, wenn Mechthild weinte, und morgens ging es gleich mit der Arbeit weiter. Das war so bis kurz vor Weihnachten, ich wollte meinem Bruder Geld geben, aber er lachte nur, er hatte Land dazugekauft und wollte eine neue Scheune bauen; wenn die Wintersaat guten Ertrag brachte, war er ein wohlhabender Mann. Er war stolz auf unseren Hof, auf die Tradition, auf seinen Beruf. Es tat mir gut, ihn so großzügig zu erleben, er wusste, dass er dabei draufzahlte.

Mechthild war gesund, sie trank weiterhin bei mir, ich war oft müde und ein wenig ausgelaugt, ich hatte großes Verlangen nach Wärme und Licht, und ich freute mich sehr auf das Frühjahr. Ich arbeitete im

Stall, als plötzlich jemand hinter mir stand, ein Jäger in einem Lodenmantel mit einem großen Hut, aber ich erkannte ihn sofort, noch bevor ich ihn gesehen hatte, an seinem Schritt, seinem Geruch, ich weiß es nicht. Er war es einfach. Josef hatte irgendwo im Wald geparkt, und er hatte sich heimlich hergeschlichen. Meine Stimme zitterte, ich war so überrascht, ich stand im Kittel und in Holzschuhen da, mit dreckigen Händen, aber ich spürte sofort, dass etwas Starkes da war, eine Kraft, der ich nicht widerstehen konnte, die für mich lebenswichtig war. Der Wind wehte jetzt stärker.

Was ist mit dem Kind?, fragte er.

Du kommst ja früh, sagte ich, immer noch schnippisch und kalt, obwohl ich etwas ganz anderes empfand.

Ich möchte es sehen, sagte er.

Dabei strich er sich auf diese berühmte schelmische Art übers Kinn, als habe er schon gewonnen, als sei es gar nicht ernst, als sei das nur ein Schauspiel, das wir aufführten, um nachher wieder friedlich zusammen zu sein.

Ich brachte ihn in mein Zimmer und zeigte ihm Mechthild, die schlief, aber schmatzte und seufzte, strampelte und sich drehte. Er kniete sich auf den Boden, um richtig in den Stubenwagen hineinsehen zu können. Er nahm meine Hand und küsste sie, dann sah ich erst, dass er weinte, er hatte ja schon immer nah am Wasser gebaut und war leicht gerührt, aber diesmal heulte er aus ganzem Herzen, das sah man, er betete und dankte Gott, und dann heulte er wieder. Ich ließ ihn gewähren, er hatte ja recht mit seinem Heulen, es war zum Heulen, und Mechthild wurde wach und wollte trinken. Ich nahm sie an die Brust, und Clau sah uns zu wie einem Wunder. Ich zeigte ihm, wie man die Kleine wickelt, und ließ ihn sie halten, zeigte ihm, wie er das Köpfchen stützen musste. Mechthild lachte ihn an, und ich nahm sie ihm wieder ab und legte sie zurück in den Stubenwagen.

Ich brauche dich, sagte er plötzlich.

Was soll das, sagte ich. Um deine Predigten zu verbessern?

Er umarmte mich, und ich war kurz davor, nachzugeben.

Ich würde am liebsten hierbleiben, sagte er. Auf dem Hof arbeiten und sonst nichts. Ein einfacher Knecht sein. Meinst du, dein Bruder könnte mich gebrauchen?

Das geht nicht lange gut, sagte ich. Wir müssten schon weiter weg gehen.

Du verstehst, dass ich jetzt nicht aufgeben kann, sagte er. Dann würden sie sagen, ich habe verloren, ich bin ein Waschlappen.

Diesmal rieb ich mir mit der Hand das Kinn, ohne zu antworten.

Komm zurück, sagte er. Du fehlst mir.

Ich spürte den ängstlichen Geruch von ihm ausgehen. Ich rannte weg, in den Stall, auf die Weide, ich lief, bis ich wieder klar denken konnte. Es würde mir nicht besser gehen, so oder so. Der Wind war so beharrlich. Als ich zurückkam, hatte Clau die Schuhe ausgezogen und schaukelte den Wagen.

Ich habe es hier besser, sagte ich. Ich bin bei meinem Kind. Mein Bruder hat mich ohne zu fragen aufgenommen. Ich muss ihm helfen. Ich will nicht deine Haushälterin sein, und dann kommt alles raus, und ich muss wieder weg. Das kann ich meinem Bruder nicht antun. Und ich gebe das Kind nicht weg.

Er nickte nur und schwieg, er war jetzt klein, kleiner als ich, das spürte ich. Er stand auf und ging in den Stall, auf die Weide, ich weiß nicht, denn er blieb lange weg. Vielleicht war er auch schon gefahren, mein Platz war bei der Kleinen.

Ich habe mit deinem Bruder gesprochen, sagte er, als er zurückkam.

Was?

Über die Ernte, über die Kinder, wie sie heute aufwachsen. Über die Heiden. Dein Bruder ist auf unserer Seite.

Er fuhr, ohne mich weiter zu bearbeiten, und das beeindruckte mich mehr als alles Reden. Zwei Wochen später kam er wieder und fragte mich nichts mehr.

In unserer Familie lässt niemand sein Kind im Stich, sagte ich, aber er antwortete nicht.

Leni war seit ein paar Tagen wieder zu Hause, und Clau sprach mit ihr. Sie war in einer guten Verfassung und erzählte ihm von der Anstalt, von ihren Handarbeiten, von Thea und ihrem Kind.

Als Clau abends fuhr, sah ich ein, dass ich wohl doch nicht immer hierbleiben würde, das reichte mir nicht, ich wollte noch etwas anderes sehen. Ich fand es gut, dass er keine Tricks anwandte, mich nicht zu lenken versuchte, dass er offen und direkt war. Im Januar hörte ich auf zu stillen, und Mechthild aß Brei und Obst. Ich ging jeden Tag mit ihr spazieren, und die frische Luft bekam ihr gut. Manchmal spürte ich den Wind. Ich musste oft an Claus blaue Augen denken, es war, als hätte er sie mir hiergelassen, damit sie mich beobachteten und immer wieder aufforderten, ihnen zu folgen. Er hatte keine schönen blauen Augen, er war ja überhaupt kein schöner Mann, im Sinne von harmonisch oder verführerisch. Seine Augen fielen sofort auf, weil sie so unbestechlich wirkten, offen, durchlässig, neutral, weil sie nichts verrieten.

Mit Albert hatte ich viele Gespräche, er schlug mir vor, ich könne zeitweise nach Münster gehen, er und Thea würden sich um Mechthild kümmern, ich könne jederzeit wiederkommen, zum Beispiel am Wochenende, oder aber ganz, wenn ich wollte, mein Zimmer wäre immer frei. Clau hatte ihn herumgekriegt, und ich versuchte, Albert etwas zu erklären, was kein Mann verstehen konnte. Nicht mal jede Frau würde das verstehen. Ich hing so an der Kleinen, sie war ein Stück meines Körpers gewesen, sie war alles, was ich hatte; dass es ihr gut gehen sollte, das war für mich das Wichtigste. Ich würde dem stärksten Wind trotzen.

Clau hatte abgenommen, das war nicht zu übersehen gewesen, er hatte nicht gesund ausgesehen, und auch daran musste ich denken, dass diese Alte bestimmt miserabel kochte und ihn krank machte. Wahrscheinlich beriet er sich jetzt mit Josef über seine Predigten und Briefe, und das war Unsinn, denn was sollte Josef schon dazu sagen!

Als Clau das nächste Mal kam, war es schon März, es fror nicht mehr, Albert hatte begonnen, ein Waldstück, in dem wir im Winter Holz geschlagen hatten, zu roden und zu pflügen. Clau stand weit hinten da bei ihm, fast am Horizont, und ragte auf wie ein Leuchtturm in seinen grünen Sachen. Ich fuhr ihm mit Mechthild entgegen, er sah sie lange an, und es schien so, als hätte sie die blauen Augen von ihm, er machte mich gleich darauf aufmerksam.

Er sah schlecht aus, er sprach von Bauchschmerzen, die er oft nach dem Essen hatte, aber er ging ja nicht zum Arzt. Er schob langsam den Kinderwagen weiter, auf dem Feldweg, in der Sonne, und es sah komisch aus, dieser riesige Mann, der sich über den Wagen gebeugt entfernte.

Ostern fuhr ich nach Münster und ging in den Dom, ich wollte hören, was Clau predigte, aber ich war enttäuscht, er wirkte gehemmt, unsicher, als ob er Zweifel habe und am liebsten immer zwei Schritte zurückgehen wollte. Es rührte mich nicht, es fehlte etwas, er schien nicht mit dem Herzen dabei zu sein, oder war ich einfach aus Trotz so kritisch?

Ich fuhr zurück, ohne mit ihm gesprochen zu haben, ich hatte Mechthild das erste Mal allein gelassen und war froh, wieder bei ihr zu Hause zu sein. Clau schrieb mir nicht, und er hatte mir auch geraten, nicht zu schreiben, nichts Schriftliches in die Welt zu setzen, das missbraucht werden konnte.

Eines Tages kam Strick vorbei, Claus Bruder Franz, der nur mit seinem Spitznamen angeredet wurde, sie glichen sich nicht, die beiden, und Strick hieß vielleicht auch deswegen so, weil er viel lustiger war oder leichtsinniger, nicht so kompromisslos. Ich wusste, dass es mit ihm nicht leicht sein würde. Er hatte einen schlimmen Autounfall gehabt mit vielen Knochenbrüchen, und er war seitdem nicht wieder richtig gesund.

Gut siehst du aus, begann er.

Er hatte mir Blumen mitgebracht und kleine Bausteine für Mechthild, aber er war nicht so naiv zu denken, er könne mich damit rumkriegen.

Ich wollte hören, ob dir etwas fehlt, ob du etwas brauchst. Du kannst mir alles sagen.

Ich spürte nur, was mir an ihm fehlte, er war jemand, bei dem man sich nie die Illusion gemacht hätte, er glaube an etwas, er war eine Art Geschäftsmann, ein Funktionär.

Clau ging es sehr gut mit dir, fuhr er fort. Er braucht jemanden, der sich um ihn kümmert, dem er vertrauen kann. Der weiß, was er braucht. Gerade weil alle so viel Hoffnung auf ihn setzen. Der Kampf beginnt erst, und wir brauchen einen starken Bischof von Münster. Er hat in letzter Zeit Probleme, und ich habe Angst, dass er krank wird, wenn er es nicht schon ist.

Das tut mir leid, sagte ich abwesend.

Hast du nicht vor, zu ihm zurückzugehen?

Ich lasse meine Tochter nicht im Stich, sie ist mir nun mal näher, und sie braucht noch dringender jemanden, dem sie vertrauen kann. Nicht nur das.

Ich bin gekommen, um für Mechthild Land zu kaufen. Damit sie für später etwas hat. Wenn du mir versprichst zurückzukommen. Clau darf nichts davon wissen, er würde nur wütend werden.

Ich bin nicht bestechlich, sagte ich. Kauf das Land, dann reden wir weiter.

Er hatte es schon gekauft, einen kleinen Hof mit viel gutem Land, das an Albert verpachtet wurde.

Beim Essen danach fing Strick von guten Waisenhäusern an, die er empfehlen könne, aber Albert unterbrach ihn sofort.

Das kommt nicht in Frage, sagte er. Sie hat hier alles.

Ich ließ mir nichts abschwatzen, ich blieb hart, und Strick musste wieder fahren, ohne irgendeine Zusage.

Als Nächstes kommt der Heilige Vater, sagte Albert, oder der Erzbischof von Köln.

Ja, ich hatte mich längst entschieden. Clau tat mir leid, oder ich fühlte mich für ihn verantwortlich, und ich hatte das Gefühl, dass Mechthild es hier gut haben würde, mit einem Spielgefährten, mit Albert, mit Thea. Ich wollte mich nur nicht verbiegen oder verkaufen. Ich brauchte auch etwas Zeit, ich wollte sehen, wenn Mechthild anfing zu laufen, ich wollte ihre ersten Worte hören. Noch ging ich jeden Tag mit ihr spazieren und hörte nicht auf den Ruf. Ich konnte meinen Bruder bei der Ernte nicht allein lassen. Es war sowieso keine Zeit, nachzudenken, wir standen mit Sonnenaufgang auf und gingen mit der Dämmerung ins Bett, die Tage waren so voller Arbeit, und entweder ich oder Thea mussten bei den Kindern bleiben.

Im Juli hörte ich, dass Clau im Krankenhaus war. Ich fuhr sofort nach Münster, aber sie ließen mich nicht zu ihm, ich musste erst Strick holen, der ihn als Einziger besuchen durfte. Clau war bewusstlos und entsetzlich dünn. Außerdem hatte er gelbe Haut, und er sah schrecklich aus. Es war eine Gallenoperation, er hatte zwei große Steine gehabt, und der Arzt erklärte uns, dass alles normal verlaufen werde, dass er in einer Woche nach Hause könne. Es war eine Vergiftung eingetreten, weil Clau viel zu spät gekommen war, als er die Schmerzen schon nicht mehr ausgehalten hatte. Ein halbes Jahr vorher wäre alles noch einfacher gewesen.

Ich komme, sagte ich, wieder war mein Herz stärker, wieder wollte ich mich aufopfern, wieder wusste ich, dass ich zu viel geben würde. Wieder wollte ich helfen, anstatt an mich zu denken. Später würde meine Tochter mir vorwerfen, dass sie nicht nur keinen Vater gehabt, sondern dass ich sie auch noch im Stich gelassen habe. Das dachte ich damals.

Dabei geht es Mechthild heute gut. Sie war nie so empfindsam oder verschüchtert. Sie hat alles überlebt, die Nazis, den Krieg, sie weiß bis heute nicht, wer ihr Vater war, sie lebt in Düsseldorf, sie hat mit ihrem Mann zusammen ein Fotogeschäft, sie bauen ein Haus, und ich muss froh sein, dass es so gekommen ist.

Aber zurück zu Clau. Ich saß bei ihm und wartete, dass er wach wurde, es dauerte die ganze Nacht, er schlug die Augen auf und wusste nicht, wo er war. Es gab mehrere Gewitter, das weiß ich noch, ich stand am Fenster und sah die Blitze in die Dunkelheit schneiden, dann hörte ich das Brüllen, als würde jemand bestraft, und ich dachte voller Angst an den Hof, an Mechthild und meine Familie. Sie hatten einen Blitzableiter, aber man hatte schon oft gehört, dass die nichts nützten. Es war nicht richtig, dass ich hier stand, das spürte ich bei jedem Krachen, aber ich blieb trotzdem.

Clau sah mich mit offenem Mund an, er hatte entsetzlich schlechten Atem, kein Wunder, nach der Operation, aber langsam schien sich sein Gehirn wieder zu füllen mit der Wahrheit, langsam schien sich auch der Raum zu füllen mit unserer Geschichte, er griff nach meiner Hand und lächelte. Dann schlief er wieder ein, und ich musste gehen, Strick hatte mir die Schlüssel vom Palais gegeben, die Alte war schon längst entlassen, ich blieb ganz allein in dem großen Haus. Es wäre so viel Platz gewesen für Mechthild! Ich fühlte mich wie eine Verräterin, es schnitt tief durch mich hindurch, dass ich mich zerreißen musste. Gott hätte jedenfalls nicht gewollt, dass ich nur bei Clau oder nur bei Mechthild sein konnte, dass immer nur einer zufrieden war. Die Kirche war der Stein, oder Clau, oder die drückende Zeit, oder ich selbst?

Ich fuhr oft hin und her, es gab jetzt einen Bahnhof in Oelde, und von dort weiter mit dem Fahrrad, das ich von Albert bekam, damit ich immer eins hatte für den Weg. Ich sehe mich den ganzen Sommer über den Weg nach Vellern fahren, müde, voller Sorgen, ob es Mechthild gut ginge, ob es Clau gut ginge, immer hin und her, und dabei hatte ich an jeder Station genug

Arbeit. Ich half Albert bei der Ernte, ich putzte das Palais, räumte gründlich auf, richtete mein Zimmer wieder ein.

Dann kam Clau nach Hause, er durfte in seinem Arbeitszimmer Besuch empfangen, diktieren und telefonieren, und er war sehr mürrisch. Mit dem Essen klappte es noch nicht so gut, er hatte großen Hunger, vertrug aber nicht alles. Einmal warf eine Horde uns zwei Fenster ein, die Polizei kam, aber sie taten nichts, ich hatte ständig Angst, dass das wieder passieren würde. Er bekam Postkarten mit einem Galgen drauf und Briefe mit widerlichen Ausdrücken.

Ich war mit der Unterbrechung jetzt drei Jahre bei Clau, aber ich nutzte jeden freien Tag oder Nachmittag, um nach Hause zu fahren. Der Hof blieb mein Zuhause, und ich war nicht mehr mit dem Herzen in Münster.

Clau hatte sich sehr verändert. Er war oft böse und bitter. Diese Nervosität kannte ich vorher nicht bei ihm, es war, als säße er auf etwas, das brannte und ihn stach. Manchmal fuhr er mich an, und ich heulte, weil ich zurückgekommen war, dann nahm ich mir vor, wieder zu gehen. Auf keinen Fall wollte ich noch einmal schwanger werden, das hatte ich ihm klipp und klar gesagt. Das würde es nicht mehr geben. Es war ein eigenartiges Gefühl, wohl nicht mehr Liebe, was mich dahielt. So als ob man gerade diesen Menschen nicht verlassen könne, weil eine tiefe, dunkle Verbindung bestand, die kein Irdischer auflösen konnte, etwas Geheimnisvolles, Unerklärliches. Manchmal hatte ich einen Traum, als ob ich in eine Pfütze rutschte und mich mit aller Macht dagegen stemmte, obwohl das Wasser sich warm und angenehm anfühlte. Manchmal zuckte ich auch im Wachen plötzlich zusammen, weil ich dachte, ich hätte in das Wasser gefasst.

Wenn ich jetzt so erzähle, bringe ich sicher vieles durcheinander. Ich weiß nicht mehr, in welchem Jahr ich mich befinde, oder ich vermische die Dinge und Eindrücke aus verschiedenen Jahren. Auch ich veränderte mich ja. Wir hatten das Lesen und Lernen wieder aufgenommen, ich merkte, dass Claus Bibliothek ein tiefer, unergründlicher Brunnen war, den ich nie ausschöpfen würde, aber ich wollte doch hier und da etwas probieren.

Mir fiel auf, dass Clau einerseits versuchte, weltlicher zu sein in seinen Predigten, in seinem Reden, er sprach vom Riechen und Schmecken, von den Sinnen, vom Essen, vom Sport, vom tüchtigen Leben, aber es war nicht das, was die Leute hören wollten. Gleichzeitig schien er mir geistiger geworden zu sein, verzweifelter, als habe er Schmerzen auf sich genommen, andere als die Gallenschmerzen, die er fast nicht aushalten konnte. Und das wirkte auf die Leute, sie sahen in ihm jemand anderen, jemanden, der mit dort oben in Verbindung stand, der ständig mit einem Teil seines Denkens woanders war, der einen anderen Überblick hatte als sie, der ein Wunder hätte wirken können, wenn es darauf angekommen wäre. Das strahlte er aus, obwohl er es nicht wollte, dass eine Berührung von ihm oder ein Blick von ihm mit diesem Jenseits verband, von dem weder er noch die Leute wussten, wie es sein würde.

Er war kein Freund von übertriebener Heiligenverehrung, und die Sache mit den Reliquien ärgerte ihn sogar. Aber immer, wenn er den Leuten diesen Quatsch auszureden versuchte, wurden sie erst recht fromm, liefen zu den Wallfahrten, beteten irgendeinen alten Fingerknochen an.

Wir sprachen über Heidegger, und ob nicht unser Sein noch andere, tiefere Seiten habe, die wir nur jetzt erfahren und erforschen konnten. Draußen liefen die Leute entweder als deutsche Volksgenossen herum, oder sie übertrieben ihr Beten, ihren Weihrauch, die frommen Worte. Sie brauchten einen Ersatz dafür, dass sie nicht zur Volksgemeinschaft gehörten, und sie waren uns natürlich lieber als die anderen. Trotzdem schimpfte Clau gewaltig auf die Pfarrer, die jetzt noch mehr Nebel und Mystik und Marienverehrung verbreiteten.

Langfristig wird uns das schaden, sagte er, damit können wir nicht bestehen.

Er war damals noch überzeugt, dass Deutschland sich ausbreiten, stark werden musste, dass nach der Gesundung eine ruhige Phase käme, in der alles wie früher wurde, in der es wieder auf die Adligen und die Kirche ankommen würde. Er glaubte, dass wir in fünf Jahren so weit seien, dass wir uns wieder kulturellen und moralischen Aufgaben zuwenden könnten, vielleicht würde es nach Hitler wieder einen König geben, er wünschte sich das jedenfalls. So verloren waren wir damals, so voller Illusionen, so dumm.

Wir brauchen ja den Hitler, sagte Clau damals noch. Ohne ihn werden wir nicht wieder stark und reich. Die Leute brauchen Arbeit und Essen. Er sorgt dafür, dass wir genug Platz haben. Ohne ihn würden wir in ein paar Jahren vom Bolschewismus überrannt. Die Industrie braucht ihn, die Grundbesitzer, die Banken, auch die Kirche, sie alle wollen Festigkeit. Wir müssen ihn so lange benutzen, bis er seine Aufgabe erfüllt hat.

Und die Juden? fragte ich.

Man muss ihm Grenzen setzen, sagte Clau, man kann ihn nicht prinzipiell angreifen, nur in einzelnen

Punkten. Diese ganze Bande um ihn herum darf nicht zu stark werden.

Ich stieg manchmal wieder zu ihm hoch abends, aber wir gingen nicht bis zum Letzten, es war für ihn jedes Mal ein Aufbäumen, eine Erleichterung, ich machte mir nicht mehr viel daraus. Nach und nach redeten wir immer mehr oder lasen, wie ein altes Ehepaar, dachte ich, und es war mir recht. Wenn Clau zu viel gemeckert hatte, an meinem Essen, an meinen Fortschritten, blieb ich in meinem Zimmer, oder ich fuhr am späten Nachmittag nach Vellern und übernachtete dort, er musste dann abends und morgens alles allein machen. Manchmal erschien mir die Pfütze im Traum von einem unvorstellbar tiefen Schwarz, und doch rutschte ich immer weiter auf sie zu, berührte sogar ihren Rand, roch das faulige Wasser.

Als Clau sich erholt hatte von der Operation, stellte er fest, dass man ihn in Berlin und Fulda angeschwärzt hatte, jemand hatte seine Krankheit genutzt, um böse Gerüchte zu verbreiten, er plane einen Alleingang, wolle sich wieder selbst in den Vordergrund stellen, habe aus Rom die Erlaubnis, könne frei entscheiden. Das alles stimmte leider überhaupt nicht, und umso wütender wurde Clau.

Damals diskutierte man über den Gehorsam. Wem sollte man gehorchen? Den irdischen Autoritäten? Das war ja keine neue Frage, die hatte es immer gegeben. Manche vertraten tatsächlich die Ansicht, man müsse der Regierung gehorsam sein. Clau tat sich schwer. Er glaubte an die Ordnung des Staates, an das Gottgewollte der Macht. Dabei wäre er niemals einen Zentimeter gewichen, wenn es um sein Gewissen ging. Er hielt es für altmodisch, über das Gewissen zu predigen. Jetzt waren Fortschritt und Volksgemeinschaft da, den Leuten ging es gut, wir hatten die Olympischen Spiele, den großen Parteitag gehabt. Dagegen sollte man anpredigen?

Ich glaube, es war kurz nach seiner Krankheit, als er bei der Viktorstracht in Xanten predigen musste. Da waren zwanzigtausend Leute oder noch mehr, und Clau hatte Angst davor. Er fürchtete ernsthaft, abgesetzt zu werden, von der eigenen Kirche, die den Machthabern entgegenkommen wollte. Er plante, eine moderne, gefällige Predigt zu halten, eine, die zeigte, dass er die neue Zeit begriffen hatte. Er wollte, dass die Leute ihn verstanden, dass sie besser lebten als die anderen, aber nicht ausgeschlossen wurden, abgehängt. Er wollte so predigen wie die Leute auf dem Parteitag, ganz allein dort oben stehen und in das Herz der Menschen reden, so ähnlich drückte er sich aus.

Es ging dann gründlich schief. Wir hatten lange über das Manuskript gesprochen, und ich wollte mitfahren, Josef hatte alles für eine frühe Abfahrt vorbereitet. Als wir ankamen, war das Manuskript nicht da. Heute denke ich, dass Clau es unbewusst vergessen hatte, aber damals war natürlich ich schuld. Er war nicht wütend, sondern bekam Lampenfieber, vor lauter Nervosität überlegte er, die Teilnahme an der Messe abzusagen. Viele Priester waren da, die ihm zuhören würden, vielleicht konnte jemand anderes einspringen. Es war ein heißer trockener Spätsommertag, eine große Menschenmenge hatte sich versammelt. Ich riet Clau, frei zu sprechen, er konnte doch im Schlaf eine Predigt halten, etwas würde ihm schon einfallen. Er schnauzte mich an, denn er verdächtigte mich, das Manuskript verloren zu haben. Schließlich wurde ich selbst nervös. Später fand ich das Manuskript tatsächlich in meinem Zimmer, aber ich könnte schwören, dass ich es nicht selbst dorthin gelegt habe.

Die Messe war wunderschön bei dem blauen Himmel, mit den vielen Leuten, es war eine Stimmung wie bei einem großen Aufbruch, wie vor einer Veränderung, wenn etwas Neues beginnt. Die Prozession hatte die Leute bewegt, es war, als erwarteten sie noch etwas, eine Freiheit, aufzubrechen, loszulaufen vielleicht zu den anderen? Es stand auf der Kippe, und mir wurde heiß, als Clau begann, mit dünner Stimme, die man kaum verstand, unsicher und wie ein schlechter Schauspieler, der Hitler nachmachen wollte. Trotzdem wurde es still, ein paar Frauen weinten leise – wie bei den Braunen, dachte ich böse.

Dann ließ Clau seine Worte los, dass wir nur nach dem Gewissen handeln und der Obrigkeit widerstehen müssten, wenn die ihre Macht missbrauche. Lieber solle man sterben als gegen das göttliche Gewissen und seine Gesetze zu handeln.

Das war deutlich, und eine Bewegung ging durch die Menge. Hier war die Grenze, hier musste man wieder einzelner Mensch sein, an sich und sein Gewissen glauben, hier musste man etwas verteidigen, das bedroht war, Widerstand leisten. So verstanden es sofort alle. Clau redete noch weiter, wieder natürlicher und ruhiger, aber er merkte, dass er alles nur schwächer machen konnte. Der Gesang schwoll an wie eine Drohung, und ich spürte, dass die vielen Menschen hinter ihm standen, wie auch immer er das geschafft hatte, ohne Manuskript, ohne Rhetorik, nur mit seiner Schwäche und gleichzeitigen Entschlossenheit.

Er war nassgeschwitzt nachher in dem Zelt, in dem sie die Sakristei aufgebaut hatten, ich sah, wie er fast bewusstlos herumstand, ein Träumer, der eben etwas gesehen hatte, über das er nachdenken musste, kein entschlossener, mutiger Mann. Jemand hatte ihm etwas eingegeben, so wirkte er, er war nur wie eine Flasche, in der eine Flüssigkeit aufbewahrt worden war, die jetzt ihre Wirkung getan hatte. Er dachte nicht einmal daran, die nassen Sachen auszuziehen, niemand sagte etwas, und ich rief zwischen all die dummen Männer in ihren Gewändern, die da herumstanden und nichts taten: Exzellenz, zieht trockene Sachen an! Wobei ich, glaube ich, zieh gesagt habe, aber man hätte das t auch überhören können.

Alles brach in Lachen aus, auch Clau, nur mir war es ernst, und ich sah die falschen Gesichter der Spitzel, sogar hier im Zelt, die mitgeschrieben hatten und weiterleiten würden und darauf warteten, dass Clau an einer Lungenentzündung starb. Er tat, was ich sagte, aber ich musste gehen, und vielleicht ist er so noch einmal davongekommen, denn er war sehr klapprig damals, und eine Erkältung hätte ihm den Rest gegeben.

Das Erschreckende war, dass über die Predigt nicht berichtet wurde. Alles, was Clau gesagt hatte, wurde totgeschwiegen. Wir lasen die Zeitungen, auch die, die uns nahestanden, mit anderen Augen. Der Bischof von Münster hätte dem Führer die Unterstützung der Kirche zugesagt. Dabei hatte Clau das Wort Führer nicht in den Mund genommen. Reichskanzler, Oberbefehlshaber, das ja, aber Führer nicht. Da machte er einen großen Unterschied.

Es gab dann das Theater mit dem Gauleiter, wegen der Kreuze, die überall aus öffentlichen Gebäuden entfernt werden sollten. Das war wahrscheinlich die Rache. Die Leute beschwerten sich persönlich bei Clau. Der tobte nur noch. Ich sah seine wütenden, tötenden Augen, ich hatte das Gefühl, er könne in dieser Stimmung jemanden umbringen. Und er hatte ausdrücklich Anweisung, nichts zu unternehmen. Er war wie eine zusammengeballte Faust, wie etwas, das jederzeit explodieren konnte. Er schrieb einen Brief nach dem anderen an den Papst, er flehte und drohte, ich weiß, dass er sogar von seinem Rücktritt redete, ich habe die Briefe ja selbst mit ihm besprochen. Er verlangte öffentlichen Protest, aber er wusste nicht einmal, wer die Briefe abfing und ob sie der Papst überhaupt las. Ich war froh, dass er wenigstens diese Briefe hatte, in denen er sich Luft verschaffen konnte, das Ganze machte ihn krank, wenn er nicht wenigstens etwas dagegen sagen durfte.

Ich wusste es von Anfang an, sagte er, ich habe denen nie getraut, und ich merkte, dass er sich etwas vormachte.

Er bereute es wohl, dass er anfangs von einer neuen Zeit geträumt hatte, von einer Brücke zwischen der Kirche und denen. Der Josef Pieper, der Professor, den er gut kannte, der hatte ihm so etwas eingeredet, es gebe philosophische Übereinstimmungen zwischen einer gerechten Welt, von der Jesus gesprochen hatte, und dem großen deutschen Reich, das geplant war. Später hat der das natürlich alles geleugnet und ist heute wohl immer noch Professor in Münster. Clau hat sich vor dem Krieg mit ihm zerstritten.

Dann begannen die Proteste. Erst vor den Schulen, vor den Kirchen, dann sogar vor den Rathäusern und Ämtern. Clau predigte sich um Kopf und Kragen. Er verlangte, dass alle Kreuze wieder aufgehängt wurden. Er hatte nichts abgesprochen, er ließ sich einfach nicht mehr bremsen, jeden, der ihm in den Weg getreten wäre, hätte er sofort niedergemacht. Die Leute unterstützten ihn, ohne sie wäre er längst versetzt oder verhaftet worden, beides stand ja kurz bevor.

Das Ganze endete damit, dass der Erlass zurückgenommen wurde, das war sein Sieg. Aber den würden die ihm nie verzeihen. Die warteten täglich darauf, sich rächen zu können. Ich hielt es fast nicht mehr aus in Münster, am liebsten war ich in Vellern, und ich gebe zu, dass ich Angst hatte. Clau bekam viele Briefe, und er konnte sie nicht mehr alle beantworten. Die meisten lobten ihn, aber es gab auch heftige Beschimpfungen. Die beeindruckten mich letzten Endes mehr. Ich lag nachts dicht an der Pfütze, und doch rutschte ich nicht hinein, und das war im Traum beinahe enttäuschend.

Weihnachten wollte ich natürlich bei Mechthild sein, aber dann kam kurz vorher die Nachricht, dass Clau im Januar nach Rom bestellt wurde. Er wusste nicht einmal, ob das eine gute oder schlechte Nachricht war, ob das das Ende in Münster bedeutete oder eine Unterstützung – daran glaubte er fast nicht mehr. Mit ihm waren noch vier andere Bischöfe einberufen, aber das waren nicht seine Gegner. Höchstens, dass sie selbst gern so beliebt gewesen wären, so etwas erreicht hätten wie er. Neid war im Überfluss da.

Davon, dass ich mitkommen könne, war natürlich nicht mehr die Rede. Er würde im Vatikan in einem Gästehaus wohnen und essen, wozu brauchte er da eine Haushälterin. Ob er überhaupt nach Münster zurückkehren würde? Und was würde hier inzwischen passieren? Das Weihnachtsfest wurde ziemlich zerrissen. Ich briet für Clau Heiligabend eine Gans, denn die wollte er unbedingt haben und sie dann allein essen. Er hatte das Hochamt am ersten Feiertag, und danach wollte ich wieder zurück sein.

Heiligabend fuhr ich nachmittags nach Vellern, und es war so friedlich und ruhig dort, keine Aufmärsche, keine Demonstrationen, nur die Felder. Mechthild ging es gut, sie lief jetzt, und sie begann, zu lallen und lustige Laute zu formen. Die beiden Kinder waren immer zusammen, und ich war wieder einmal beruhigt. Wir packten unsere Geschenke aus, und alles war wie früher, auch meine Eltern kamen herunter. Nur Leni hatte einen Anfall, sie ließ allerlei unflätige Ausdrücke los und lachte giftig dazu, wir brachten sie in ihr Zimmer und mussten sie einschließen. Albert und Thea waren danach bedrückt, wahrscheinlich mussten sie sie wieder in die Anstalt bringen. Ich schlief mit den Kindern in ihrem Zimmer und war so zufrieden und ruhig wie lange nicht mehr. Nach dem Frühstück musste ich schon wieder los.

Das Hochamt hörte ich mir nicht an, ich hatte keine Zeit und sollte kochen, Hildegard hatte eine Stelle gefunden, und ich musste alles allein machen, bis wir ein neues Mädchen gefunden hatten. Clau kam traurig nach Hause. Er hatte über die Freude und die Zukunft predigen wollen, aber das lag ihm nicht, er war ein Warner und Mahner, und er wusste, dass die Zukunft nicht freudig sein würde. Die Leute erwarteten von ihm keinen Optimismus, sie kamen ja in die Kirche, um Angst vor Strafe und Schuldgefühle zu empfinden, dachte ich mir, um zu erschauern angesichts der menschlichen Sünde.

Ich ging später allein in den Dom, nur um nachzudenken, lief ein bisschen auf und ab, setzte mich auf eine Bank und spürte eine helle, reine Stimmung, etwas Freundliches, das sich mir von oben näherte und neben mich setzte. Ich betete für meine Tochter, das war mir das Wichtigste. Der Dom erschien mir licht und zuversichtlich, als sei etwas von Claus hoffnungsvollen Worten hängengeblieben.

Wir stritten uns jetzt oft, denn er wollte auf einmal nicht mehr nach Rom. Er fürchtete, dass man hier alles einreißen würde, wenn er nicht da war. Er hatte Angst, dass man ihn in Rom zusammenstauchen würde, entmachten, zahnlos machen. Wir stritten und versöhnten uns wieder, wenn ich mich zu ihm legte, das war immer noch da, er reagierte schnell und heftig, und dann war er viel entspannter.

Er war auch sicher, dass die anderen vier ihn ausbooten würden, er fühlte sich unterlegen, sie waren Doktoren, viel erfahrener und hatten die Gabe, die Intrigen zu durchschauen.

Du fährst, sagte ich ihm. Mach dir nicht in die Hose. Du bist ein Mann, du fährst vier Wochen, und in den vier Wochen passen wir hier auf.

Wenn man so barsch mit ihm redete, war es am einfachsten. Er wurde wütend und sah bald ein, dass ich recht hatte. Ich forderte ihn immer heraus, damit er sich fand, damit er erkannte, was richtig und was falsch war, und ich konnte nicht einmal dabei lachen, so ernst und verbissen war er oft.

Ich weiß noch, als er aufbrach nach Rom, es war Januar, und Josef und ich brachten ihn zum Bahnhof. Er war so aufgeregt, dass er in den falschen Zug steigen wollte und das nicht einmal zugeben konnte. Er hatte jede Menge Akten und Briefe dabei und fürchtete, sie zu verlieren. Wir winkten, aber er war damit beschäftigt, das reservierte Abteil zu suchen. Dann stand er plötzlich am Fenster, blinzelte hinaus, und ich empfand einen heftigen Schmerz, als wenn ich ihn nie wiedersehen würde.

Irgendetwas machte mir diesen Abschied so schwer, als hätte ich ihn schon einmal erlebt und danach sei ein furchtbares Ereignis passiert. Ich musste an etwas denken, das ich als Kind erlebt hatte. Jemand, den ich sehr dringend brauchte, ohne dessen Nähe ich nicht leben konnte, ein liebevolles, freundliches Gesicht hatte sich von mir weggedreht, und ich war dabei, es zu suchen, ich konnte gerade erst laufen und irrte im Haus herum, bis ich die Gestalt, meine Mutter oder meinen Vater, vielleicht auch meine Großmutter, gefunden hatte. Als ich endlich ihr Bein erreichen und mich festhalten konnte, spürte ich, dass etwas nicht stimmte, die Gestalt drehte sich zu mir, und es war jemand anderes, der mich erschreckte. Ein verzerrtes, böses Gesicht, eine dunkle, fremde Stimme. Ich war ganz sicher gewesen, auf der richtigen Spur zu sein, und bekam Todesangst. Ich verstand nicht, was damals passiert war, es flackerte manchmal auf und jagte mir wieder Angst ein.

Clau machte bestimmt einen Fehler, er war so ungeschickt in Verhandlungen, er brauchte jemanden, der ihm ab und zu etwas ins Ohr flüsterte, etwas Gesundes, Menschliches oder Gerissenes, aber so jemanden kannte er nicht. Die anderen brachten ihre Sekretäre mit, das waren abgebrühte, durchtriebene Leute, aber wen hatte Clau? Portmann, der trockenste, unbeweglichste, sturste Sekretär, den man sich vorstellen konnte, unfähig, zwei Gedanken gleichzeitig zu denken oder Böses zu wittern. Wehrlos wie ein Kind. Ehrlich und aufrichtig, gut, aber der falsche Mann auf diesem Posten. Ich hatte einmal versucht, mit ihm Schach zu spielen, aber es war hoffnungslos, er machte seine rechtschaffenen Züge und lief ins Unglück. Auch an dem hing Clau, und er ließ ihn sich nicht ausreden. Mit einem klugen, weltgewandten Sekretär hätte er in Rom einen anderen Eindruck gemacht. Nicht wie ein naiver Provinzbischof, den seine Leute liebten, weil sie ihn nicht verstanden.

Ich schloss das Palais ab und blieb die vier Wochen auf dem Hof, es war eine schöne, ruhige, Zeit, es wurde sehr kalt, und die Kinder freuten sich an den Eisblumen, dem Schnee, den zugefrorenen Teichen und Pfützen. Die Zeit vergeht schneller mit einem Kind, und ich genoss die Wochen, die viel zu kurz waren. Immerhin blieben Mutter und Tochter zusammen, die dachte, ich sei ihre Tante Maria, aber vielleicht spürte sie doch die Wahrheit. Wir verstanden uns, als hätte es keine Trennung gegeben, wir lachten, stritten uns, wenn Mechthild trotzig war, und sie redete mir die ganze Zeit etwas nach. Die Zeit verging schnell, dachte ich, bis zu meinem Tod waren es noch ein paar Jahre, und dann würde sie allein sein, nicht allein, aber ohne Eltern, ich musste für sie etwas aufbauen, etwas hinterlassen. Ich spürte damals stark das Herannahen meines Todes, und vielleicht war es nur eine Möglichkeit, die dicht an mir vorbeizog und mich verfehlte.

Ich empfand plötzlich Claus Nähe so, als wäre er im Raum, bei uns Zweien, wie es eigentlich hätte sein sollen, Vater, Mutter, Kind, und als wollte er mir dringend etwas sagen. Vielleicht bin ich verrückt, aber damals merkte ich, wenn mit ihm etwas war, wenn etwas Wichtiges passierte oder er meine Hilfe brauchte. Ich hatte überhaupt so eine Art zweites Gesicht, ich konnte manchmal, wenn alles ruhig war, in einer Vollmondnacht oder an einem heißen Sommernachmittag, etwas sehen, das sonst keiner sah, etwas aus der Zukunft oder der Vergangenheit, ich wusste es selbst nicht, ich erlaubte mir zu sehen, ich ließ es zu, mehr konnte ich nicht tun.

Es war so, als würde er dicht neben mir sitzen und mir etwas ins Ohr flüstern, es kitzelte sogar, und ich spürte seinen Atem in meinem Gesicht.

Mach dir keine Sorgen, sagte er, ich komme bald zurück. Und ich bringe gute Nachrichten mit.

Ich wollte nicht zweifeln und Bedenken hegen, ich ging in unsere kleine Pfarrkirche und betete für Clau und bat Gott, dass er nichts Großes mit ihm vorhaben sondern ihn auch für mich und Mechthild da sein lassen sollte.

Gute Nachrichten, was konnte das sein? Die gab es doch in Rom eigentlich nie? Die einzige gute Nachricht hätte sein können, dass er ein Bistum in Südamerika bekam, wo kein Krieg heraufzog, wo niemand verfolgt wurde, wo man sich nicht in die Politik einmischen musste. Mittlerweile war auch mir klar, dass wir in einem verbrecherischen Land lebten. Sie hatten Dr. Spiegel, den Arzt aus Oelde, so lange gequält und schikaniert, ihm hässliche Briefe geschickt, Böses über ihn in der Zeitung geschrieben, dass er sich umgebracht hatte. Er hatte auswandern wollen, aber er hätte nichts mitnehmen dürfen, kein Geld, keinen Besitz, und er hatte nicht mehr weitergewusst. Dabei hatte er sich so gut um mich gekümmert, als ich schwanger war. Wenn Clau das erfuhr, würde er nicht mehr zu halten sein.

Er kam stolz zurück, wieder schien er etwas vollbracht zu haben, er mit den vier anderen, das nun alles ändern würde. Sie hatten ein Schreiben verfasst, das der Papst veröffentlichen würde, »Mit brennender Sorge«, in dem all das öffentlich angeklagt wurde, was in Deutschland Schlimmes geschah. Clau hatte sich durchgesetzt, er war erfüllt von dem Gedanken, dass endlich alles ehrlich gesagt wurde, offen und ehrlich, das wiederholte er immer. Er hatte das Gefühl, der Papst habe ihm wirklich zugehört und verstanden, dass er eingreifen müsse.

Das schienen damals wirklich gute Nachrichten zu sein, das Schreiben wurde veröffentlicht und verlesen, alle wussten, dass Clau daran mitgeschrieben hatte, und die Kirchen wurden noch voller. Was wir damals nicht glauben konnten, war, dass der Brief so gut wie keine Wirkung haben würde.

Ich zog wieder nach Münster und wurde auf der Straße beschimpft, von einer älteren Frau, die mich angriff, ich hätte Verrat am deutschen Volk begangen – ich! Ich war so stolz darauf, als wäre ich selbst beim Papst gewesen. Ich erzählte Clau die Geschichte, er kannte die Frau und spottete über sie, ihr Mann war Metzgergeselle und jetzt plötzlich irgendwas Großes geworden im Osten. Clau bekam beleidigende Briefe, Sie Schwein stand darin und immer dasselbe. Die Nachricht von Dr. Spiegel traf ihn sehr. Er hatte ihn sogar gekannt, und er wurde traurig und böse, wenn wir über ihn sprachen.

Das machen sie doch überall so, sagte ich. Dagegen habt ihr nichts gesagt!

Das war mit dem Papst nicht zu schaffen, sagte Clau, aber ich war mir nicht sicher, ob das stimmte.

Darauf hättet ihr bestehen müssen, sagte ich.

Wir stritten uns oft über das Thema, ob es die Aufgabe der Kirche war, für die Juden einzutreten. Clau glaubte, dass die Leute das nicht verstehen würden. Wenn, dann dachten sie daran, dass die Juden Jesus ans Kreuz geschlagen hatten, warum sollte man ihnen helfen? Außerdem war der Bolschewismus eine jüdische Erfindung, das wusste doch jeder, und davor sollte man sich schützen.

Und was ist mit dem Gesetz des Lebens? fragte ich.

Clau wusste, dass ich recht hatte. Er wollte aber nicht nachgeben.

Man kann nicht zu viel auf einmal durchsetzen, sagte er. Wenn wir uns zu stark machen, gerät die ganze Lage außer Kontrolle, dann werden die anderen immer brutaler.

Manchmal erschien Clau mir durch seinen Erfolg zu selbstgewiss, er wurde nicht eingebildet, das nie, aber er dachte nicht weiter nach, er hörte auf zu suchen, das meine ich. Es war auch so, dass die anderen Beteiligten sich nicht in den Vordergrund spielten, allgemein wurde anerkannt, dass er den größten Anteil an der Enzyklika gehabt, dass er den Papst gedrängt und ihn mit den ganzen Details konfrontiert habe. Er stand plötzlich ziemlich weit vorne da. Ich dachte, wenn sie sich einen schnappen werden, dann ihn. Vielleicht waren die anderen Bischöfe deswegen so still und ließen ihm den Vortritt.

Ich weiß, dass ich Ostern 1937 krank wurde, Mandelentzündung, und weder in den Dom gehen konnte, noch Mechthild sah, die aber gesund war und bisher noch nicht einmal Fieber gehabt hatte. Heute wird ja darüber gelacht, aber damals sagten wir, ein Kind, das auf dem Land aufwächst und gestillt wird, ist das gesündeste Kind der Welt. Sie bekam natürlich ihre Kinderkrankheiten, aber genau kann ich mich an die Jahreszahlen nicht mehr erinnern.

Wir stritten weiter über die Juden und darüber, wie man ihnen helfen könnte.

Aber wir wussten nicht, dass es schon viel zu spät war. Die, die nicht gleich im Anfang geflohen waren, hatten keine Chance mehr. Erst als Mechthild größer war, hatte ich wirklich Augen für das, was um mich herum passierte. Clau sah das alles nicht. Die Schilder und die Sterne, es wurde ja immer schlimmer. Ja, warum taten wir nichts? Waren wir nur Egoisten, glaubten wir immer noch an die jüdische Weltverschwörung? Wir merkten einfach nicht, dass es folgerichtig ablief und immer härter und konsequenter wurde. Wenn wir darauf gehorcht hätten, hätten wir es spüren müssen.

Clau fuhr viel herum, und er genoss seine Beliebtheit. Manchmal machte er Witze darüber. Er wusste, wenn er eine Losung ausgeben, eine Versammlung einberufen, einen Ort für einen Protest nennen würde, wären Hunderttausende dabei. Er dachte an diese Macht, und irgendwie bekam ihm das nicht gut. Nach dem Essen, wenn viel Speck in den Bratkartoffeln gewesen war, oder nach einer großen Portion Möpkenbrot, wenn er ein paar Korn getrunken und seine Zigarre geraucht hatte, redete er über die Wucht, mit der seine Gläubigen aufstehen und zuschlagen könnten, wenn er es ihnen sagte. Oder spielte er diese Stärke nur?

Ich war mir nicht ganz sicher, aber ich fand, er sollte nicht so zufrieden und satt sein. Er klopfte ungeduldig mit den Knöcheln auf den Tisch, wenn ich ihm widersprach. Aber ich gab nicht klein bei, ich hielt mich an mein Gewissen, und ich konnte auch predigen, wenn es darauf ankam. Nachdem ich schon mit dem Kind nachgegeben hatte, wurde ich immer unduldsamer. Ich verlangte, dass Clau nicht nur redete, er sollte etwas unternehmen, damit der Papst den Juden half. Auch die Kommunisten wurden ja gejagt und eingesperrt, aber war das nötig? Was sagte die Kirche dazu?

Manchmal schrien wir uns an, und wenn Josef in die Küche kam, sah er erschrocken aus, dann mussten wir alle lachen. Ich finde heute, dass Clau in dieser Zeit versagt hat, er ruhte sich aus, er bewegte sich nicht, er saß auf seinem Hintern und war viel zu schwerfällig. Es war dann auf einmal zu spät. Mechthild war drei geworden, und ich war an ihrem Geburtstag bei ihr gewesen. Ein paar Wochen später wollte ich sie besuchen, im November, aber dann ging es plötzlich los. Wir hatten schon länger Informationen, dass etwas geplant war, und ich wusste sofort, dass ich zu Hause bleiben musste. Reichskristallnacht nannten sie das.

Wir waren gefangen, überrumpelt, obwohl wir es besser hätten wissen müssen. Wer waren die, die das machten? Warum taten unsere guten Katholiken von Münster nichts dagegen? Vielleicht war es bei uns nicht so schlimm wie woanders, das wurde immer behauptet, aber ich weiß es nicht. Wir waren gescheitert, Clau war gescheitert, er konnte sofort seinen Hut nehmen, alles Stillhalten, alle Geduld, alle Erklärungen und Briefe waren umsonst gewesen. Er kämpfte nicht mehr für das Gesetz des Lebens. Er hatte versagt. Ich glaube, dass er erst danach begriff, was er zu tun hatte.

Die Synagoge brannte, die Geschäfte wurden geplündert, Leute aus ihren Wohnungen vertrieben. Clau war nicht da, er war auf Firmreise in Oberhausen. Wir saßen im Palais und waren machtlos. Josef fuhr herum und berichtete, dass die Polizei nichts tat, sie war überhaupt nicht zu sehen. Clau rief abends spät an und wollte einen genauen Bericht. Was war passiert? Ich erzählte, so gut ich konnte. Er wollte sofort am anderen Morgen zurückkommen. Wir hatten erfahren, dass der Rabbiner Steinthal verhaftet worden war, Clau kannte ihn gut, er wurde zornig, aber weil er nichts tun konnte. Josef musste sofort zu der Familie Steinthal fahren und nach ihnen sehen, Clau ließ ihnen seine Hilfe anbieten, aber er knirschte mit den Zähnen, weil er wusste, dass es doch zu spät war.

Ab jetzt konnte er nicht mehr kämpfen, sie hatten ihn lächerlich gemacht, in seinem Bistum war es genau wie überall, heidnisch, unchristlich, die Kreuze hatten sie zwar wieder aufgehängt, aber die Schaufenster zerschlugen sie und warfen den Leuten die Wohnungseinrichtung auf die Straße. Das waren nicht nur die anderen, das waren Leute, die in die Kirche gingen, die man beim Einkaufen traf oder aus der Schule kannte. Man konnte nicht mehr sagen, die anderen hätten uns unterdrückt oder verführt.

Josef kam zurück und berichtete, dass er den Auftrag ausgeführt hatte, noch war die Familie nicht direkt bedroht, aber sie brauchten Hilfe, das war klar. Sie mussten auswandern, wenn das überhaupt noch möglich war. Und Steinthal selbst? Wir konnten natürlich nichts erfahren, obwohl Clau am nächsten Morgen bei der Polizei nachfragen ließ. Gestapo, da konnte man nicht nachfragen. Entweder man kannte jemanden ganz oben oder nicht, und Clau hatte da keine Verbindungen. Oder doch? Vielleicht bereute er auch das. Die hätten sowieso nicht mit ihm geredet, sagte er. Er hatte es aber auch nicht versucht. Er hatte ganz auf seinen Stolz, sein Gewissen, seine Kraft gesetzt und verloren, er wusste jetzt, dass er verloren hatte.

Ich war dabei, als zwei Tage später die Delegation von der Synagoge kam, denn Clau holte sie in die Wohnung, er wollte sie nicht im Büro empfangen. Es waren drei ältere Männer, gläubige Juden, ich kannte zwei von ihnen, der eine hatte ein Wäschegeschäft am Domplatz, aber es war ausgeplündert. Sie wollten, dass Clau sofort öffentlich bekannt machte, welche Verbrechen passiert waren, und sie verurteilte, jeden persönlich schuldig nannte, der mitgemacht hatte, und er sagte das sofort zu.

Ich machte dann eine Gemüsesuppe und hörte nicht mehr, was gesprochen wurde, aber Clau hielt mir zwei Seiten hin, die er sofort geschrieben hatte, sie waren voller Wut und Anklage, und ich traute mich nicht, ihm zu sagen, dass er das nicht vorlesen konnte. Sie hätten ihn sofort verhaftet. Er wollte das am Sonntag so verkünden, und er glaubte immer noch an die guten Katholiken von Münster, dass sie in der Mehrzahl wären. Samstagabend kam dann Steinthal wieder frei, und er bat sofort um ein Gespräch.

Ich war nicht dabei, aber Clau erzählte mir noch in der Nacht, dass Steinthal ihn gebeten habe, nichts öffentlich zu sagen, er befürchtete, dass alles noch schlimmer würde. Noch schlimmer! Clau war wieder wütend, er hatte die Predigt fertig, er wollte die Leute aufrütteln, anbrüllen, er wollte eine Generalabrechnung. Er musste Steinthal versprechen, nichts zu provozieren, dieser Rabbi war wohl so naiv zu glauben, er könne jetzt durch Stillhalten noch etwas retten. Viele glaubten das. Er versuchte auch nicht mehr, auszureisen oder wenigstens seine Familie wegzuschicken. Ich habe ihn als einen kleinen, sanftmütigen, schüchternen Mann in Erinnerung, ganz anders als Clau, und doch verstanden sie sich gut, es war das erste Mal, dass ich erlebte, dass Clau nachgab. Die ganze Familie wurde später abgeholt, die sind vergast worden, von uns Deutschen, nicht von den anderen, von Katholiken vielleicht, von Clau, auch von mir, auch ich habe nichts dagegen getan.

Ich hatte wieder diese Träume, in der sich die fremde Gestalt zu mir umdrehte und mir drohte, gleichzeitig wollte sie mir etwas zeigen, sie wollte mich zwingen, es anzusehen, aber ich traute mich nicht. Ich wollte das nicht sehen.

Clau hielt eine freie Predigt über die Tugend des Schweigens, so dass jeder merkte, wovon er nicht reden durfte. Aber die Leute waren unzufrieden, sie hatten sich ein deutliches Wort erhofft, eine klare Verurteilung. Die, die widerstanden und vielleicht sogar andere abgehalten hatten mitzumachen, murrten. Warum kuschte der Bischof und hielt den Mund? Erpresste man ihn? Hatte man etwas in der Hand? Hatte er doch Angst bekommen, um sein persönliches Leben, seine Privilegien? Nichts hat Clau so geschadet wie diese Auslassung, dieses Schweigen. Er war ja selbst nicht überzeugt, dass es richtig war, nichts zu sagen. Wir merkten dann auch bald, dass das ein großer Fehler gewesen war, dass alles, was wir uns damals immer noch nicht vorstellen konnten, oder nicht wahrhaben wollten, noch viel schlimmer werden würde.

Ein Jahr später begann der Krieg, und ich erinnere mich an die Zwischenzeit als an ein sehr bedrücktes, bedrückendes Jahr. Im März starb der Papst, ein neuer wurde gewählt, Pius II., Pacelli, den kannte Clau aus Berlin, der war ja Nuntius gewesen, und Clau hoffte, dass er etwas gegen Hitler tun würde.

Clau versuchte, alles anders zu machen, das Vertrauen wiederzugewinnen, sogar ein paar andere Bischöfe hatten mehr gewagt als er. Selbst Josef riskierte die Bemerkung, dass wir hier in Münster nicht gerade mutig gewesen wären. Wir waren immer noch völlig unwissend, was alles geplant war. Sogar dem Krieg stimmte Clau ja noch zu, der Kampf gegen den Bolschewismus wäre gerecht, das war so vorbereitet und abgesprochen, aber ich glaube nicht, dass Clau sich vorstellen konnte, was Krieg wirklich bedeutete. Er verstand auch nicht, dass er nun gar nichts mehr zu sagen hatte, dass alle bei dem Kriegsgeschehen waren, dass jede Kritik wie Verrat klang, dass es niemanden mehr interessierte, was ein kleiner Bischof in der Provinz dazu sagte. Er war völlig belanglos geworden.

Und immer war da die Frage: Liebt er mich jetzt eigentlich, was bin ich für ihn? Eine Haushälterin mit ein paar mehr Aufgaben? Eine Schülerin, bei der er sich überlegen fühlen konnte? Eine Sekretärin, mit der er seine Entscheidungen besprechen konnte? Ich teilte mich selbst in diese drei oder vier Rollen und probierte sie abwechselnd aus. Liebte ich ihn? Wie soll man so eine Frage wirklich beantworten? Warum kroch ich abends zu ihm, wenn er das wollte? War auch ich nur ein Körper, ein Tier, das seine Wärme und seine Berührung brauchte? Oft sprachen wir darüber, was der Mensch eigentlich sei, warum er so hastig und schmerzhaft, so wenig vernünftig und impulsiv lebte, jeden winzigen Vorteil und jede kleine Wärme vorziehend einer großen Seelenruhe, die ihm doch eigentlich möglich wäre.

Clau erkundigte sich immer häufiger nach Mechthild. Es war, als entdecke er erst jetzt, dass er eine Tochter hatte. Er wollte sie sehen, und manchmal machte er wieder seine heimlichen Ausflüge mit Josef. Sie würde wie ich in die Volksschule in Vellern gehen, wenn sie größer war, und Clau wollte, dass sie später ein Mädcheninternat besuchte, damit sie wenigstens eine gute Ausbildung bekam. Aber wie sollte sie in einer solchen Schule bestehen, wenn sie nicht bei allem mitmachte? Er wollte mit den richtigen Leuten reden, aber ich glaubte nicht daran. Ich sah, dass es ihr gut ging, und das reichte. Sie musste viel Kraft haben, um sich später behaupten zu können.

Es sei denn, wir wanderten aus! Ich fing wieder an, mit Clau darüber zu sprechen. Wir würden uns auf ein Schiff schmuggeln, ein paar Koffer und Geld an meinen Onkel in Chile vorausschicken, und niemand würde uns lange vermissen. Viele würden froh sein, dass Clau keine Schwierigkeiten mehr machen konnte. Er hatte hier nichts zu tun. Aber er sagte nichts zu meinem Plan.

Manchmal klingelte nachts jemand oder klopfte bloß an das Fenster, ein Verfolgter, jemand, der einen anderen versteckt hatte. Sie wollten Hilfe, sie wussten, dass Clau auf ihrer Seite war, sie wussten auch, dass er nichts tun konnte, aber sie flehten ihn an, ihre Schützlinge zu verstecken, in einem Kloster unterzubringen. Er hatte zwei, drei Leuten auf diese Weise geholfen, aber er wusste, dass er beobachtet wurde und niemand mehr sicher war, den er weiterschickte. Es ging nicht, er musste die Leute abweisen, er brüllte manchmal vor Wut danach oder zerschmiss ein Glas an der Wand. Es ekelte ihn, so untätig, so angepasst, so feige sein zu müssen.

Ich nahm mir dann vor, mit Mechthild allein nach Chile zu gehen, mein Onkel würde schon etwas für uns tun, ich würde Clau vergessen und endlich nur mit meiner Tochter leben. Aber wenn ich mit Clau darüber redete, wurde er noch wütender. Einmal sagte er sogar, er könne sich vorstellen, mitzugehen, er könne hier doch nichts Gutes mehr tun, alle seien gegen ihn.

Aber das stimmte nicht, er konnte nicht loslassen, er war so verheiratet mit seinen Gläubigen, da war nichts zu machen. Wenn er auftauchte, um eine Messe zu halten, standen die Leute dichtgedrängt und jubelten ihm zu. Er konnte das nicht aufgeben. Das war seine Nahrung, daran hing er bis zuletzt. Die Leute sahen in ihm etwas, das er nicht war, aber er kapierte es nicht. Sie sahen nur den aufrechten, großen, würdigen Bischof, mit seiner Schleppe, seinem Stab, unter seinem Baldachin, den ganzen Aufwand und

Prunk. Sie sahen nicht, dass alles leer und machtlos geworden war. Sie wollten es nicht sehen, sie wollten die Hoffnung behalten, es würde eine Art Gerechtigkeit geben.

Schließlich dachte ich dann doch, er liebte Mechthild und mich, er konnte es nicht sagen, aber ich spürte, dass er uns brauchte, vielleicht war es nur das. Ich hatte manchmal das Gefühl, dass er in sich zusammensackte, wenn er nach Hause kam. Nachts lief er schlaflos durch das Haus und sah kleiner aus, wie geschrumpft, wie ein Geist, es war keine Spur von dem großen Herrn, der sich zujubeln ließ und gnädig winkte. Er ließ sich trösten, und er konnte solange nicht einschlafen, bis ich ihn anfuhr, jetzt sei es aber genug, er solle schlafen und endlich ruhig sein. Er war das so gewohnt, vielleicht hatte seine Mutter das so gemacht, er brauchte jemanden, der ihm widersprach. Gern habe ich das nicht getan, aber ich war froh, wenn es endlich ruhig wurde, bis wieder jemand ans Fenster klopfte.

Die Leute, die ich weggeschickt habe, sagte Clau einmal, die werden wiederkommen und mich anklagen, und ich werde nichts zu meiner Verteidigung sagen können.

Er fühlte sich mutlos in dieser Zeit, als sehe er alles schon voraus, er brauchte Fortschritt, Veränderung, und er war gezwungen, stillzuhalten.

Einmal kam ich mit dem Zug aus Vellern zurück und musste dringend zur Toilette, hatte aber kein Geld mehr dabei. Ich war noch nie auf der Bahnhofstoilette gewesen, weil ich es nicht weit bis zum Palais hatte, ärgerlicherweise hatte ich diesmal keinen Schlüssel dabei und wusste nicht, ob mir überhaupt jemand aufmachen würde, ich hätte dann zu Pater Bart gehen müssen und es nicht mehr ausgehalten.

Unten begrüßte mich die Klofrau gleich mit »Heil Hitler!«, und zwar in ziemlich strammem Ton. Ich machte mir fast in die Hose und bat sie, mich schnell reinzulassen, denn sie versperrte den Weg zur Damentoilette.

Erst zahlen, sagte sie, höhnisch lachend, denn sie hatte meine Not sofort erkannt.

Ich habe jetzt kein Geld dabei, ich wohne in der Nähe, ich bringe es morgen vorbei, ich kann nicht mehr, sagte ich und versuchte, mich an ihr vorbeizuschieben. Es ist dringend.

Kommt nicht in Frage, sagte sie und hielt die Tür zu.

Bitte nur jetzt, keuchte ich schon.

Nein, wo kommen wir denn da hin. Ich kann doch auch nicht einfach machen, was ich will, sagte sie und schob mich weg.

Ich schleppte mich nach Hause, Gott sei Dank war Josef da, aber ich dachte noch lange über die Gesinnung dieser Frau nach. Sie hatte noch nie das tun können, was sie wollte, und deswegen sollten die anderen auch leiden, das war genau die Zeit, in der wir lebten, das war ihr Geist. Genauso waren der Führer und seine Truppen, seine Leute, seine Gesetze. Sie hatten so lange nicht tun können, was sie wollten, dass sie sich jetzt an allen dafür rächten, mit ihren Verboten und Strafen, mit ihrer Gewalt und ihrem Brüllen. Es war höchste Zeit, dass ich wegging. Hier sollte meine Tochter nicht aufwachsen.

Aber hatte ich denn jemals das tun können, was ich wollte? War ich deswegen böse und voller Rachsucht? Rächte ich mich dafür an Clau? Ich sprach mit ihm, es war mitten in der Nacht, er hatte wieder nicht schlafen können und wartete auf den Morgen. Ich sprach von den Sorgen, die ich mir machte, von der Gewalt, die von diesen Leuten ausging, die auch in der Schule das Sagen haben würden, vom Auswandern. Clau war wohl ziemlich mitgenommen von den Verbrechen in Münster, es muss kurz danach gewesen sein. Aber er, er hatte doch getan, was er tun wollte?

Dies war das einzige Mal, dass er mir eine Art Liebeserklärung machte. Er sagte es natürlich nicht so direkt, und es war auch die einzige Liebeserklärung in meinem Leben. Aber etwas verwandelte sich, als er sprach. Er hatte die Gabe, in leisen Worten einfach zu sprechen, so dass es einen bewegte. Er sprach von meinen Vorzügen, meiner Seele, meinem Charakter. Er lobte plötzlich meine Muttergefühle, mein Verantwortungsbewusstsein. Er sprach ernst und bestimmt eine halbe Stunde, als habe er sich das vorher alles aufgeschrieben. Natürlich war er damals nach Vellern gekommen, natürlich hatte ich immer gemerkt, was ich ihm bedeutete. Aber dass er es aussprach, war schon etwas anderes.

Ich spürte auch stark, dass er nicht weggehen konnte, er wartete jede Nacht auf einen Ruf, um seine Aufgabe zu tun, die ihm noch bevorstand. Er glaubte, dass Gott ihm etwas aufgehoben hatte, etwas Wichtiges, das nur er tun konnte, und dass es bald so weit war. Deshalb wollte er bereit sein. Er musste noch fast drei Jahre warten, aber er hatte recht.

Ich lag bei ihm bis zur Dämmerung, und ich werde die vielen schönen Worte nie vergessen. Es waren eben nicht bloß schöne Worte. Er hatte mich überzeugt, dass unser Platz hier war, dass ich mit zu dieser Aufgabe bereit sein musste.

Am Tag war alles verflogen, der Zauber des Gesprächs, die Stimmung, aber ich erinnerte mich immer an diese Nacht, wenn wir Streit hatten oder es mir wieder zu viel wurde, wenn ich fliehen wollte.

Er hatte so zärtlich gesprochen, wie es vielleicht nur ein Verzweifelter kann, voller Inbrunst, wie in einem Gebet, das aus tiefstem Herzen kommt. In diesem Moment muss er wirklich so empfunden haben, und wenn ich mit aller Kraft versucht hätte, ihn umzudrehen, hätte ich ihn wahrscheinlich in dieser Nacht so weit bekommen, heimlich mit uns wegzugehen. Aber jetzt wollte ich meinen Platz nicht mehr verlassen.

Heute denke ich, es wäre gut gewesen, wegzugehen, ein verstecktes Leben anzufangen zu dritt, dann wäre Clau bestimmt nicht krank geworden, wir hätten etwas Land gekauft und bestellt und ruhig und friedlich zusammengelebt.

Als der Krieg begonnen hatte, wurde alles noch viel schlimmer, aber auch einfacher, weil man wusste, worum es ging. Niemand wollte ja den Krieg verlieren, auch Clau nicht, er war dafür, jedenfalls am Anfang. Er gab ein paar kräftige Erklärungen ab, er machte sich auch wohl etwas vor, als glaubte er noch an Ehre und Gehorsam und Vaterland und all diesen Quatsch, damals musste man daran glauben. Er wollte kein Verräter sein, und vor allem wollte er ein Mann sein, das war die empfindliche Stelle, da sagten sie, jemand, der so allein lebt, ohne Familie, ohne Frau, der könne nicht wie ein deutscher Mann empfinden. Aber es war jetzt auch vieles egal, was er sagte, was er tat, man sah nicht mehr so genau hin.

In der ersten Kriegszeit haben wir dann mehrere Leute versteckt, sie kamen im Dunkeln, schliefen im Keller, und sie hatten Todesangst. Clau wollte nicht, dass ich etwas darüber wusste, damit ich nicht verhört werden würde, vielleicht hatte er Angst, dass ich nicht lange standhielt. Auf keinen Fall durfte ich mir Namen oder Gesichter merken, ich sollte immer so tun, als wüsste ich nichts, schärfte er mir ein. Woher diese Leute kamen, erfuhr ich nicht, es war alles abgesprochen, sie wurden in ein Kloster und von dort nach Holland gebracht, vorläufig, aber auch das sollte ich nicht wissen. Clau wusste, dass niemand zu ihm halten würde, keiner seiner Mitbrüder würde ihn schützen, aber es war ihm egal, er war sowieso mit fast allen zerstritten, mit manchen redete er nicht mehr, das war nicht besonders christlich, aber besser als diese Heuchelei.

Ich erinnere mich, dass ich den Leuten etwas zu essen und zu trinken brachte, wir hatten neben dem Kohlenkeller einen engen Gang mit einer Art Geheimtür, hinter der sich eine Treppe nach unten befand, in einen noch mal tiefer gelegenen Keller, und hier brachte er sie dann unter. Manchmal blieben sie zwei oder drei Nächte.

Ich erinnere mich, dass einmal nachts an der Tür geklopft wurde und ich aufmachen musste. Es waren zwei Männer, die jemanden suchten. Ich ließ sie nicht rein, aber ich hatte Angst bekommen. Clau kam runter und schickte sie weg, sie schienen ihm zu glauben. Nachts stieg ich noch einmal in den Keller, um zu sehen, ob alles in Ordnung war. Dort unten war kein Strom, und ich ging mit der Karbidlampe runter. Ich öffnete die Tür und leuchtete in den Raum. Es gab nichts, nur ein paar Decken, die man schnell wegräumen konnte. Es war ein Mann unten, der mich erschrocken anstarrte, voller Angst und mit dem Gefühl, nun sei es zu Ende.

Ich werde den Blick nie vergessen, das Leiden, den Schmerz in seinen Augen, ich wusste nicht, was mit ihm war, was er erlebt hatte, aber in seinem Blick sah ich das alles. Er war wie ein Geist, der nur noch Geist war, der Körper hatte sich schon verabschiedet. Es war, so kam es mir nachher vor, als habe ich Jesus gesehen, wie er da lag als der Geringste unter uns, der war es, gerade dieser entlaufene, verängstigte, hungrige, frierende Mensch, dieser Schatten, der noch von ihm übrig war.

Am nächsten Tag war er weg, und Clau erfuhr nie etwas von ihnen, ob sie angekommen oder geschnappt worden waren. Er mochte nichts mit den belastenden Informationen zu tun haben, er schien immer noch auf seine Sendung zu warten, er wollte nicht darüber stolpern und in irgendeinem Zuchthaus oder Lager landen. Auch ich mochte nicht verdächtig werden, ich wollte für meine Tochter leben und bei ihr sein, solange sie mich brauchte.

Als es nun mit dem Ausreisen zu spät war, fand ich mich damit ab. Ich war viel auf dem Hof, es war nicht das Schlechteste, wenn Mechthild dort bleiben konnte, und ich merkte jedes Mal, dass sie keine Angst und keine Sorgen hatte. Sie war ein Sonntagskind.

Nur Clau wurde immer schroffer und bitterer. Er hasste die angepassten Feiglinge, die Waschlappen, die ihn ausmanövriert hatten. Am liebsten blieb ich jetzt auf dem Hof; im Winter, wenn morgens die Tiere versorgt waren und wir ein bisschen mehr Zeit zum Frühstücken hatten, konnte ich mich kaum wieder trennen. Es war so schön, die Kanne mit duftendem Karo-Kaffee auf dem Tisch, mit Thea zu schwatzen, die Kinder spielten in der Küche oder in der Diele, und ich fuhr manchmal einfach einen Zug später.

Natürlich sprachen sie hier alle nur gut über Clau, denn sie hatten Respekt oder sogar ein bisschen Angst vor ihm. Aber ich merkte doch, dass ihn keiner verstand. Jeder wusste, dass er auf verlorenem Posten stand, dass seine Absetzung beschlossen war, es war nur die Frage, wie er reagieren würde und ob seine

Gläubigen angesichts des Krieges überhaupt etwas unternehmen würden. Ich rieche jetzt noch den Duft aus der großen Küche meines Elternhauses, sehe uns da sitzen und spüre meinen Wunsch, wieder von dort aufbrechen zu können.

Clau sagte nie etwas, wenn ich zu spät kam. Er versorgte sich dann selbst, einmal schälte er sogar die Kartoffeln für das Mittagessen, als ich nicht rechtzeitig da war. Er konnte mich nicht entlassen, aber ich wollte es auch nicht übertreiben. Oft nahm ich mir jetzt frei und blieb nachts in Vellern. Ich spürte Claus Einsamkeit und seine bitteren Gedanken, aber ich hatte doch ein Recht zu leben, fröhlich zu sein, zu lachen. Es war eben nicht sehr anziehend, wenn er vor sich hin schimpfte, zu viel Korn trank oder nächtelang seine Beschwerdebriefe entwarf.

Wenn ich nachts wach wurde und wieder geträumt hatte, hörte ich ihn in seinem Zimmer rumoren. Jetzt war es, als hätte ich mich getraut und mit der Gestalt aus dem Traum gekämpft, als hätte ich ihr etwas entrissen und sie damit besiegt. Aber was sie mir hatte zeigen wollen, was ihre hässliche Absicht gewesen war, warum ich mich nicht traute, hinzusehen, das konnte ich aus dem Traum nicht übersetzen. Träumend war es mir wohl klar gewesen, aber ich vermochte dieses Verständnis nicht mit hinüberzunehmen. Es war, als sei da drüben ein tiefes, einfaches, überraschendes Wissen vorhanden, das man nur dort hatte und das sofort verflog, wenn man aufwachte. Damals verstand ich noch nicht viel von Träumen, ich spürte nur, dass ich tagsüber dumm war und nachts ein besserer Mensch wurde.

Clau sprach oft von Berlin, von den Jahren, als er dort Pfarrer gewesen war, das sollte jetzt so eine schöne Zeit gewesen sein. Er hatte da ein Heim für

Handwerksgesellen mit aufgebaut, mit seinem eigenen Geld, und es war da immer so ein guter Gemeinschaftsgeist gewesen. Als einfacher Pfarrer, da konnte er schon mal selbst eine Arbeitsjacke anziehen und in der Werkstatt Holz sägen, anschließend hatten sie dann zusammen Bier getrunken, es wurde über alles geredet, und man hatte vergessen, dass er ein geistlicher Herr war. Auch wurde er nicht auf Schritt und Tritt beobachtet, er konnte sich schon mal ein paar Fehler erlauben, zu spät kommen oder unvorbereitet sein, er war noch jung und hatte so viel Zeit gehabt zum Lesen! Ich glaubte ihm das nicht. Klar war es jetzt schwer, und vielleicht war das Gefühl so schön gewesen, ein richtiger, normaler Mann zu sein, wie diese Handwerksgesellen, das war der Punkt. Aber jetzt hatten wir Krieg, und er war Bischof. Er schien in diese Erinnerungen zu flüchten, die er sich schön färbte.

Wenn er von Deutschland sprach, hatte ich auch das Gefühl, dass er sich etwas vormachte. Er stellte sich ein Gebilde vor wie die Landschaft einer Modelleisenbahn, viele schöne Wälder, ein paar Tiere, wenige Menschen, alles harmonisch und friedlich. Irgendwo sollte ein König sein, der die Untertanen behütete, die Leute sollten arbeiten, feiern, Familien gründen und an die Natur glauben. Das war doch eine Geschichte aus dem vorigen Jahrhundert! So würde es nie wieder werden, das begriff ja selbst ich. Wir wurden regiert von den Fabriken, von den Banken, von den Industriellen. Die wollten so lange wie möglich am Krieg verdienen und dann am Aufbau des Zerstörten. Das war doch jetzt schon klar. Und die brauchten Arbeitskräfte. Der Krieg war doch nicht dazu da, um unsere Ehre wiederherzustellen, das konnte Clau nicht im Ernst glauben.

Aber er phantasierte immer weiter von der neuen christlichen Ordnung, von den ewigen Naturgesetzen, von der göttlichen Kraft im Menschen. Er sah nicht die Bosheit, den Egoismus, die Gewalttätigkeit. Er kannte die Arbeit der Bauern und der Handwerker, er wusste auch, was harte Arbeit ist, aber er kannte kaum das Leben der Arbeiter, das konnte er mir nicht erzählen. Er stellte sich alles so schön sauber getrennt vor.

Die Juden würden eben wieder in Palästina leben, Deutschland würde doppelt so groß sein, würde genug Korn und Lebensmittel und Rohstoffe haben, um unabhängig zu sein, und dann würde alles gerecht zugehen? Clau war nicht einmal dafür, dass jeder wählen sollte. Was war dabei herausgekommen? Anarchie und dann die Braunen. Also sollten nur die Verantwortungsvollsten eine Stimme haben, wie er das nannte. Er begriff nicht, dass das nie wieder so sein würde, dass er nichts zurückträumen konnte, dass die verantwortungslosen Leute jetzt das Sagen hatten und es nie wieder abgeben würden.

Von heute aus hört sich das alles so einfach an, aber für mich war es schwere Arbeit, das zu durchschauen. Ich glaube auch, dass Clau sich oft dümmer oder naiver stellte, als er war. Das regte mich sehr auf. Wenn ich mich nicht mit den politischen Sachen beschäftigt hätte, hätte er weiter geträumt, da bin ich sicher. Mit den Adligen und Bischöfen war es doch längst vorbei, das machte ich ihm wenigstens klar. Es war einfach so, dass er sich jetzt mehr in der Vergangenheit aufzuhalten begann, viele Erinnerungen kamen nach oben, aus seiner Kindheit, seinem Studium, der Zeit in Berlin. Ich glaube, er merkte selbst, dass er sich was vormachte mit dem Krieg und dem großdeutschen Anspruch. Er spürte, dass er sich verraten und verkauft hatte. Wie es nach dem Krieg in Deutschland weitergehen würde, das beschäftigte ihn, auch wenn er das nicht sagte.

Es war unglaublich anstrengend mit ihm, das merke ich heute noch, wenn ich davon erzähle. Immer schien er wegzudrehen, in seine Träume, seine Erinnerungen, seine altmodischen Ideale. Immer hatte ich das Gefühl, ich müsse ihm die Augen öffnen, die Illusionen nehmen, ihn mit der Wirklichkeit zusammenbringen. Dann verbiss er sich wieder in einen Fall, eine Beschwerde über einen Pfarrer, der angeblich die Wehrmacht lächerlich gemacht hatte, den er versetzen sollte, auch in solchen Sachen wurde er zunehmend blind. Er bemerkte nur die Ungerechtigkeit, aber er sah nicht, dass auf beiden Seiten Menschen waren, die man hätte beeinflussen und versöhnen können. Clau ließ den Pfarrer dort, sprach nicht einmal mit ihm, das war dem doch selbst unheimlich.

Wir hatten Glück, meine Brüder waren zu alt, und die Kinder noch zu klein für den Krieg, sie konnten alle zu Hause bleiben. Auch die Knechte ließen sie uns, denn die Ernte war ja wichtig für den Krieg. Für uns veränderte sich erst mal wenig, nur dass ich das Gefühl hatte, mit Clau in einen dunklen Schacht zu fallen, wenn ich ihn nicht zurückhielt. Leni war nun endgültig in Marienthal in der Anstalt, es ging nicht mehr anders, sie gaben ihr Spritzen, damit sie ruhig blieb. Thea bekam noch ein Baby, und wir alle freuten uns, es war ein Mädchen, und Mechthild kriegte schon alles mit. In dieser Zeit begann ich etwas Merkwürdiges an ihr zu beobachten, ein stilles Lächeln, das nie eindeutig war, rätselhaft, so als sei sie mit etwas sehr zufrieden und wolle aber mit niemandem darüber reden; es war kein ansteckendes Lachen, eher ein überlegener Gesichtsausdruck, als wisse sie alles, und es lohne sich nicht, das auszusprechen.

Sie wurde sechs, und sie kam in die Schule, das zweite Kriegsjahr begann. Sie und Hermann halfen mit im Stall und auf dem Feld. Ich sah mich selbst zur Schule laufen, wenn die beiden morgens aufbrachen. Es war so schnell gegangen, kaum war ich aus dem Haus gewesen, wurde ich schon alt. Meine Eltern starben, kurz nacheinander, wir hatten zwei große Beerdigungen. Da hörten wir auch die ersten Gerüchte von den Lagern, von den Erschießungen im Osten, niemand hatte Zweifel, dass das stimmte, aber kaum jemand wollte es wirklich wahrhaben. Es war wie ein Gift, das eingesickert war und einem das Atmen unmöglich machte.

Wir hatten einen Deserteur auf dem Hof, der aus dem Osten abgehauen war, wie er das geschafft hatte, verriet er nicht. Er erzählte die schlimmsten Dinge. Er versteckte sich in der alten Scheune, aber lange ging das natürlich nicht gut. Für meinen Bruder war das zu riskant, aber er konnte ihn nicht wegschicken. Das war ein Junge aus Sendenhorst, Albert kannte sogar die Eltern. Mit neunzehn hatten die den weggeholt. Der Junge begriff nicht, dass er niemals mehr freikommen würde, er plante, sich bis zum Kriegsende zu verstecken, bei irgendwelchen Verwandten, aber er hatte nicht mal eine Chance, zehn Kilometer weit zu kommen, und zu Hause würden sie ihn sofort suchen. Ich überlegte, ihn mit in unseren Keller zu nehmen, aber dann hätte Clau Schwierigkeiten bekommen, und so dachte jeder nur an sich.

Der Junge hat sich dann erhängt, als er verstanden hat, wie es für ihn aussah. Es muss grauenhaft gewesen sein, die Kinder haben ihn in der Scheune gesehen, bevor mein Bruder ihn abschneiden konnte. Ich bin sofort hin, um sie abzulenken, man merkte ihnen nichts an, aber es saß tief, das spürte ich, es saß das ganze Leben in ihnen. Auch da hatten wir versagt. Wir hätten ihm ein Erdloch graben können, in dem er sich immer verstecken konnte, vielleicht wäre das ein halbes Jahr gutgegangen, der Krieg dauerte zu lange, und irgendwann wäre er gefunden worden. Trotzdem habe ich ein Gefühl von Schuld. Die Eltern wurden nachträglich noch beschimpft und schlecht gemacht, mit ihrem Deserteur und Selbstmörder. Mein Bruder musste natürlich sagen, er hätte ihn vorher nie gesehen, der wäre nachts in die Scheune eingebrochen, um sich zu erhängen, und es gab keinen Verdacht gegen ihn.

Mit Clau wurde es immer schlimmer. Er war so verbissen und angespannt in seinem Streit, er hatte sich stets auf das Recht berufen, sich im Recht gefühlt, und er musste einsehen, dass es nicht mehr galt, dass seine ganze Taktik, immer beim Recht zu bleiben, kindisch gewesen war. All seine Briefe an Hitler, an den Kirchenminister, an die Landesregierung, an all diese höhnischen Kerle, das war doch von niemandem ernst genommen worden. Er bekam ja auch nie eine richtige Antwort, immer von diesem Lammers, dass sein Brief weitergeleitet worden war, das war alles. Und dafür hatte er nächtelang überlegt, formuliert, umgeändert, verbessert, laut vorgelesen.

Am schlimmsten war es in dieser Sache Vorwerk gewesen, was hatte er sich da gestritten, was hatte er Eingaben gemacht und Beschwerden, die Briefe an den Monsignore, die hatten ihn ausgetrickst. Er war doch auch zu gutgläubig, immer alles korrekt aufzuschreiben, immer bei der Wahrheit zu bleiben, immer aufrecht und rechtschaffen und schwach. Er hielt das jetzt nicht mehr aus, das spürte ich. All die Schikanen die ganzen Jahre, die Verhaftungen von Priestern, die Unterstellungen wegen sexueller Verfehlungen, das wurde ja damals immer sofort in Umlauf gebracht, wenn jemand nicht kuschte. Ich erinnere mich nicht mehr genau an diese einzelnen Fälle, es war der Leiter eines Erziehungsheims, der Offizial, ein einfacher Pfarrer, immer gab es Streit, Erbitterung, und schließlich keinen Erfolg.

Das Schlimmste war für Clau einmal gewesen, dass er eine Schule besuchen wollte, den Religionsunterricht. Er ging in die Klasse, um zuzuhören, er war auf einer Firmreise. Der Schulleiter holte ihn aus der Klasse raus und verbot ihm, dort zu bleiben. Das seien die Vorschriften. Ich wundere mich, dass Clau nicht handgreiflich geworden ist, dass er das alles geschluckt hat. Er hat sich monatelang beschwert und immer wieder davon erzählt, das war für ihn eine solche Demütigung und Kränkung, schlimmer als alles andere. Überall wurde der Religionsunterricht gestrichen, die Kirchenbüchereien wurden geschlossen, die Jugendgruppen verboten, die Pfarrer verhaftet.

Ich komme mir heute klein und kleinlich vor, wenn ich denke, wie ich mich verhalten habe und wie Clau gelitten haben muss. Aber ich wurde automatisch ruhig, wenn er so aufbrauste. Einmal hat er angefangen, in seinem Arbeitszimmer alles zu zerschlagen, er konnte nicht mehr, er hielt das Unrecht nicht aus, er hatte zu viel in sich reingefressen. Ich ließ ihn machen, räumte am nächsten Tag alles auf, die meisten Sachen waren hinüber, wir kauften eben einen neuen Spiegel, einen Wasserkrug und so weiter.

Und dann warfen sie uns wieder mal die Fenster ein. Clau ist einmal sogar hinter denen her, das waren zwei Jungen, die hat er sich geschnappt, er war stärker als die beiden zusammen, und dabei hatte er nur Hemd und Hose und Hausschuhe an; er brachte die Täter selbst zur Polizei, er hatte so zugeschlagen, dass die sich nicht mehr trauten abzuhauen, er führte sie wie eine Schubkarre vor sich her, mit verdrehten Armen, aber natürlich kamen die frei, denen passierte ja nie was.

Es muss schon 1941 gewesen sein, da war Clau auf dem Tiefpunkt. Es ging ihm so schlecht, dass seine Hände manchmal zitterten. Alle seine Mitbrüder waren sowieso Waschlappen, sie drängten immer, abzuwarten, stillzuhalten, nicht noch größeren Schaden anzurichten. Clau konnte nicht mehr. Da kam er nachts plötzlich in mein Zimmer, das hatte er noch nie getan. Ich dachte, er wollte endlich abhauen, jetzt wäre es aber zu spät gewesen. Der Papst hatte ihm einen Brief geschrieben, der ihn in allem bestärkte, ein sehr warmherziger, freundlicher Brief voller Sorge und Mitgefühl. Das war für ihn die Genugtuung. Er las mir den Brief immer wieder vor, während ihm die Tränen herunterliefen. Er hatte ja recht. Er war der Einzige, der etwas unternahm. Auch das war nicht mehr genug.

Dabei wäre es besser gewesen, der Papst hätte etwas öffentlich gesagt oder unternommen. Clau kannte ihn ja noch von früher. Damals kämpfte er dagegen, dass Frauen Sport treiben sollten, er hasste die weibliche Gymnastik wie den Teufel, und das war für ihn charakteristisch, sagte Clau. Den Bertram, den Vorsitzenden der Bischofskonferenz, konnte der Papst nicht ausstehen, noch von damals, und er hielt sich lieber an die Bischöfe, die ihm moderner und besser ausgebildet erschienen. Letzten Endes glaubte Clau, dass er ihm nur freundlich gesonnen war, weil er in

Innsbruck studiert hatte, bei den Jesuiten, was dem Papst besser erschien als die deutschen Hochschulen. Was sollte man von so einem Papst erwarten?

Clau war jetzt wie ein Kind, er maulte an allem herum, das Brot schmeckte ihm nicht, er warf die Zeitung auf den Boden, sobald er etwas las, das ihm nicht passte, und hob sie den ganzen Tag nicht mehr auf. Er schrie die Leute an, die ihm widersprachen; wenn er noch etwas mit den Braunen beredete, dann nur schneidend, hämisch, richtig gemein, er konnte sich nicht mehr beherrschen. Er wusste, dass so und so viele Priester verhaftet worden waren, er wusste, dass man sie irgendwo in den Osten gebracht hatte, in ein Lager vielleicht, er konnte keinen Kontakt mehr zu ihnen bekommen, er schrieb Briefe, die alle unbeantwortet blieben.

Das war vielleicht seine Aufgabe auf Erden, sagte er einmal, Briefe zu schreiben, auf die es keine Antwort gab. Er hörte trotzdem damit nicht auf. Er diktierte und diktierte, ich weiß ja nicht, was da im Amt vorging und was sie davon hielten, aber Clau ließ sich nicht beeinflussen, er machte weiter, gab nicht auf. Er war oft so angespannt, dass er hochschnellte, wenn ich ihn nur leicht berührte. Einmal legte ich die Hand auf seinen Bauch, und er schlug mich, wie in einem Reflex. Wenn wir im Bett waren, seufzte er so laut, dass ich schon Angst hatte, man könnte es draußen hören.

Ich erinnere mich genau, wie ich plötzlich im Traum ein Skelett sah, eine Leiche oder einen abgemagerten Menschen, der mich um etwas zu bitten schien. Es war auf einmal die alte drohende Gestalt, nur war sie nicht mehr böse, sondern schwach und halbtot, sie hätte mich nicht mehr erschrecken oder nötigen können, ich konnte sie ganz ansehen. Ich begriff auf einmal, dass ich vor etwas Angst gehabt hatte, das selbst verzweifelt war, auf der Flucht, elend.

Clau brauchte mich jetzt dringend, das spürte ich, er war wie jemand, der etwas ausbrütet und noch nicht weiß, was dabei herauskommt, wie ein Künstler, der etwas sieht, das er schaffen muss, ohne den Weg zu kennen oder die Mittel. Er aß wieder mehr und nahm zu, das stand ihm gut, aber es war so, als wolle er sich ausrüsten für eine lange Reise. Er führte jetzt seinen eigenen Krieg, er ließ sich auch durch die guten Worte des Papstes letzten Endes nicht beeindrucken, etwas sanfter zu werden, verständnisvoller. Ich habe nie wieder einen Menschen getroffen, der so unter Ungerechtigkeit leiden konnte.

Es war ihm klar, dass er am weitesten vorn stand, dass die anderen langsam zurückblieben, dass er immer einsamer wurde. Er schrieb noch ein paar Briefe an die besten Kollegen, dass er nicht mehr schweigen könne, aber das konnte für niemanden überraschend sein.

Clau lud meinen Bruder zum Essen ein, es war ein wunderbarer Sonntag im Mai, daran erinnere ich mich gut, es gab Spargel und Schinken, und die beiden füllten sich ordentlich den Bauch. Nachher begann Clau weinerlich zu werden, er räusperte sich ein paar Mal und wollte etwas sagen, aber seine Stimme wurde jedes Mal hoch und dünn und versagte. Er holte etwas aus seinem Arbeitszimmer, es war ein Umschlag, so wie er ihn mir damals gegeben hatte.

Wir wollen immer ganz offen und ehrlich zueinander sein, sagte er. Jetzt ist die Stunde gekommen, um alles zu besprechen. Das hier ist für Mechthild, und ich möchte, dass Albert es mitnimmt und aufbewahrt und alle Kosten für sie daraus bestreitet, wenn uns etwas passiert.

Albert sah erschrocken aus, er war gebräunt von der Sonne, das stand ihm gut, und er hatte nach dem reichlichen Essen und Trinken wohl keinen klaren Kopf.

Sie soll alles haben, was sie braucht, und sie soll eine Schule besuchen, die sie weiterbringt. Albert, du hast dich so um sie gekümmert wie ein Vater, du hast Maria immer geholfen, und ich danke dir von ganzem Herzen dafür.

Ich spürte, wie wichtig es Clau war und wie wenig er die Worte für das fand, was er sagen wollte.

Es kann sein, dass ich abgeholt werde, aufgehängt, in ein Lager gebracht, ich weiß es nicht. Es wird bald passieren. Maria, ich möchte, dass du rechtzeitig zu Albert gehst und weiterlebst wie früher. Du darfst nichts unternehmen, was dich und Albert und Mechthild in Gefahr bringt.

Das trauen sie sich nicht, sagte Albert.

Der Doktor Meyer, der will mich hängen sehen, das weiß ich, sagte Clau. Und der wird mit Goebbels und mit Hitler sprechen. Nicht einmal der Papst könnte mich mehr schützen.

Ist es wirklich schon so weit gekommen?, fragte Albert.

Sie haben Vorwerk und Echelmeyer abgeholt, sagte Clau. Es gibt Leute, die beleidigen mich öffentlich und beschimpfen mich als Schwein und Sau, und ich kann nichts dagegen machen. Ich habe Anzeige erstattet, es gibt Zeugen und schriftliche Beweise, aber der Staatsanwalt stellt das Verfahren ein.

Das würde ich mir nicht gefallen lassen, sagte Albert.

Es geht nicht um mich, es geht um den Bischof von Münster, sagte Clau, so weit ist es gekommen.

Ich habe gehört, sie erschießen und verbrennen die Juden da im Osten, sagte Albert.

Es wird noch viel schlimmer sein, sagte Clau, nach dem, was ich gehört habe. Es wird kein einziger überleben.

Wenn ich dir helfen kann, sagte Albert. Du kannst auch bei uns unterkommen.

Die beiden Männer umarmten sich zum Abschied, und ich war froh, dass sie beide für Mechthild sorgen wollten.

Was soll mir denn passieren?, fragte ich. Ich bin nur eine Haushälterin.

Wenn sie mich holen, verschwinde so schnell wie möglich, die müssen keine Rücksicht nehmen, die machen, was sie wollen. Wenn sie dich in ein Lager stecken wollen, können sie das tun, ohne jemanden zu fragen. Da kommst du nicht mehr lebend raus. Da sind schon viele von uns. Ich wäre froh, wenn sie mich erhängen und nicht dorthin bringen. Sie foltern manche zu Tode, nur aus Wut. Du wirst sehen, es wird alles untergehen. Von den Menschen bleibt keiner zurück. Das Gesetz des Todes regiert.

II

Noch immer glaubte ich ihm nicht so richtig, noch immer konnte ich mir nicht vorstellen, dass diese Verbrecher so weit gehen würden. Mit den Juden, das wusste jeder, aber keiner wollte es wahrhaben. Alle hatten doch eigene Sorgen, einen Sohn oder Mann im Feld, nicht genug zu essen, keinen, mit dem sie offen sprechen konnten.

Clau hielt eine Predigt, in der er die Braunen mit den Bolschewisten verglich und fast gleichsetzte, und nichts passierte. Er bekam wie immer die Schweinebriefe, aber auch viel Lob. Juden schrieben ihm mit der Bitte um Hilfe. Aber er konnte nichts machen.

Wir sprachen lange über eine große Predigt, die eine Abrechnung sein sollte, alle Gläubigen aufstacheln und eine Lawine lostreten sollte. Clau zitterte vor Aufregung, wenn er daran dachte. Er hatte sich Mariä Himmelfahrt als Datum vorgenommen. Vorher wollte er alles geordnet haben. Er wollte mich entlassen, und ich sollte zu Albert ziehen, damit sie mich gar nicht erst fanden. Josef sollte ebenfalls weit weg sein. Er fragte sich nur, wer dann sein Nachfolger werden würde. Vielleicht würden sie nicht einmal zulassen, dass ein neuer Bischof gewählt wurde, vielleicht blieb dann alles einfach liegen. Clau hatte Angst. Er hatte Angst zu sterben, er hatte Angst, mich nicht mehr zu sehen und Mechthild, er wollte kein Märtyrer sein, und doch musste er etwas sagen, das ging nicht anders. Er hatte die Hoffnung, dass es einen Aufstand geben würde, wenigstens im ganzen Bistum, dass sie die Verbrecher hier wegschicken würden und sich eine Bewegung im ganzen Land bildete.

Mit Donders hatte er lange über die Predigten gesprochen. Es sollten drei werden, er war sicher, dass der Papst etwas Anerkennendes sagen würde, vielleicht sogar mehr, als er vorgehabt hatte. Vielleicht würde er sein Schweigen brechen? Vielleicht würden die Braunen auch so heftig zurückschlagen, dass eine allgemeine Empörung entstand, wenigstens in Münster, wenigstens in Westfalen, vielleicht bis nach Hamm oder Dortmund? Er träumte, und das Schlimmste wäre für ihn gewesen, wenn gar nichts passierte, wenn die Leute weiter nur auf den Krieg starrten und sich eingruben.

Ich las die drei Predigten und fand sie zu weich. Wir stritten uns laut, dass sogar Josef es hörte.

Ich bin kein Waschlappen!, schrie Clau. Ich bin nicht weich.

Wenn man seine Predigten kritisierte, war er zutiefst getroffen, als hätte man ihm selbst wehgetan. Dann gingen wir aber alles noch einmal durch und arbeiteten sie um. Es war eine Menge zu ändern. Wenn das wirklich die Leute aufrütteln sollte, musste vieles schärfer und herausfordernder gesagt werden. Clau sah das schließlich auch ein.

Ich fühlte mich im Schlaf wie erwürgt, als ob sich eine schwere Faust in meine Brust bohrte und in meinen Magen, ich sah nur die Gestalt, die schwarz, fast verkohlt war und mir zu winken, um Hilfe zu rufen schien, aber aus dem Mund kamen keine Geräusche mehr. Sie bewegte sich noch, aber sie zerfiel immer mehr zu Pulver, zu Holzkohle oder Asche. Ich hatte furchtbare Magenschmerzen danach, ich würgte, ohne dass etwas kam. Ich sah die Gestalt nie wieder, aber ich war nicht erleichtert darüber.

Dann erschien eines Tages plötzlich Albert bei uns, atemlos, erschrocken, blass, es war etwas passiert, und ich dachte im ersten Moment an Mechthild. Leni war aus Marienthal abtransportiert worden, er wusste nicht wohin, und er hatte keinen Kontakt mehr zu ihr. Er hatte von Fällen gehört, in denen die Angehörigen kurz darauf die Meldung bekamen, der Insasse sei verstorben. Sie brachten sie um.

Sie sind nicht lebenswert, sagte Albert.

Ich holte Clau aus einer Besprechung, zwar sahen die mich komisch an, aber es ging um Leben und Tod. Clau tobte. Er rief sofort in Marienthal an. Alle waren weg, wahrscheinlich waren sie längst tot. Albert heulte, er machte sich solche Vorwürfe, dass er seine Frau nicht nach Hause geholt hatte.

Mit ein bisschen Geduld hätte sie wieder bei uns bleiben können, sagte er.

Du weißt, dass es nicht mehr ging, sagte ich.

Clau ging ins Büro, schickte alle weg, telefonierte, ließ Josef herumfahren, aber er erfuhr nichts. Sie wussten nichts, oder sie sagten nichts. Es gab ein furchtbares Gerücht, dass mit den Patienten medizinische Experimente gemacht wurden. Was war das? Ich konnte mir damals nichts darunter vorstellen.

Clau ließ sich zum Polizeipräsidenten fahren und erstattete Strafanzeige. Er wusste, dass es umsonst war, aber er wollte immer korrekt sein. Ich fuhr mit Albert nach Vellern, um ihn zu trösten und nach Mechthild zu sehen. Von Leni gab es keine Spur, es war schrecklich. War sie schon tot, umgebracht, weil sie nicht mehr lebenswert war? Lebte sie noch irgendwo und wartete auf ihre Spritze? Was sollten wir tun?

Dann hörte ich von den Bombenangriffen. Münster sollte fast ganz zerstört sein, sagte unsere Köchin. Der Dom, alles kaputt. Sie kamen jede Nacht wieder, und was sie noch nicht erwischt hatten, das trafen sie in der nächsten Nacht. Ich fuhr sofort zurück, um zu sehen, was Clau machte. Natürlich war es übertrieben, was die Köchin erzählt hatte, aber der Dom hatte einen Treffer abbekommen. Viele Häuser waren beschädigt, wenn das so weiterging, würde von der Stadt nichts übrig bleiben. Clau war zu Hause und sah mich entsetzt an, als wäre ich ein Gespenst, ein Geist, jemand, der ihn abholen komme. Er war in den drei Tagen nicht aus seinen Sachen gekommen, verschwitzt, ungewaschen, hatte kaum geschlafen. Er rechnete mit einem Aufstand.

Es ist die letzte Chance, sagte er, bald wird alles kaputt sein.

Er hatte nichts über die Patienten aus Marienthal erfahren können. Ich steckte ihn erst mal in die Badewanne, machte uns Abendessen und räumte auf. Er hatte seine Predigt für morgen ganz neu geschrieben. Es war eine einzige Abrechnung mit dem, was sie uns angetan hatten. Er hatte mit Donders daran gearbeitet, sie rechneten damit, dass sie verhaftet wurden, aber ich war mir nicht sicher. Angesichts der Fliegerangriffe hatten die Leute doch andere Sorgen. Mir war das Ganze zu diplomatisch, zu juristisch, zu sehr Abrechnung und Nachrechnung und zu wenig umstürzlerisch. Es musste ein Aufruf werden, nur dem eigenen Gewissen zu folgen, selbst die Dinge in die Hand zu nehmen, selbst zu bestimmen, wie es weiterging. Wir änderten in der Nacht noch viele Sätze, aber Clau war zu müde, er schlief immer wieder ein.

Ich roch seine Angst, er war entschlossen, aber nicht mutig, er wirkte wie ein Mensch, der versprochen hat, in einen Abgrund zu springen, und noch nicht überzeugt ist. Es ging jetzt gegen die Gestapo, gegen die Willkür, es war eine Anklage, wegen Vorwerk, wegen Echtermeyer, wegen Niemöller. Die Konzentrationslager wurden ausdrücklich genannt. Jeder, der das hörte, musste sich entscheiden.

Dann mach es nicht, sagte ich. Die Leute haben an anderes zu denken.

Er brummte nur vor sich hin, während er wieder einschlief.

Ich bleibe jetzt bei dir, sagte ich. Dir wird nichts passieren.

Es war, also ob ich seine Gedanken lesen konnte. Er wollte nicht sterben, er wollte nicht abgeholt, nicht gefoltert, nicht aufgehängt werden. Das ist die stärkste Kraft, die der Mensch in sich hat, die Abwehr des Todes. Es wurde um fünf hell, und die Vögel sangen noch. Es war gerade die Zeit, in der die Letzten ihre Eier legten, in der sie aufhören würden mit ihrem Gesang. Ich weckte Clau, der blass und ängstlich aussah.

Es wird nichts passieren, sagte ich, heute Mittag bist du wieder da.

Clau brauchte lange, um sich anzuziehen, zu frühstücken, die Predigt einzustecken, sich fertigzumachen. Es war, als ob er immer noch zögerte und auf einen Anruf von oben wartete. Um halb zehn ging er, er predigte in der Lambertikirche, und ich wollte natürlich dabei sein. Es war heiß, das weiß ich noch, auf unserem Hof war gerade Ernte, und sie mussten das gute Wetter ausnutzen. Die meisten Bauern würden heute nicht in die Kirche kommen, und sie hatten einen guten Grund. Ich war seltsam aufgeregt, in Wirklichkeit hatte ich doch Angst, und ich hatte nur die Ruhige gespielt, weil ich Claus Nervosität spürte.

Die Kirche war überfüllt, und ich bekam keinen Platz mehr, aber ich stand gern hinten und sah mir die Leute an. Alles war wie immer, bis Clau mit seiner Predigt begann. Ich sah viele Leute mitschreiben, aber man wusste nicht, waren das die Spitzel, die gleich ihre Berichte abschickten, oder die guten Gläubigen, die die Predigt weitergaben an ihre Kreise?

Als Clau begann, schämte ich mich, ich hörte meine Worte, die ich heute Nacht hinzugefügt hatte, ich hörte seine schwache Stimme, sein Zögern, und mir kam das Ganze zu hölzern vor, zu rechthaberisch, zu kleinlich. Aber dann merkte ich, wie ein Geist unter die Leute fuhr, es waren nicht die Worte der Predigt, es war auch nicht die trockene Art, mit der Clau ablas, ohne aufzusehen. Es war die Tatsache, dass hier jemand stand und etwas gegen das Unrecht sagte, mit dürren Worten, monotoner Stimme, abgelesen, aber er sagte etwas gegen das Verbrechen, er tat es, er war der Einzige. Er war schön, wie er da so stand und predigte, nicht laut, nicht hetzerisch oder hämisch, voller Liebe zu den Menschen, die litten, voller Liebe zu dem Gesetz des Lebens.

Voller Liebe zu mir, dachte ich in dem Moment, ich konnte das nicht erklären, es war ein so starkes Gefühl, und ich liebte ihn in diesem Moment wieder, immer noch, für immer vielleicht.

Er weinte, während er die Predigt vorlas, und musste sich ein paar Mal die Nase putzen. Es entstand eine große Aufregung, die Leute hatten ihn noch nie so erlebt. Als er die Taten der Gestapo schilderte, riefen Einzelne laut »Pfui!«. Es kam zu einem Tumult, als er erklärte, dass er auch eines Tages festgenommen werden würde. Alle standen auf und beteten für die Menschen im Konzentrationslager und auch für ihn.

Ich bekam nicht jede Einzelheit mit vor Aufregung, und nachher wusste ich nicht einmal, ob er etwas ausgelassen hatte. Alles ging unter in einem großen, überwältigenden Einverständnis, das alle spürten, von dem alle ergriffen waren, das sie bewegte und aufwühlte. Und es hätte noch mehr sein können! Wenn Clau gerufen hätte: Steht auf und stellt die Machthaber zur Rede, vertreibt sie, übernehmt selbst die Macht! – bestimmt wären viele dem Ruf gefolgt.

Ich rannte nach Hause, um das Mittagessen zu machen, viel hatten wir nicht da, ich war drei Tage weg gewesen und nicht zum Einkaufen gekommen. Es gab kalten Braten und Kartoffelsalat, das weiß ich noch. Clau war völlig durchgeschwitzt, als er kam, er musste sofort trockene Sachen anziehen. Ich beglückwünschte ihn, aber er wehrte ab.

Es war zu wenig, sagte er. Ich hätte noch viel mehr sagen können.

Es war gut, dass er das selbst gespürt hatte und nicht ich ihm es sagen musste. Es ist komisch, das zu erzählen, wir aßen und legten uns ins Bett, wir warteten darauf, dass jemand an der Tür klopfte, aber schließlich umarmte Clau mich, wie er es schon lange nicht mehr getan hatte, und schlief ein. Wir schliefen einfach, und wenn sie die Tür aufgebrochen hätten, hätten sie uns so gefunden, es war mir egal.

Aber es blieb ruhig, und diese Ruhe machte mir Sorgen. Es blieb zu ruhig. Es gab keinen Aufstand, keine Rache, nichts. Clau spürte auch diese unangenehme, unheilvolle Ruhe. Er wollte am kommenden Sonntag wieder predigen. Wir sprachen über die nächsten Themen. Es musste alles noch viel stärker sein, nicht wie ein Amboss, wie Clau gesagt hatte, sondern wie ein Hammer.

Im Grunde blieb es nur zwei Stunden ruhig, aber jetzt war es wie nach einer Premiere im Theater, nun kam das Warten auf die Reaktion. Ich habe mich ihm nie so nahe gefühlt wie in diesen zwei Stunden des ängstlichen Wartens, er wollte, dass ich nach Hause fuhr, aber ich blieb, ich spürte seine Stärke unter der Unsicherheit und Furcht, ich blieb bei seiner Stärke und versuchte, sie zu streicheln, sie wachsen zu lassen.

Noch in der Dämmerung wurde dann das erste Fenster eingeschmissen. Damit hatte ich gerechnet. Clau hatte sich mit Donders abgesprochen, niemand sollte in der Nähe sein oder vorbeikommen, niemand sollte ihm helfen. Wir ließen die Scherben einfach liegen. Es war eine warme Nacht, und wir saßen lange im Garten, im Dunkeln, einfach so, ich spürte, dass diese Stadt, diese Leute, die heute in der Kirche gewesen waren, es nicht zulassen würden, dass Clau etwas passierte.

Als der Montag ruhig verlaufen war, fuhr ich wieder nach Vellern. Es waren nur die üblichen anonymen Briefe und Dankeskarten gekommen. Ich spürte, dass das längst noch nicht alles war, aber ich war froh, in diese andere Welt zu kommen. Mechthild und Hermann hatten schon wieder Schule, und ich half sofort mit bei der Ernte. Nachmittags kamen sie mit aufs Feld. Ich sagte Mechthild, dass ich jetzt versuchen würde, ihre Mutter zu sein. Ich sehe ihr stilles, schwebendes Lächeln vor mir, ich fragte mich, von wem sie es hatte, ich kannte dafür kein Vorbild, es war, als hätte sie es selbst erfunden oder geschenkt bekommen, es reizte mich manchmal, ihr die Wahrheit zu sagen, aber ich beherrschte mich. Ich erinnere mich an unsere Müdigkeit nach dem Dreschen auf der Tenne, es war unglaublich heiß und staubig, aber ich hatte für ein paar Stunden die Bedrückung vergessen.

Albert hatte wohl erwartet, Clau könne helfen, Leni zu finden, er sagte nichts, aber ich spürte, dass er entsetzt war, dass nicht einmal der Bischof irgendetwas tun konnte. Ich sprach nicht über die Predigt, ich brauchte diese Welt so, wie sie war, aber sie hatte sich verändert, seit Leni verschwunden war, ich konnte auch hier nicht mehr vergessen, was überall passierte. Ich schämte mich, dass ich nicht bei Clau geblieben war, so wie ich es versprochen hatte; ich dachte komische Sachen, an seine verschwitzten Hemden, an seine stinkenden Socken, er hatte nämlich starke Schweißfüße und musste eigentlich zweimal am Tag die Füße waschen und die Socken wechseln; ich dachte an seinen Blick, als er Sonntag auf der Kanzel geweint hatte, es war ein ähnlicher Blick wie der, als ich ins Zimmer gekommen war, es war schwer für ihn, wenn er die Beherrschung verlor, er glaubte so an diese Beherrschung und Disziplin, und doch war er eigentlich leicht zu rühren und konnte seine Gefühle nicht verstecken. Wenn er gebrüllt hätte, wäre die Wirkung lange nicht so stark gewesen.

Als ich nach Münster zurückkam, war wieder etwas passiert. Clau war nicht zu Hause, Josef sagte mir, dass er in die Frauenstraße gelaufen sei, wo das Lourdeskloster geräumt werde. Ich sah ihn natürlich schon von weitem, im Hemd, wie er den Oberst der Gestapo, oder was der war, anschrie. Ich konnte nicht dazu gehen, sie hätten mich als Erste abgeführt. Ich hörte nur, wie Clau ihn anbrüllte, er solle das alles zu Protokoll nehmen und sich schämen, wehrlose Frauen auf die Straße zu setzen.

Sie Feigling!, schrie er. Die Brüder kämpfen an der Front!

Er musste nach Hause gehen, ohne etwas ändern zu können, aber immerhin hatte er nicht aufgegeben. Sie trauten sich nicht, ihn einfach mitzunehmen.

Gott beschützt mich immer noch, sagte Clau ein bisschen fassungslos.

Er blieb den ganzen Abend so in der Küche stehen, im Hemd und ohne Schuhe, als wollte er mir zeigen, wie ungerecht er behandelt worden war, wie schlecht die Welt war, in der wir lebten, wie wenig seine Predigt genützt oder verändert hatte. Oder als wollte er Gott zeigen, dass er seine Hilfe brauchte, um das anzufachen, was er sich vorstellte.

Die Münsteraner sind langsam, sagte ich, aber wenn sie erst einmal in Fahrt kommen, sind sie nicht aufzuhalten.

Lass doch das Geschwätz, fuhr er mich an. Was soll denn noch passieren, bis sie endlich aufstehen?

Du wirst dreimal predigen, so wie wir es besprochen haben, und dann kommen sie in Fahrt.

Wer sitzt denn überhaupt in der Kirche, fuhr er fort. Alte Frauen, Kinder, junge Mädchen, ein paar Männer, die sich gedrückt haben. Die Soldaten müsste man erreichen, die einfachen Männer an der Front, die müssten wissen, was hier passiert, wen sie schützen mit ihrem Leben.

Die lassen dich nicht im Feld predigen, sagte ich, das schaffst du nicht.

Ja eben, sagte er, da müsste ich aber hin. Ich bete, dass ich dort einmal alles verkündigen kann.

In dieser Woche gab es keine Bombenangriffe mehr, und ich fuhr noch einmal nach Vellern. Mechthild war genauso wie Clau, das bemerkte ich jetzt immer mehr, sie beharrte auf ihrem Recht, wenn es um eine Kleinigkeit ging in der Schule, sie konnte kein noch so winziges Unrecht ertragen, sie kämpfte und schrie, auch wenn es sich um andere handelte.

Sie werde es damit einmal schwer haben, sagte ihre Lehrerin, die ich zufällig traf.

Die war keine von der Partei, das spürte ich sofort. Sie hatte es nicht leicht, allein in der Zwergschule, mit den Bauernjungen, aber sie war mir zu forsch, zu schneidend.

Jetzt war es auch, dass Mechthild mich zum ersten Mal nach Clau ausfragte. Sie hatten in der Schule über ihn gesprochen, und sie wollte wissen, ob ich ihn auch sah, wenn er nicht als Bischof gekleidet war. Ich erzählte ein bisschen von meiner Arbeit für ihn, aber ich wurde nicht froh dabei. Merkwürdigerweise war sie zufrieden damit, sie hielt sich buchstabengetreu an diese Worte und fragte nicht mehr nach. Sie würde es genauso in der Schule erzählen. Das störte mich manchmal, dieses Buchstabengetreue, das hatte sie von Clau. Sie hatte wieder ihr Marienlächeln, als schwebe sie über den Dingen und habe eine höhere Wahrheit erkannt.

Am Sonntag hielt Clau eine viel bessere Predigt in der Überwasserkirche. Es kamen auch Soldaten, die Heimaturlaub hatten, es waren Lehrer und Beamte da, Ärzte, alle, die gehört hatten, worum es ging, strömten in die Kirche, und es sah eher aus wie bei einem Konzert oder in der Oper. Viele machten sich Notizen, manche in schlechter Absicht, aber es waren viele gute, gut empfindende und zu allem bereite Menschen da.

Clau sprach diesmal freier, er schaute nur ab und zu in sein Manuskript, er sah die Leute an und spürte, wie er sie bewegte. Viele standen auf und riefen etwas, als er die neuen Untaten aufzählte. Es war, als wäre ein Gericht zusammengekommen, wie es viel später erst zusammenkommen würde, und richtete über die Mächtigen und ihre Verbrechen.

Das wäre Clau vielleicht am liebsten geworden, dachte ich, Richter, er urteilte sauber und genau, penibel, er schälte das Unrecht so scharf heraus, dass jeder es sehen und begreifen musste. Das war schon nicht mehr nötig. Der Krieg dauerte fast zwei Jahre, und zum ersten Mal fragten sich viele, wie er weitergehen sollte. Bis alles zerstört war? Sollte man nicht bald aufhören, anstatt immer neue Fronten zu eröffnen? Waren nicht genug Männer gefallen, wäre es nicht Zeit, dass sie nach Hause kamen und wieder ihre Felder bestellten? Wie würden die Männer sein, wenn sie zurückkamen? Aber was wäre, wenn der Krieg jetzt glorreich zu Ende ging? Begann dann das Morden erst richtig?

Clau hatte genau diese Stimmung getroffen, ohne es auszusprechen, die Angst vor einem Sieg und die Angst vor einem langen, zerstörerischen Krieg. Aber wer war da oben und hatte Vernunft? Clau stellte es so dar, dass wir verrotten und verderben würden, wenn wir nicht aufstünden und ein Ende machten. Jeder, der jetzt an den Verbrechen beteiligt war, sie nur ertrug und nichts unternahm, würde zur Rechenschaft gezogen werden. Vielleicht war das alles eine Spur zu nachdenklich, zu zweifelnd, zu sorgfältig. Aber es lief mir kalt den Rücken herunter, als er von Revolution sprach. Alle hielten den Atem an. Natürlich sagte er, dass wir Christen ja keine Revolutionäre seien und dass wir stark und zäh durchhalten müssten. Aber das Wort Revolution war ausgesprochen, es war angekommen, niemand würde aufstehen und den Feind im Inneren angreifen, wie Clau ihn nannte, aber es war kurz davor.

Ich fand es richtig, dass er alles auf die dritte Predigt setzen wollte und nur einen vorsichtigen Versuch machte, eine Andeutung, was vielleicht noch möglich wäre. Clau selbst war wieder nicht zufrieden. Er lernte immer noch, wie man eine Menge führt, nach so vielen Jahren, er hatte immer noch Lampenfieber, er schlug immer noch die Augen nieder, oder seine Stimme rutschte nach oben, trotz all der Erfahrung.

Er kam zu dem Schluss, dass er zu korrekt gewesen war, zu gerecht; mit Rücksicht auf den Papst und die anderen Bischöfe hatte er nicht zum Sturm aufgerufen, nur zum Nachdenken. Er hatte recht, fand ich, und er sollte es am nächsten Sonntag anders machen.

Als ich in dieser Woche in Vellern war, bekam Albert die Nachricht, dass Leni verstorben sei, in einem Ort mit einem östlichen Namen, den wir noch nie gehört hatten, und dass er die Urne gegen Zahlung einer Gebühr abholen könne. Es war widerlich, und es war zu spät. Albert kam nie darüber hinweg, er wurde selbst krank daran, an dem Gedanken, wie sie gestorben war, so weit weg, in einer fremden Umgebung, in einem Lager, und dass er sie vor ein paar Wochen einfach hätte nach Hause holen können.

Die Stimmung auf dem Hof war furchtbar, besonders für die Kinder. Albert holte die Urne ab, und er zitterte, als er zurückkam. Seitdem hat er nie wieder gelacht, ich meine, schon aus Höflichkeit, aber nie wieder so herzlich, wie er das früher getan hatte. Die Urne wurde beerdigt, aber wir konnten ja nicht einmal sicher sein, was darin war.

Am Freitag fuhr ich zurück nach Münster und erzählte Clau alles. Dann war es wohl meine Schuld, dass er seine dritte Predigt weglegte und eine neue schrieb. Ich stand so unter dem Eindruck dessen, was passiert war, ja ich fühlte mich mitschuldig, weil auch ich Leni nicht nach Hause geholt hatte, dass ich an nichts anderes denken konnte. Clau hatte eigentlich darüber predigen wollen, dass nur noch das christliche Recht galt, das Recht Gottes, dass kein anderes Gesetz mehr zu akzeptieren war, dass wir in unserer Diözese damit beginnen wollten. Wäre das ein Aufruf zum Umsturz gewesen, zur Revolution? Es wäre sehr darauf angekommen, wie er es vorgetragen hätte.

Er war kein Revolutionär, eigentlich war ihm Unordnung fremd, er wollte ja immer nur die alte Ordnung wiederherstellen, darum hatte er die ganzen acht Jahre gekämpft. Er glaubte zu sehr an Autorität, an Hierarchie, an eine stabile Organisation. Vielleicht war er da schon von gestern, aus dem vorigen Jahrhundert. Hätte er sich eine autonome Kirchenprovinz mit einem Bischof als Führer vorstellen können? Ich weiß es nicht, und er wusste es selbst nicht. Hätte er die Juden zurückgeholt, wenn er gekonnt hätte? Er war nicht so altmodisch, wie er oft redete, er war für die Rechte der Arbeiter, ihre Selbstbestimmung, sogar ihre Mitbestimmung. Er wollte, dass sie gerecht behandelt wurden. Aber konnte er wirklich die staatliche Ordnung verlassen, auch wenn so viele Verbrechen im Namen des Staates geschahen?

Das Thema waren also jetzt die Geisteskranken, die Lebensunwerten, die Unproduktiven, und er stürzte sich sofort darauf. Wir waren bis Samstagabend mit der Predigt fertig, aber Clau blieb unzufrieden, wegen der vergebenen Chance, das merkte ich. Er hatte acht Jahre vergeblich gekämpft, das wurde mir wieder klar. Er hatte von Anfang an protestiert, Eingaben gemacht, Beschwerdebriefe geschrieben, versucht, die Mitbrüder mitzuziehen, sogar den Papst. Im Grunde war das seine Lebensarbeit gewesen, und er hatte immer nur verloren, nichts bewirkt. Anfangs hatte ich ja gar nichts mitbekommen, aber später hat er mir dann erzählt, dass er schon in den ersten Wochen als Bischof aufstehen und widersprechen musste. Diese acht Jahre hatten ihn älter gemacht, bitterer, aber nicht kleingekriegt. Er konnte immer noch bis ins Kleinste die Einzelheiten zusammentragen und schildern. Wahrscheinlich würde das seine letzte Predigt sein, davon mussten wir ausgehen.

Das Ausland hatte seine Predigt vom letzten Sonntag vervielfältigt, im Radio gebracht, sie warfen Flugblätter mit dem Text ab. Die Bischöfe hatten geschwiegen, der Papst hatte geschwiegen, aber es war klar, dass sie ihn machen lassen würden. Lasst den mal machen, dachten die sich, einer muss es ja tun. Seine Predigt war wasserdicht vom ersten bis zum letzten Satz, wie immer war alles juristisch richtig und unbedenklich.

So einen Tumult habe ich in einer Kirche nie wieder erlebt. Clau predigte in der Lambertikirche, aber diesmal waren alle Bauern da. Albert war natürlich auch gekommen. Es waren die Leute, die das Gefühl hatten, hier seit Jahrhunderten rechtschaffen zu arbeiten und zu leben, und sie wollten sich das nicht nehmen lassen. Sie riefen ihm schon etwas zu, als er in die Kirche kam. Viele verstanden nicht einmal, worum es ging, sie sahen nur, dass er der Einzige war, der gekämpft und nicht aufgegeben hatte, der anscheinend unverwundbar war und die Wahrheit sagen durfte.

Die Predigt ging dann fast unter, in dem allgemeinen Aufruhr nach den ersten Sätzen, in Claus Schluchzen, in das er ein paar Mal ausbrach, als er die Einzelheiten schilderte, in dem Weinen meines Bruders und anderer, die Angehörige dort gehabt hatten, in den lauten Rufen von Empörung und nach Rache. Besonders als Clau von einem Bauern erzählte, der weggebracht worden war, schrien alle durcheinander. Es war keine Messe mehr möglich, aber Clau schien das nicht zu sehen, er las weiter vor, er führte die Messe weiter, als wäre nichts geschehen, wie immer. Ich sah die Gestapoleute beratschlagen, immer schickten sie einen zum Telefonieren, die anderen schrieben weiter. Ich schrie auch, vor Empörung, vor Wut, vor Durst nach Rache für das, was Clau alles in diesen acht Jahren geschluckt und zurückgehalten hatte.

Wenn er jede Woche so weiterpredigen würde, hat er bald ganz Deutschland hinter sich, dachte ich. Er würde es schaffen, nur mit seiner Ehrlichkeit. Und so ganz ehrlich war er ja auch nicht in allem, das merkte bloß keiner. Und schließlich würden sie ihn umbringen, wenn nicht offen, dann heimlich, mit einem Anschlag, die kannten ja alle Mittel. Er würde einen Autounfall haben oder eine Lebensmittelvergiftung. Ich betete auf einmal, dass wir weiterlebten, wir drei, dass es uns gut ging, dass wir nicht getrennt würden, dass wir noch ein paar Jahre zusammen sein konnten. Ich hatte große Angst, und ich lief nach Hause, wie immer. Clau und Albert kamen bald nach. Albert war so erschöpft, dass er sich gleich in mein Bett legte. Clau war unruhig, er hatte nicht einmal Appetit, er ging die ganze Zeit im Esszimmer auf und ab.

Ich aß allein, während er mich ab und zu ansah und nichts sagte. Es klingelte ein paar Mal, aber wir machten nicht auf, jemand klopfte ans Fenster, aber merkten sie denn nicht, dass wir Angst hatten, warum ließen sie uns nicht in Ruhe? Karten wurden unter der Tür durchgeschoben, zustimmende, dankbare Karten, begeisterte, gerührte. Ich las sie Clau vor, der immer noch schwieg. Albert musste zurück nach Hause, aber er schien krank zu sein, er war zu schwach, um aufzustehen. Das Telefon klingelte oft, aber Clau ging nicht dran, und ich wagte nichts zu sagen. Ich hatte heimlich in unserem Kellerversteck etwas zu essen und zu trinken deponiert und sagte Clau das jetzt. Im Notfall konnten wir uns dort für ein paar Tage verstecken. Er nickte, als ob er an etwas anderes dachte, etwas ganz anderes dachte.

Erst am Abend stand Albert wieder auf, aber er wollte die Nacht hierbleiben und morgen zurückfahren. Wir aßen schweigend ein Abendbrot, denn Clau redete immer noch nicht. Erst als draußen ein lautes Rufen zu hören war, lebte er auf. Er zog oben einen Anzug an, dann kam er mit der Bibel in der Hand nach unten.

Ihr müsst für mich beten, sagte er.

Ich sah, dass er zitterte und kurz davor war zusammenzubrechen.

Dann geh doch in den Keller, flüsterte ich, ich sage, du bist nicht da.

Er nickte, aber so, als habe er mich nicht verstanden und tue nur so.

Das Rufen wurde lauter, Albert berichtete, dass sich vor dem Palais eine große Menge versammelt habe. Wir gingen ins Schlafzimmer, um besser sehen zu können. Es stimmte, der ganze Platz war voller Menschen, die immer wieder riefen: »Wir wollen unseren Bischof sehen!« Clau sah mich an, als wäre ich die gewesen, die Angst gehabt hatte. Er öffnete das Fenster und segnete die Leute. Ein unbeschreiblicher Jubel schallte herüber, die Leute riefen »Heil« und »Clemens« und klatschten.

Es ist Zeit aufzustehen! rief Clemens, aber das ging in dem Lärm unter.

Es kamen immer mehr Leute hinzu, es sah fast aus, als wäre ganz Münster unterwegs. Überall sah man auch Uniformen, aber schlimmer waren die, die keine

Uniform trugen. Es wurde dunkel, und einige hatten Kerzen mitgebracht, die sie anzündeten. Clau stand immer noch am Fenster, selbstvergessen oder betrunken von seinem Erfolg, oder als wäre er der Papst bei einer Audienz auf dem Petersplatz.

Habt keine Angst, rief er, aber niemand verstand ihn.

Er kam herein und ließ die Fenster offen.

Was hast du denn geglaubt? sagte er zu mir. Die Münsteraner sind doch treu und mutig!

Sie riefen draußen wieder nach ihm, und er grüßte diesmal nur am Fenster. Das Rufen wurde wieder lauter.

Aber was jetzt? Das hatte sich niemand überlegt. Sollte man das Regierungspräsidium stürmen, angeführt vom Bischof? Sollte man die Gestapoleute aufhängen? Sollte man die ganze Nacht draußen bleiben und rufen?

Clau schwenkte draußen den Arm. Einige versuchten, am Palais hochzuklettern, um seine Hand zu berühren. Clau kam wieder ins Zimmer.

Es sind zu wenige, sagte er. Sie sind nicht stark genug. Mit ein paar Maschinengewehren haben sie die sofort vertrieben. Oder sie verhaften ein paar hundert. Es geht so nicht.

Schick die Leute nach Hause, sagte ich traurig. Es wird keine Revolution geben.

Clau segnete die Menge erneut und rief ihnen zu, nach Hause zu gehen. Es klang resigniert und so, als kündige er seinen Abschied an. Albert weinte still vor sich hin, er hatte kaum etwas mitbekommen. Ich schloss die Fenster, zog die Vorhänge zu und ging nach unten.

Später folgte Clau mir und aß sein Abendbrot zu Ende. Weder rauchte er, noch trank er einen Schnaps.

Es ist zu Ende, sagte er. Mit so viel Angst kann man keinen Aufstand machen. Wir haben keinen einzigen Menschen gerettet. Vielleicht wird alles noch schlimmer. Ich will keine solchen Predigten mehr halten, es führt zu nichts.

Wenn du die Soldaten erreichen könntest, sagte ich mechanisch.

Ja, das wäre etwas anderes, sagte er.

Wir gingen früh ins Bett, jeder in seins, und Albert schlief im Gästezimmer.

Clau lief jetzt immer »gegürtet« herum, er rechnete jeden Moment damit, abgeholt zu werden. Er wusste, dass die ihn bis aufs Letzte hassten und voller Wut waren. Glaubte er heimlich, dass er noch ein Märtyrer werden würde? Er wollte es nicht zugeben, wenn ich ihn darauf ansprach. Märtyrer gab es doch nicht mehr, die verschwanden irgendwo in der Erde eines Lagers oder wurden verbrannt, von denen blieb nichts übrig, kein Finger, nichts, das man verehren konnte. Er hatte ja schon vor fünf Jahren eine Verfügung geschrieben, was passieren sollte, wenn er verhaftet wurde, wer ihn vertreten sollte usw., die hatte er schon zweimal ändern müssen, weil die Vorgesehenen von hier vertrieben worden waren.

Die Presse im Ausland berichtete groß über Clau, das Radio sendete wieder seine Predigt, in der ganzen Welt war sie zu hören. Mitschriften wurden überall nachgedruckt. Er hätte sehr stolz sein können in dieser Woche. Es gab eine große Empörung, viele dankbare Zuschriften von berühmten Persönlichkeiten, Musikern, Dichtern. Für sie war Clau der Einzige, der die Wahrheit ausgesprochen hatte. Oft wurde er ans Telefon gerufen, es waren immer gute Nachrichten, der Papst unterstützte ihn weiter, er ließ ihm für die Predigt danken.

Das Schönste stellte sich aber erst in den nächsten Wochen heraus: Sie hörten mit dem Abtransport der Pfleglinge auf, anscheinend wurde das ganze Programm aufgegeben. Zu spät für Leni. Das erste Mal in acht Jahren hatte Clau einen Sieg errungen. Und was für einen! Das ganze Land jubelte ihm zu. Immer standen Leute vor dem Palais, die ihn sehen wollten. Manche Kollegen waren neidisch auf seinen Ruhm, auf die große Anerkennung, auf die Liebe seiner Gläubigen. Die ganze Diözese hielt zu ihm.

Und er? Er war nicht zufrieden, es schien ihn eher zu bekümmern, dass er nicht abgeholt wurde, dass sie einmal an ihre Grenze gelangt waren und sich dies nicht mehr trauen konnten. Sie wussten, dass ganz Westfalen und überall im Land die Leute empört gewesen wären. Clau schien immer in sich gekehrter zu werden. Es war, als bete er fortwährend oder warte da drinnen auf eine Antwort, die nur er hören konnte, die aber nicht kam. Eine Antwort von oben.

Leni wird davon nicht wieder lebendig, sagte er einmal, als kümmere ihn dieser ganze Erfolg überhaupt nicht.

Ich war jetzt jeden Abend bei ihm, auch ich rechnete immer noch mit der Möglichkeit, dass er verhaftet werden würde. Nein, er schien unverwundbar, unantastbar, er wusste bloß selbst nichts davon. Dies war der Höhepunkt in seiner Arbeit, in seinem Widerstand, und er merkte das nicht mal, so versunken schien er in einen Gedanken, über den er nicht redete. Vielleicht hatte er gehofft, abgeholt zu werden und damit einen Sturm des Widerstands auszulösen, der die Parteileute schließlich wegfegte? Vielleicht hatte er gehofft, dass sich so viele Menschen hinter ihn stellten, dass er als Führer eine neue Provinz ausrufen könnte? Hatte er solche Träume von Genugtuung und Macht? Ich glaube ja.

Ich muss mein Werk vollbringen, murmelte er nur, wenn ich ihn nach seinen Gedanken fragte.

Er sprach von seinem Hochzeitstag und seinem Gelübde. Damit meinte er sein Versprechen am Tag der Bischofsweihe, immer für die ihm Anvertrauten da zu sein. Das war ein seltsamer Ausdruck für ihn, aber er hatte das damals so darstellen wollen.

Wenn ich sterbe, sagte er plötzlich, ist es dann vorbei? Ich glaube das manchmal, ich glaube manchmal, dass nichts mehr kommt, keine Auferstehung, nichts, dass wir lernen müssen, ohne diesen Gedanken auszukommen. Ohne Gott, der uns schließlich noch rettet. Dass dies schon alles ist.

Als offensichtlich war, dass sie sich nicht trauten, ihm etwas zu tun, atmete ich auf. Ich gab mir besonders viel Mühe mit dem Essen, es war ja alles rationiert, aber irgendjemand brachte immer ein Kaninchen oder ein Huhn vorbei, und sonst holte ich etwas bei Albert. Wir nahmen unsere Abende wieder auf, Clau war viel mehr zu Hause als früher, und wir lasen gemeinsam.

Wir müssen beten, dass wir den Krieg verlieren, sagte er damals, ein Sieg würde fürchterlich sein.

Er hatte sich in den Kopf gesetzt, jetzt alle zu überleben, die uns verfolgten, und keiner konnte damals wissen, dass das gar nicht so schwer sein würde. Wir hofften auf den Zusammenbruch, wir beteten dafür, wir glaubten an ihn.

In dieser Zeit erzählte ich Clau von meinen Träumen, ich beschrieb ihm die jahrelangen Wiederholungen und die plötzlichen Veränderungen, er hörte zu und stellte Fragen, er wollte alles ganz genau wissen, aber dann erklärte er nichts, sondern hörte einfach zu. Mir wurde fast unheimlich, einmal dachte ich, dass er das alles schon kannte, dass er ja selbst in diesem Traum gewesen sei, aber das war nur Unsinn, der mir durch den Kopf schoss. Es tat gut, dass er sich alles anhörte.

Clau begann, von seinen Eltern zu erzählen, die schon lange tot waren. Er erzählte nicht auf die Art, wie viele das tun, ein paar Erlebnisse, ein paar rührende Geschichten. Es war so, als ob er mit einem großen Schmerz kämpfe, einem tiefen Schluchzen, das aus ihm hinaus wollte, das er aber nicht loslassen konnte. Er stammelte immer, wenn er von seiner Mutter sprach. Es gab da eine Erfahrung, von der er unbedingt sprechen wollte, über die er noch nie mit jemandem hatte reden können. Nicht mit seinen Brüdern oder Schwestern, nicht mit seinem Onkel, nicht mit seinen Freunden, aber hatte er überhaupt Freunde?

Die, mit denen er zusammen in Innsbruck studiert hatte, an denen hing er und sie an ihm, sie kannten sich am längsten und brauchten sich nichts vorzumachen. Seine Schwäger und Kollegen, die vielen Menschen, die er kannte, waren das Freunde? Sein Sekretär Portmann? Ich glaube, der einzige Freund, den er hatte, war wohl ich, und ich war dafür bestimmt, diese Geständnisse zu hören. Ich glaube, sein nächstbester Freund war Albert, der hätte alles für ihn getan und ihm auch die Meinung gesagt, wenn es nötig gewesen wäre. Clau liebte Albert auch, oder er bewunderte ihn beinahe für seine Unabhängigkeit, seinen Mut. Verglichen mit Albert war Clau hundert Kompromisse eingegangen, hatte hundertmal nachgegeben, hatte tausendmal Angst gehabt vor sich selbst, vor seinem Mut. Ja, verglichen mit Albert war Clau beinahe ein Weichling.

Aber die beiden waren sich auch sehr ähnlich. Manchmal herrisch, starrköpfig, schweigsam, nur dass Clau viel mehr die anschmiegsame Sprache der Diplomaten beherrschte, auch wenn er sie hasste. Vielleicht hatte er mich immer an meinen Vater erinnert, der noch stärker als Albert stumm allmächtig, ohne Zweifel, autoritär ohne Kompromisse gewesen war.

Aber Clau wollte von etwas anderem reden. Natürlich hatte sein Vater auch über die Familie geherrscht, seine Anordnungen wurden streng befolgt, und es gab keinen Widerspruch. Aber mit einem strengen Vater war einfacher umzugehen als mit einer wechselhaften, launischen Mutter. War sie so gewesen? Clau hatte nie ihre Nähe gespürt, er war immer weitergereicht worden von einer Schwester zu anderen oder zum Kindermädchen, kein Wunder bei dreizehn Kindern, und er war ja eines der jüngsten. Aber er träumte oft von einem verheißungsvollen, nährenden Lächeln, das er brauchte, ohne das er nicht leben zu können meinte, es wandte sich ihm zu, beschien und wärmte ihn, er spürte einen feinen Geruch, er fühlte, dass seine Entbehrung zu Ende war, sein Schmerz oder sein Hunger gelindert werden sollte, dann veränderte es sich in ein abweisendes, uninteressiertes, höhnisches Gesicht.

Ja natürlich, er verstand jetzt, dass seine Liebe zur Jungfrau Maria dieser Sehnsucht entstammte, einmal angelächelt, gewärmt, genährt zu werden, und zwar von der richtigen, wirklichen Mutter, deren Gesicht einzig diese Fähigkeit hatte. Aber er war zurückgestoßen, abgelehnt, enttäuscht und erstickt worden, und dieses unterdrückte Weinen machte sich jetzt Luft. Ich spürte, dass ich mir alles anhören, dass ich versuchen konnte, ihm zu helfen, ihn anzulächeln, für ihn zu sorgen, nur aus Liebe, aber ich konnte ihn nicht entschädigen, nicht alles wieder gutmachen, was da angerichtet worden war, das wäre gewesen, wie eine riesige Grube zuzuschütten, die andere in vielen Jahren ausgehoben hatten.

Ich begriff erst jetzt seine Sehnsucht nach Gerechtigkeit, seinen unbedingten Wunsch nach Wiedergutmachung, seinen Kampf für das Recht, das jemandem zustand. Niemand konnte das alles wiedergutmachen. Dieser große Mann, der hatte eben auch große Verletzungen, und es war nicht falsch, wenn er weinte und sie zeigte. Aber er konnte mit mir darüber reden, das war ein Anfang, und in dieser dunklen Zeit öffnete sich doch noch etwas zwischen uns, ich erzählte von mir, und trotz meines schweigsamen, kurz angebundenen Vaters hatte ich wohl Glück in meiner Kindheit gehabt.

Ich glaube, Clau war letzten Endes einsam, er hatte genau diese Rolle gewählt, des ehelosen, marienverehrenden, mit seinen Gläubigen verheirateten Priesters, um sich einen Ersatz zu schaffen für etwas, das ihm verweigert worden war. Er trug es immer vor sich her, dass ihm etwas genommen worden war, sein ganzes Leben, und vielleicht eckte er deswegen so oft an, mal davon abgesehen, dass er meistens recht hatte mit seinen Beschwerden. Aber jemand, der sich immer nur beschwert, auf dem beharrt, was ihm eigentlich zusteht, kann nicht sehr beliebt sein oder viele Freunde haben. Immerhin ging es mit uns jetzt besser, und als Clau beschloss, erst einmal nicht mehr zu predigen, war ich auch dafür. Albert, wenn der Pfarrer oder Bischof geworden wäre, der hätte sich von nun an jeden Sonntag dahin gestellt, bis sie ihn weggeholt hätten, aber Clau war nicht so stur.

Dann wurde von der Partei ein gefälschter Hirtenbrief verbreitet, genau in dem Stil wie Claus Predigten, sehr gut nachgemacht, muss ich sagen, in dem zum Ungehorsam aufgerufen wurde. Dann musste die Bischofskonferenz das offiziell zu einer Fälschung erklären, und das Ganze war peinlich und ärgerlich. Clau schämte sich, als er den Text las, es war die Predigt, die er nie gehalten hatte, aber vielleicht gerne gehalten hätte.

Oft erschrak ich, wenn ich Mechthild sah. Sie war sehr groß, viel zu groß für ihr Alter, größer als alle Mädchen und Jungen, aber es fiel nicht so auf, weil in der Zwergschule ja auch Ältere waren. Es war ungeheuerlich, was ich gemacht hatte, dachte ich dann, es konnte immer noch alles herauskommen, und da Albert eher klein war, fragten sich bestimmt manche Leute, woher das Kind diese ungewöhnliche Länge hatte. Was mochte sie später von mir denken? Was mochte ihr Schmerz sein, den sie mitnahm aus ihrer Kindheit? Was mochte ich ihr vorenthalten haben? All ihre Zweifel, ihre heimlichen Fragen, ihre Unsicherheit steckten in diesem Heiligenlächeln, das sie so unverwundbar aussehen ließ.

Ich dachte damals nur praktisch, dass sie auf dem Hof immer genug zu essen bekam, dass es dort keine Bombenangriffe geben würde, dass sie es gut hatte, dass Albert sie liebte und für sie da war. Er heiratete Thea, ohne ein Wort darüber zu verlieren.

Manchmal kam Mechthild jetzt zu Besuch, sie durfte allein mit dem Zug fahren, und ich holte sie am Bahnhof ab. Ich zeigte ihr das Palais, den Dom, sie besuchte Clau in seinem Arbeitszimmer, und sie hatte keine Angst vor ihm, wie Kinder sonst oft. Sie verstanden sich sofort, das sah man, Clau hatte ein Strahlen im Gesicht, wenn sie bei ihm gewesen war, und immer noch wünschte ich mir manchmal, dass wir drei zusammen in einem fernen Land leben könnten.

Mechthild war gut in der Schule, ehrgeizig, und sie passte sich überall an. Sie lächelte ihr stilles Lächeln und sah mich an, als müsse sie mit mir Geduld haben. Natürlich verrieten wir ihr nichts, und es war komisch, wenn ich sie wieder zum Bahnhof brachte und in den Zug setzte, dass sie nicht einfach bei uns bleiben konnte. Sie hätte auch in Münster in die Schule gehen können. Ich hätte sie einfach als meine Nichte bei mir haben können, das tat ich ja sowieso manchmal. Das alles ging nicht, ich wusste es, und ich hatte mich für Clau entschieden und sein Werk, das er vollbringen musste. Und was war mein Werk, oder hatte ich gar keins?

Wenn er vom Internat und vom Priesterseminar erzählte, war es ähnlich. Er hatte sich getrennt gefühlt, als sei er nur die Hälfte eines Gegenstands und könne nicht richtig funktionieren, weil ihm etwas fehlte. Er war nicht allein, aber einsam gewesen. Sein Bruder hatte sich nie so gefühlt, er war ja dabei gewesen, aber er hatte nie diese Sehnsucht gehabt nach etwas Verlorenem oder nie Besessenem, die Sehnsucht, die Clau immer ergriff, wenn er allein am Fenster saß oder im Park, so als riefe ihn die andere Hälfte, zu ihr zu kommen. Er selbst konnte sie nicht rufen, er musste auf ihre Signale warten. Er rief oft oder er weinte, er schrie und flehte, aber sie meldete sich, wann sie wollte. Er hatte schlechte Noten und war nicht beliebt. Er schwärmte für die Jungfrau Maria, aber auch das war nicht gern gesehen. Sie wollten fromme, aber nicht zu fromme oder zu vergeistigte Priester. Er streifte allein draußen umher und tröstete sich selbst, er dachte an seine Mutter, als müsse er sofort zu ihr zurück und etwas abholen, das sie vergessen hatte, ihm zu geben, seine andere Hälfte. Er glaubte, er habe einen Zwilling gehabt, der bei der Geburt gestorben sei. Seine Freunde hielten ihn für einen Spinner.

War es unchristlich, so über seine Mutter zu reden? Sie hatte es doch schwer gehabt. Aber sie war kapriziös gewesen, unberechenbar, und etwas ließ sich nicht reparieren.

Wenn ich mir vorstellte, die kräftigen jungen Männer allein unter sich, dann stellte sich doch viel mehr die Frage, wohin mit der ganzen Männlichkeit. Wie hatten sie das gemacht?

Es war nicht sehr ruhmreich, sagte Clau.

Wenn er nur nicht so cholerisch gewesen wäre! Es wurde immer schlimmer. Ich glaube, das war, was in ihm steckte, seine Mutter, die fehlende Liebe, die viele Einsamkeit, die lange unterdrückte Männlichkeit, alles war dort in ihm zusammengepresst wie eine Sprungfeder und wartete auf den kleinsten Anlass, um herauszuspringen. Ich konnte ihn nicht mehr ändern.

Oft nahm er mich als Anlass, etwas schmeckte nicht, war ein bisschen angebrannt, der Korn war zu warm, er bereute es dann nachher, aber zuerst wurde geschrien und auf den Tisch gehauen, nein, mich hat er nie geschlagen, das wäre noch schöner gewesen, das hätte ich kein einziges Mal ertragen, dann wäre ich sofort weg gewesen. Ich sagte immer, lieber sollte er einen Teller zerschmeißen als jemanden zu verletzen, und ich riet ihm auch, im Keller Holz zu hacken oder sich irgendwie Luft zu machen. Da unten konnte er rumbrüllen, so viel er wollte.

Ich konnte genau beobachten, wie er sich den ganzen Tag zusammennahm, die Zähne zusammenbiss, zu allen freundlich zu sein versuchte. Er war ein guter Mensch, das merkte man in dem Moment, es war etwas in ihm, das zutiefst gekränkt und vernachlässigt worden war und sich jetzt meldete. Ich glaube, dass auch seine Krankheit nur festgefressene Wut war, aber davon später.

Jetzt lagen wir manchmal abends im Schlafzimmer, und ich analysierte ihn. Ich ließ mir seine Kindheitsgeschichten erzählen und versuchte, ein Bild zu bekommen von seiner Seele. Es war schwer. Ich hatte ein Buch über Traumdeutung gelesen und ließ mir Claus Träume erzählen. Ich versuchte, ihm zu erklären, dass, wenn er von einer tiefen Schlucht träumte, einem Abgrund, dem verzerrten Gesicht eines Feindes, zuerst immer er selbst es war, von dem er träumte. Auf einmal verstand ich, dass ich mich selbst gesehen hatte in den Träumen. Ich hatte sie schon lange nicht mehr gehabt.

Manchmal, wenn wir so lagen, abends oder mitten in der Nacht, zog eine brüllende und grölende Horde draußen vorbei, sie kamen extra, um ekelhafte, widerliche Wörter zu schreien, beleidigende Ausdrücke, schmutzige Lieder zu singen. Da ging es immer gegen die Juden und die Pfaffen. Clau reagierte schon lange nicht mehr. Ab und zu wurden auch wieder Fenster eingeworfen, ekelhafte Pakete abgegeben, oder sie kackten einfach vor die Tür. Wir taten so, als hätte das nichts mit uns zu tun, wir schwebten dort oben in unserem Reich des Nachdenkens, die Zeitebenen vermischten sich, auch ich hatte angefangen, von meinen frühesten Erinnerungen zu erzählen, als hätten wir hier eine Fluchtgegend, einen Rückzugsraum, den uns niemand nehmen konnte. Claus Predigten wurden als Flugblätter tausendfach abgeworfen, er wurde als Verräter beschimpft und als jemand, der für die Feinde arbeitete.

Wenn ich an diese beinahe friedlichen Abende denke, so konnte sich manchmal sein grimmiges Gesicht, das in letzter Zeit immer verschlossener geworden war, verwandeln, als lächele oder schmunzele er, die Falten glätteten sich, die Augen blickten wieder arglos, neugierig, analysierend und nicht mehr wie die eines Verfolgten, der ganz auf sich allein gestellt ist.

Wir warteten auf das Ende, Clau sagte, dass Hitler sich nicht ungestraft mit der ganzen Welt werde anlegen können, dass die Amerikaner es ihm schon zeigen würden, aber wir ahnten ja nicht, dass es noch fast vier Jahre dauern würde. Noch waren viele begeistert vom Krieg, wenn auch der Wunsch nach einem Ende groß war. Aber Clau nahm sich jetzt zurück, er hielt sich mehr bei mir auf, er hätte eigentlich nach Rom fahren sollen, aber das ging ja nicht, da hätten sie ihn nie mehr zurückkehren lassen. Er erzählte mir von Rom, von den warmen Abenden im Herbst, wenn sie draußen herumgewandert waren bis in die Nacht, hier oder da etwas gegessen und getrunken hatten, immer weiter, niemand wurde müde oder ging ins Bett, bis in den Morgen.

Wir müssen zufrieden sein, sagte ich, die Tötungsprogramme sind angehalten, mehr konntest du nicht erreichen. Das war dein Werk, und du hast es vollbracht.

Er mochte nicht, wenn ich so redete, aber er schüttelte auch oft nur den Kopf, was bei ihm schon so viel wie Zustimmung war.

Mehr wirst du nicht ändern, fuhr ich fort, du kannst nur noch versuchen, am Leben zu bleiben, alles zu überstehen.

Mechthilds Schule wurde eine Gemeinschaftsschule, sie bekam einen jungen strammen Lehrer, und das ärgerte Clau maßlos. Aber es wäre zu sehr aufgefallen, wenn er sich darauf gestürzt hätte. Überall war es jetzt ja so. Es gab nichts mehr zu tun für ihn; als es Winter wurde, war er ruhiger geworden, er diktierte nach wie vor in der Kanzlei seine Briefe, aber er verausgabte sich nicht dabei. Es war eher, als wartete er auf eine neue Gelegenheit, einen neuen Ruf. Er reiste nicht mehr so viel wie früher. Benzin war rationiert, die Wallfahrten und Prozessionen wurden eingeschränkt, die Eisenbahn, alles galt als kriegswichtig.

Ich träumte wieder von einem Urlaub, den wir drei zusammen verbringen würden, im Sommer, in einer schönen Landschaft, ganz allein, weit weg vom Krieg, aber daran war nicht zu denken, und wenn ich davon sprach, von dieser großen, herrlich duftenden Wiese unter Kirschbäumen, auf der ich mit ihm und Mechthild liegen wollte, ärgerte Clau mich und sagte, ich selbst sei die Wiese und die Kirschbäume und der Duft. Es war wieder mehr Zärtlichkeit, und ich wusste, wenn es mir gelang, Clau ein bisschen von draußen hereinzuholen, würden wir alle friedlicher leben.

Ich glaube nicht, dass ich ihn gehindert habe, mehr zu tun, noch mehr, immer weiter so zu predigen gegen die Tötung der Juden, gegen den Krieg, für einen Friedensschluss vielleicht. Was hätte er tun sollen? An die Front fahren? In ein Konzentrationslager? Dort hatten sie schon viele Pfarrer und angesehene Bauern eingesperrt, die gegen die Gemeinschaftsschule protestiert hatten. Wegen nichts. Ihn würden sie auch ganz schnell dabehalten.

Ja, vielleicht war ich es, die ihn beruhigte, obwohl ich immer noch glaubte, dass er sich von mir nichts sagen ließ.

Dann passierte es, und ich wurde plötzlich zum Schulrat gerufen. Es war ein ganz normaler Tag im November, Clau musste in eine Sitzung, und ich hatte ein bisschen getrödelt, die Reste gegessen, etwas gelesen, als Josef in mein Zimmer kam und sagte, es wäre dringend. Zuerst dachte ich, Clau hätte einen Unfall gehabt oder sei krank geworden, aber draußen stand ein Mann, der zu mir wollte. Er brachte mich in ein Gebäude, in dem ich noch nie gewesen war, ja, das ich vorher noch nie zu sehen geglaubt hatte, obwohl es nicht weit weg war. In einem Zimmer dort saßen der Schulrat und Mechthilds neuer Lehrer, und ich starb fast vor Schrecken, als mir klar wurde, dass etwas mit Mechthild war.

Was ist passiert?, rief ich entsetzt, aber dieser neue Lehrer, der war ein strammer Brauner, der lachte nur höhnisch.

Setzen Sie sich, sagte der Schulrat.

Ich war allein mit den beiden Männern, niemand, der mir helfen konnte, wieder war ich auf mich allein gestellt.

Was ist denn?, flehte ich den Schulrat an.

Das müssten Sie doch selbst am besten wissen, antwortete der wieder so zweideutig, dass es mir kalt den Rücken runterlief.

Ich ahnte, dass etwas Schlimmes kommen würde, und ich verlor gleich die Nerven.

Wo ist Mechthild? Was ist mir ihr? Warum haben Sie ihren Vater nicht geholt?

Sie kann nicht auf der Schule bleiben, sagte der Lehrer.

Was hat sie denn getan?

Es ist mehr etwas, das Sie getan haben, grinste wieder der Schulrat.

Ich verstehe nicht.

Sie sind doch eine deutsche Frau, sagte der Lehrer.

Ja, was soll das.

Sie ließen mich die ganze Zeit schmoren.

Sie sind kräftig im Körperbau, dunkelblond, normale Gesichtszüge.

Ich schwieg.

Mechthild hat sich in der Schule mehrfach staatsfeindlich geäußert und sich dabei auf Sie berufen.

Ach, was ein Kind redet, sagte ich. Sie weiß doch von gar nichts.

Da bin ich nicht so sicher, sagte der Schulrat.

Das ist doch nur Kindergerede, wiederholte ich, das können Sie doch nicht ernst nehmen!

Sie hat behauptet, dass der Führer viele Menschen ermorden lässt.

Sehen Sie, sagte ich, das sind doch nur Phantasien. So etwas würde der Führer doch nie tun. Das können Sie ihr doch nicht zum Vorwurf machen. Ich werde mit ihr sprechen, das kommt nicht mehr vor.

Ihre Mutter war lebensunwert, das steht fest. Wahrscheinlich hat sie das vererbt, sagte der Lehrer.

Der Schulrat lachte wieder.

Wenn sie krank ist, muss sie von der Schule, sagte der Lehrer. Eltern haben sich schon beschwert.

Sie ist kerngesund, sagte ich, das sehen Sie doch.

Ich hoffe, dass Sie nichts mehr in der Richtung äußern, ich hoffe das für Sie, sagte der Schulrat.

Ich sah diesen Feind in seiner ganzen Bösartigkeit, in seiner nackten Wut, mir zu schaden, Mechthild zu vernichten, ich sah ihn mir genau an, ich habe kein einziges Wort vergessen, das die beiden sagten, ich nahm mir vor, mich zu rächen, so grausam ich konnte, das half mir einen Moment. Leider würde es nie Zeugen geben für das Gespräch.

Ich verlange einen Rechtsanwalt, fiel mir doch noch ein zu sagen.

Hier ist kein Gericht, wir sind nicht die Polizei, sagte der Schulrat. Die wird sich noch um Sie kümmern. Hier ist nur ein informelles Gespräch.

Was werfen sie Mechthild vor?

In der Vernehmung hat sie gesagt, dass der Führer schon noch bestraft werden wird, weil er alle Kranken ermorden lässt.

In welcher Vernehmung, schrie ich. Sie haben das Kind nicht zu vernehmen!

Wenn sie ausfallend werden, kommt Ihre Nichte sofort in ein Heim, sagte der Schulrat.

Ich möchte mit meinem Bruder sprechen, sagte ich.

Der kann Ihnen jetzt auch nicht mehr helfen, sagte der Lehrer.

Wenn es stimmt, dass sie die Anlagen ihrer Mutter hat, dann wird sie sowieso weggeschafft.

Das ist absurd, sagte ich, das stimmt nicht, ich will sie sofort sehen. Lassen Sie mich sofort zu meiner Nichte!

Sie geht nicht davon ab, unter Drohungen und Versprechungen nicht, sie bleibt dabei, dass Sie den Führer umbringen wollen.

Sie ist ein sechsjähriges Mädchen, sagte ich. Lassen Sie uns doch in Ruhe. Der Bischof wird sich über Sie beschweren. Ich werde ihm das alles erzählen.

Wie stehen Sie denn überhaupt zum Bischof?, fragte der Lehrer noch ganz unverschämt, aber der Schulrat gab ihm ein Zeichen aufzuhören.

Die Befragung ist beendet, sagte er.

Ich merkte, dass er etwas fürchtete, dass ich ihn mit der Erwähnung Claus gepackt hatte.

Sie werden dafür zur Rechenschaft gezogen, sagte ich zu beiden. Lassen Sie mich jetzt zu meiner Nichte. Wenn Sie noch einmal etwas Derartiges behaupten, zeige ich Sie an.

Mechthild war eine Etage höher in einem Zimmer mit einer älteren Frau, die mir irgendwie bekannt vorkam, ich glaube sogar aus der Kirche. Es ging Mechthild gut, aber sie begrüßte mich gleich mit ihrem wissenden Lächeln, damit, dass doch der Führer ein Verbrecher sei, und wollte sich nicht davon abbringen lassen. Immer wenn ich ihr erklären wollte, dass das nicht stimmte, fing sie an zu schreien und zu weinen, ich habe ihr das doch erklärt, ich erkannte den Starrsinn Claus in ihr, und ich beruhigte sie. Sie hatten ihr nichts getan, sie war nur verwirrt und klammerte sich an den Gedanken, der ihr so vertraut geworden war. Ich brachte sie sofort nach Hause, Gott sei Dank fuhr noch ein Zug, und steckte sie erst mal ins Bett.

Ich sprach lange mit Albert über die Geschichte, und er meinte, dass dieser neue Lehrer ihn hasste, dass er ihm mit allen Kräften schaden wolle. Ich blieb bis zum nächsten Morgen, es war Samstag, und ich sagte Mechthild, dass sie erst mal ein paar Tage nicht zur Schule zu gehen brauchte.

Erst abends kam Clau nach Hause, und ich hatte ihn lange nicht so müde und erschöpft gesehen. Er wollte nicht mehr sprechen, er hatte schreckliche Dinge gehört über die Lager, ein SS-Mann hatte bei ihm gebeichtet und ihm erzählt, wie die Juden dort erstickt und verbrannt werden sollten, ganz überraschend, ohne dass sie etwas ahnten, nur die arbeitsfähigen sollten ein Weile am Leben gelassen werden. Clau wusste, dass er das Beichtgeheimnis schon gebrochen hatte, aber er wollte auch an den Papst schreiben, an die anderen Bischöfe, an die Amerikaner und Engländer.

Das kann nicht sein, sagte er, dass sie die Leute einfach umbringen.

Du weißt genau, dass das so ist, es ist dasselbe wie mit den Kranken aus der Anstalt.

Ich erzählte, was passiert war, aber Clau war fast zu erschöpft, um richtig zuzuhören. Er telefonierte, und ich weiß nicht, wen er anrief und ob das in Ordnung war, aber in der nächsten Woche kam der Lehrer nicht mehr zum Unterricht. Es wurde eine Vertreterin aus Ochtrup geschickt, die dann länger blieb und schließlich für immer. Mit ihr kam Mechthild gut aus, und es war nie wieder von diesen Dingen die Rede, erst als sie neun oder zehn war, erklärte ich ihr, was sie damals falsch gemacht hatte, aber sie konnte sich kaum noch daran erinnern. Da war ihr Lächeln noch klarer und gleichzeitig geheimnisvoller geworden. Mit wem Clau damals telefoniert hatte, wo er so großen Einfluss hatte, das verriet er mir nie. Mit dem Schulrat? Mit dem Ministerium? Kannte er noch höhere Leute? Konnte er jemanden erpressen? Was hat ihn das gekostet?

Ich dachte ja oft, dass er zu großzügig sei, aber diesmal hatte er recht getan, wenn er etwas gegeben hatte. Oft hatte er ja schon sein privates Geld für irgendwelche Kirchenbauten und Heime gespendet, so dass ihm von seinem Erbe fast nichts geblieben war. Er hatte ein gutes Gehalt, das ja, aber er gab es vollständig aus, sparen konnte er davon nichts. Ich beneidete ihn darum, dass er so großzügig sein konnte, denn mir blieb das verwehrt, ich rechnete immer und blieb kleinlich, wenn ich sah, wie er einem Bettler oder jemandem, der einfach an der Tür klingelte, etwas gab. Mir war eingebläut worden, alles zusammenzuhalten, zu sparen, und ich konnte so was nicht. Clau war auch deswegen beliebt, weil er nicht rechnen musste, weil er an niemanden zu denken gewohnt war als an sich und weil er half, wann es nötig war und nicht, wenn er es sich leisten konnte.

Wir bemerkten beide, dass wieder mehr Leute in die Kirchen kamen, die jahrelang für die Partei gewesen waren, sie wollten sogar zur Beichte, brachten ihre Kinder zur Kommunion, es waren die Ersten, die sich absichern wollten für die Zeit nach dem Krieg, die vielleicht nicht mehr allein auf den Endsieg vertrauten, die alle den Kontakt mit Clau suchten, weil er in dem Ruf stand, bei den Engländern und Amerikanern hoch angesehen zu sein und Einfluss zu haben. Man merkte, dass sich die Stimmung änderte, jeder beeilte sich, noch ein paar Sachen in Ordnung zu bringen, etwas zu vergraben oder ins Trockene zu schaffen, für danach. Aber auch die Machthaber beeilten sich, für alles eine Endlösung zu finden, immer wieder bekam Clau Briefe und Nachrichten von dem, was da im Gange war im Osten.

Er hatte einen Brief an den Papst geschrieben, aber es kam nie eine Antwort, und sonst schrieb Pius ihm doch sogar eigenhändig. War der Brief nicht angekommen? Wahrscheinlich war er abgefangen worden, und die wussten jetzt, was Clau wusste. Es war zu riskant, einfache Briefe zu schreiben. Bestimmt wurde seine Korrespondenz geöffnet. Jedenfalls reagierte der Papst nie, und auch nach dem Krieg behauptete er, diesen Brief nicht bekommen und überhaupt nichts gewusst zu haben. Dabei hatte ihm nicht nur Clau geschrieben. Er muss es gewusst haben.

Clau lief wie ein Gefangener in seinem Arbeitszimmer auf und ab, wollte nicht als Verräter gelten, der nachher als mitschuldig galt, wenn der Krieg verlorenging.

Krieg ist Mord, sagte er einmal mit kalter Stimme, so als wolle er selbst jemanden dafür zur Rechenschaft ziehen.

Es gab Pläne, Hitler zu töten, und er wusste davon. Aber er konnte nichts tun, er konnte nicht selbst hinfahren, ihn würden sie nicht einmal in seine Nähe lassen.

Clau las mir manche Episoden aus der Kirchengeschichte vor, bei der wie durch ein Wunder jemand auf den Papststuhl gekommen war, der eigentlich nie daran geglaubt hatte und selbst nun plötzlich Wunder tun konnte. Er flüchtete sich in die Idee, Papst zu werden und alles zu wenden, den Krieg zu beenden, die Partei zu entmachten.

Wenn ich ihn fragte, zuckte er zusammen, aber er gab es schließlich zu, ja er hatte manchmal die Hoffnung, Kardinal zu werden und Papst, vielleicht war es das Werk, das noch vor ihm lag, er betete sogar dafür, er wollte die Macht in seinen Händen, diese Vorstellung erregte ihn, wie er die ganze Welt aufrufen konnte aufzustehen.

Ein Deutscher wird niemals Papst, sagte ich. Du wirst nicht einmal Kardinal, dafür sind die anderen viel zu neidisch. Die werden das schon verhindern.

Ich würde sehr alt werden, sagte er, und die Gerechtigkeit zum Prinzip machen, ich würde überall für Gerechtigkeit sorgen.

Du würdest ein Bürokrat werden, wenn du das versuchen wolltest, sagte ich. Du müsstest nur noch Akten lesen. Du könntest niemandem vertrauen.

Es würde Frieden geben, sagte er, und die Verbrecher würden bestraft.

Wie würdest du das machen? Du hättest nicht mal eine Armee. Die Italiener würden dich wegputzen von der Landkarte, weil du nicht diplomatisch genug bist.

Die Amerikaner würden mich unterstützen, sagte er, er hielt sehr viel von den Amerikanern, er glaubte, dass sie für eine neue Weltordnung sorgen würden. Man müsste riesige Prozesse führen, bis alle Verbrecher verurteilt würden. Ich würde persönlich die Leute aus den Lagern holen.

Manchmal weinte er einfach, weil er es nicht mehr aushielt. Oder er erzählte von Innsbruck, wie sie in der Mittagspause, ohne sich abzumelden, schnell mit der Gondel nach oben gefahren waren und eine Abfahrt auf den Skiern gemacht hatten, mit roten Backen wieder zurück ins Seminar, und jeder hatte das gewusst, es war nicht erlaubt, aber auch nicht verboten. Oder er sprach von den Frauen in ihren Seidenstrümpfen, die ihm lockende Blicke zuwarfen, und manchmal hatte ich Angst, dass er ein bisschen durcheinander oder verwirrt war, dabei war es nur der Schmerz oder die Wut, die bei ihm alles zusammenpresste, die Erinnerungen vermischte mit der Gegenwart. Ja, er hatte zu kämpfen gehabt, erzählte er dann, diese Frauen hatte es gegeben, und er war nicht stark und mutig gewesen, oder er hatte erkannt, dass er sowieso verlieren würde und es sich nicht zu kämpfen lohnte.

Man war ja dumm, sagte er. Man hätte es viel einfacher haben können.

Einmal kam ich morgens in sein Schlafzimmer, und er antwortete nicht, er blieb völlig stumm. Ich zog die Vorhänge auf, stupste ihn an, nichts. Ich fühlte seine Stirn, die mir merkwürdig kalt vorkam. Sein Puls ging, aber er reagierte nicht. Ich schüttelte ihn ein bisschen, da schlug er die Augen auf und sagte: Mir ist kalt.

Ich habe nachgedacht, fuhr er fort, ich muss jetzt immer an den Tod denken. Es ist, als würde ich bald sterben.

Er hatte nichts gehört, er war in so tiefem Schlaf gewesen, dass es mir Angst machte. Immer öfter sprach er jetzt vom Tod. Er sah etwas Dunkles, Finsteres, Unheimliches auf uns zukommen. Er war weltberühmt, und keiner traute sich, ihm etwas zu tun, da versank er tief in diesen Todesgedanken. Er war mit seiner Rolle nicht zufrieden, er hätte gern viel mehr bewirkt, und er wollte sich nicht damit abfinden, dass er kaum etwas bewegen konnte. Vielleicht konnte er sich auch nicht damit abfinden, dass so viele Leute ihm Recht gaben. Am liebsten hätte er denen auch widersprochen.

Warum machen die Amerikaner nichts, sagte er oft. Es wird Zeit, dass sie landen.

Er hoffte darauf, dass sie von den Lagern wussten, dass sie das nicht mit ansehen würden, dass sie bald alles beendeten. Vielleicht dachte er, dass er in diesem Krieg sterben würde, aber es passierte ja nichts. Anfang 1943 bekamen wir kein Benzin mehr, und Josef hatte nichts zu tun. Er reparierte alte Fahrräder und wollte Clau überreden, wenigstens ein paar Fahrten zusammen mit den Rädern zu erledigen. Er hatte ihm schon eines mit besonders hohem Rahmen besorgt, Sattel und Lenker hoch eingestellt, und Clau sollte im Park üben. Er gab zu, nie Fahrradfahren gelernt zu haben, und es sah ziemlich ulkig aus, wie er versuchte aufzusteigen. Während Josef und ich ihn festhielten, versuchte er, vorwärtszukommen, aber er kriegte es nicht hin. Er probierte es ein paar Mal allein, aber jedes Mal fiel er hin und schimpfte auf das Fahrrad. Er wurde so wütend, dass er das Ding hinwarf und ins Haus lief. Es hatte keinen Sinn, wenn etwas nicht nach seinem Kopf ging, kam man mit ihm nicht weiter. Er hat wohl nie mehr Fahrradfahren gelernt, und das ärgerte ihn später oft.

Wieder lag er da und sprach vom Tod. Damals war er noch nicht alt, oder er kam mir jedenfalls nicht so vor, er fühlte sich krank, aber er wollte nicht zum Arzt. Seit der Gallenoperation hatte er manchmal Bauchschmerzen, aber die waren es jetzt nicht. Vielleicht war er nicht ausgelastet, weil er nicht reisen konnte, weil er auf seine Beschwerden beschränkt war, auf die wenigen Predigten, auf die Besucher, die zu ihm kamen. Er hatte die Idee zu einer Konferenz der Vertreter aller religiösen Gemeinschaften Europas, die sollten sich treffen und für den Frieden sorgen. Aber das war nicht realisierbar. Wo sollte das stattfinden? Wer sollte das organisieren?

Die Angriffe nahmen wieder zu, und wir mussten nachts oft in den Keller gehen. Clau ärgerte sich jetzt und schimpfte auf die Engländer. Konnten sie nicht einen richtigen, durchschlagenden Angriff führen, damit der Krieg endlich zu Ende ging? Auch die Amerikaner waren ihm zu zögerlich. Wahrscheinlich würden die Russen als Erste in Deutschland stehen. Auf die Russen schimpfte er am meisten. Bei ihnen würde er gar nichts mehr zu sagen haben. Auch die deutschen Generäle waren dumm. Jetzt war noch Zeit, einen vernünftigen Waffenstillstand auszuhandeln. Sie mussten nur Hitler opfern, das konnte doch wohl nicht so schlimm sein. Sie hätten die Möglichkeit, die Macht zu übernehmen, wieder für einen vernünftigen, preußischen Staat zu sorgen und Frieden zu schließen. Sie hätten noch alle gut dagestanden, die Kirche hätte sie unterstützt. Aber das waren alles Waschlappen, die krochen vor Hitler in seinem Führerhauptquartier und intrigierten gegeneinander, statt sich zusammenzutun.

Auch die anderen Bischöfe waren Waschlappen. Hätten sie nicht gemeinsam zum Waffenstillstand aufrufen können? Sie hätten auf die Verbrechen aufmerksam machen müssen, die Verbrecher gehörten streng bestraft, zum Tode verurteilt, aber der Krieg musste zu Ende sein. Er wollte nicht, dass Münster zerstört würde. Er wollte nicht, dass die Braunen alles hinhielten, vielleicht war das sogar ihre Absicht, alle Kirchen und Klöster zerbomben zu lassen, vielleicht stellten sie sich vor, dass in einem zerstörten Land ihr Terror noch viel größer sein konnte?

Auch sie waren Waschlappen, sie hatten die Zerstörungen ja schon zugelassen, sie hatten es so weit gebracht, dass die Flieger ungestört hier ihre Bomben abwarfen. Und der Papst? Clau benutzt den Ausdruck nicht, aber natürlich war er auch ein Waschlappen. Er wäre der Einzige gewesen, der genug Autorität hatte, um die Verbrecher anzuklagen, so scharf und endgültig, dass die ganze Welt aufgestanden wäre. Aber er war ein Diplomat! Er wollte die Neutralität nicht aufgeben! Was gingen ihn die Juden an! Er schrieb diese freundlichen, waschlappenhaften Durchhaltebriefe, die konnten ihm ab jetzt gestohlen bleiben!

Clau redete sich oft so in Wut, dass er einen Schuh auszog und gegen die Wand feuerte, weil er es nicht mehr aushielt. Er war ein emotionaler, unkontrollierter Mensch. Kaum zu glauben, wenn man ihn so steif auf der Kanzel sah. Oder er versank wieder in dieses tiefe, kalte Schweigen, das fand ich viel schlimmer. Strick hatten sie in ein Konzentrationslager gebracht, warum, wusste niemand, er war früher mal Zentrumsabgeordneter gewesen, vielleicht war das der Grund, wahrscheinlich wollten sie aber ihn, den Bischof von Münster, treffen. Strick war herzkrank und durch den Unfall geschädigt, er würde das nicht lange aushalten. Er wusste viel, und vielleicht folterten sie ihn. Er wusste auch von Mechthild, und wenn die das rauskriegten, würde Clau seinen Hut nehmen müssen, wäre vor der ganzen Welt lächerlich dagestanden, alles wäre umsonst gewesen. Aber an Strick glaubte er, der würde nicht so leicht etwas verraten, bloß machte er sich Sorgen um die Methoden, die sie an ihm versuchten.

Wir hatten jetzt auch nicht mehr genug zu essen, Clau hatte immer Hunger und sprach von Gerichten, die ich früher gekocht hatte, dem Kalbsbraten, aber woher sollte ich jetzt so was bekommen. Er brauchte natürlich viele Kalorien, und wenn ich nicht immer wieder bei meinem Bruder etwas geholt hätte, wären wir nicht ausgekommen. Was man nach den Scheinen und Zuteilungen bekam, reichte einfach nicht. Clau sprach besonders von Geräuchertem, von seinem geliebten Speck, mir fehlte der nicht so, aber Albert schaffte es immer, etwas abzuzweigen.

Sie hatten jetzt Fremdarbeiter auf dem Hof, so hieß das damals, zwei Ukrainer, aber es war ein Trauerspiel. Albert traute sich nicht, sie herumzukommandieren, sie aßen, aber wenn sie keine Lust hatten, arbeiteten sie nicht. Albert sagte, dass sie schon genug Schlimmes erlebt hätten und etwas Schonung brauchten. Also wurde er selbst oft nicht mit der Arbeit fertig, manchmal kam ich noch helfen, die Kinder packten mit an, nur die beiden Männer taten weniger als die Kinder.

Wenn ich nach Hause kam, lag Clau auf dem Bett, auf dem Rücken, mit geschlossenen Augen und schien wieder zu schlafen. Ich durfte ihn nicht stören, ich begann dann immer, etwas zu braten, und er stand bald von selbst auf. Er erzählte, dass er jetzt häufig Kontakt zum Himmel habe. Dort redeten Leute mit ihm, die längst gestorben waren. Er betete und erhielt

Antworten. Er konnte sehen, was in der Zukunft geschehen würde. Wenn er etwas träumte, passierte all das, was er gesehen hatte. Der Ketteler redete mit ihm, aber auch andere, die sich seelisch dort aufhielten. Es war ein großes Reservoir von Stimmen, sagte Clau, von Gedanken, von Energie dort oben, man musste nur etwas davon auffangen. Es war wie ein Wasserfall, von dem man nur ein paar Spritzer abbekam. Er arbeitete weniger, er lauschte immer häufiger den Stimmen, die er da hörte. Er war krank.

Es war äußerst schwierig, mit ihm darüber zu sprechen. Er selbst litt ja nicht unter seinem Empfang. Er schien sogar viel zufriedener. Er diktierte weniger Briefe, ließ manchmal die Post ungeöffnet liegen, regte sich nicht mehr so leicht auf.

Abends war er friedlich und ausgeglichen. Er lag auf dem Rücken, die Handflächen nach oben neben dem Kopf, die Beine gespreizt. Mit dem Körper beten, nannte er das. Er lag da wie eine Empfangsstation für Wellen aus dem Jenseits. Er spürte ein Vibrieren, eine Klarheit und Helligkeit im Kopf, eine Einheit mit dem Draußen, so beschrieb er es. Dieses Jenseits zeigte ihm viele Bilder, aus seinem Leben, aus der Vergangenheit, aus der Gegenwart, es waren so viele, dass er nicht alle behalten konnte. Er sah sich selbst als Kind auf dem Leiterwagen von der Ernte kommen. Er verstand, warum er geworden war, wie er war. Er haderte nicht mehr, er wurde ruhiger, war einverstanden mit seinem Leben, mit seiner Rolle. Er wollte nicht mehr protestieren.

Ich war im Ganzen zufrieden mit ihm, er schimpfte nicht mehr so viel, hatte seltener Wutanfälle. Er schlief jetzt sehr gut, manchmal machte er schon abends um halb zehn das Licht aus und träumte bis zum Morgen. Er wollte, dass ich neben ihm lag und auch auf die Strahlungen achtete. Es kamen beruhigende Botschaften. Er hatte alles richtig gemacht, sagten sie. Es war eine große Welle von Zustimmung und Lob. Er sollte sich mehr heraushalten, er hatte mit dem Untergang nichts zu tun.

Ich wollte, dass er zum Arzt ging, aber er hatte ja keine Schmerzen, keine Symptome. Nur dass er manchmal so kalt schien, etwas stimmte nicht, aber er wirkte harmonischer, ganz anders als früher, das war wirklich eine Erleichterung.

Ich hatte nur Angst, dass er verrückt wurde. Einmal hatte ich mich beim Kartoffelschälen geschnitten, in jede Hand, und als Clau mich abends im Bett betrachtete, meinte er, ich wäre stigmatisiert. Er erzählte mir, dass ich ausgewählt worden sei, seine Einsichten mit ihm zu teilen. Nun könne er es deutlich sehen. Ich musste lachen, aber er blieb ruhig bei seiner Meinung. Er sagte voraus, dass wir das Haus verlassen würden, zusammen, lebend, und dass danach eine bessere Zeit begann. Er sagte, dass er das Gefühl hatte zu schweben, wenn er seine Gedanken losließ und seinen Kopf öffnete. Er schwebte nach drüben in diese andere Welt und ließ sich treiben. Er war wie ein Schiff oder ein Flugzeug, das sanft dahinflog. Nichts konnte ihm Schmerz zufügen.

Ich hatte viel übrig für seine Gedanken, weil ich auch glaubte, dass es Strömungen oder Strahlungen gab, die uns beeinflussten, nicht nur Gott oder die Heiligen, sondern etwas viel Feineres, Zarteres. Ich ließ ihn auf all das lauschen und wimmelte jeden ab, der ihn stören wollte. Er hätte Revolutionär werden können, jetzt wurde er Mystiker. Er las nichts mehr, er nahm das alles aus sich oder aus seinen Eingebungen.

Manchmal hatte ich das Gefühl, er hebe schon ab oder sei zu weit da drüben gewesen, er sagte auch manchmal so komische Sachen, er wisse jetzt, wie Jesus aussehe und so was. Es war, als wolle er schon sterben und endlich dort oben mitmischen. Es war doch hier unten alles verloren für ihn. Aber ob er da oben nicht auch Streit anfangen würde? Dann holte ich ihn vorsichtig wieder zurück, einfach, indem ich berichtete, was ich gesehen hatte an dem Tag, was ich gehört hatte, was man sich in Münster erzählte.

Es wurde zum Beispiel behauptet, dass die Engländer Phosphorbomben abwarfen, die Teile enthielten, die nicht zu löschen waren und nach einem Tag noch anfangen konnten zu brennen. Es wurde über die vielen Todesanzeigen von der Ostfront geredet, und fast alle glaubten, dass wir Russland nicht besiegen konnten, nicht gleichzeitig, und dass der Krieg hier noch lange dauern könne. Fast alle glaubten aber, dass Hitler es irgendwie wenden könne.

Die Deutschen sind Waschlappen, sagte Clau dann. Sie unternehmen nichts, sie schauen zu, wie sie in den Untergang geführt werden. Sie sehen zu, wie hunderttausende von Morden begangen werden, sie tun nichts. Wenn nur ein Drittel oder ein Viertel der Bevölkerung nicht mehr mitmachen würde, wäre Hitler am Ende, wäre der Krieg vorbei. Wenn nur Westfalen oder nur Köln aufhören würde. Aber sie trauen sich nicht. Sie hätten jetzt noch die Kraft aufzustehen, aber sie sind Sklavenseelen, sie werden sich ewig ducken.

Die meisten Leute sind einfach übermüdet durch die Alarme, unterernährt, gereizt, sie wollen nur endlich mal wieder richtig schlafen und essen, sagte ich.

Eben, sagte Clau, sie haben nichts gelernt, außer essen und schlafen und sich fortpflanzen. Sie sehen nicht, wie die Zeit verstreicht. Irgendwann können sie nicht mehr sagen, ich habe den Ruf nicht gehört.

Du liebst die Menschen nicht, sagte ich.

Ich sehe, wie schwach sie sind, sagte er. Wir haben sie nicht stark genug gemacht.

Was ihn furchtbar mitnahm, waren die Beichten. Wenn er zur Beichte gerufen wurde, sah ich schon schwarz. Manchmal sagte ich für ihn nein, denn er selbst tat es nicht. Da konnte ein kleiner Gefreiter auf Heimaturlaub sein, der musste natürlich beim Bischof persönlich beichten. Ein einfacher Pfarrer war ihm nicht genug. Ich war ja nicht dabei und weiß nicht, was sie da besprachen, aber Clau kehrte jedes Mal mit tiefen Falten im Gesicht zurück. Er empfand irgendetwas dabei, dass jemand sich nur an ihn wenden wollte, dass sie ihm vertrauten, und es waren spezielle Dinge, die dort zur Sprache kamen.

Er war wieder ganz da, wenn er zurückkam, und das fand ich gut. Ich wusste ja, worum es ging, Verbrechen, die da im Osten begangen wurden, auf Befehl, manche taten das freiwillig, aber andere konnten nicht den Befehl verweigern. Es waren schlimme Dinge, das merkte ich an Claus Benehmen. Er durfte ja nichts erzählen, und darunter litt er auch. Nach und nach erfuhr ich manches, und ich konnte es zuerst kaum glauben. Es war viel schlimmer, als ich mir vorstellen konnte. Sie verhielten sich nur folgerichtig, sie taten, was sie die ganze Zeit getan und angekündigt hatten. Das waren unglückliche Menschen, die da zu ihm kamen. Sie hatten Morde begangen, an Frauen und Kindern und Alten, sie hatten nur überleben wollen. Clau konnte ihnen nicht vergeben, so einfach nicht. Manche brachten sich auch um oder verstümmelten sich, um nicht wieder zurückzumüssen.

Aber es waren doch die Guten, Reumütigen, die zu ihm kamen, die anderen, die das anordneten und vorantrieben, die Schlimmsten, die würden ja nie kommen!

Es sind schon einige gekommen, sagte er, einige sind später gehängt worden, weil sie nicht mehr weitermachten. Ich kann ihnen nichts raten. Es ist furchtbar.

So kam er allmählich wieder auf die Erde, in die Hölle, zurück aus seinem Himmel. Wenn Mechthild zu Besuch war, konnte er ganz anders sein, er machte Witze, las ihr etwas vor, spielte mit ihr Mau-Mau. Auch sie hatte großen Anteil, dass er diese Zeit überwand. Sie brachte ihm immer etwas mit, das sie gemalt oder gebastelt hatte, zeigte ihm ihre Hefte, und sie war die Einzige, die ihn nie erzürnte, zu der er immer freundlich und geduldig war. Aber sie ähnelten sich auch so, dass ich manchmal lachen musste, weil sie sich selbst ja nicht sehen konnten, Vater und Tochter mit ihren blauen Augen. Nur hatte Mechthild dieses gemalte Lächeln, das sie fast nie mehr ablegte, und heute denke ich, dass sie damit zwischen uns vermitteln wollte, dass sie hin- und hergerissen war, dass es daher stammte.

Wenn ich zu Albert ging, war Mechthild ernster, mit ihrem Vater machte sie dagegen gern Albernheiten, da ließ sie sich richtig gehen. Albert hatte noch zwei Kriegsgefangene dazu, und einer von denen sorgte dafür, dass jetzt alle vier halbwegs arbeiteten. Sie bekamen gut zu essen, trafen sich sogar mit Arbeiterinnen aus Oelde, manchmal kamen welche einfach rüber, und Albert fand das in Ordnung. Es drehte sich alles um die Ernte, das Vieh, bei so viel Leuten auf dem Hof musste die Ernte größer ausfallen, und wir hingen ja auch noch mit darin, Mechthild, ich und Clau. Albert wurden Riesensummen für ein schwarzgeschlachtetes Schwein oder einen Schinken geboten, aber er verteilte lieber das Schwein unter uns. Sonst wären wir auch nicht durchgekommen. Das Korn und die Kartoffeln standen gut, aber es gab in ganz Münster nichts zu kaufen. Nichts zum Anziehen, keine warmen Sachen, kein Gemüse, kein Obst. Ich wunderte mich, dass die meisten Leute nicht protestierten, aber die waren schon zu erschöpft.

Bei Clau war es so, als steuere er immer stärker auf das Ende zu. Wie jemand in einem Boot, der nun endlich so weit abgetrieben ist, seine Ruder verloren hat, nicht mehr zurück kann und entweder ertrinken oder verdursten wird. Er sah immer in die Ferne, als könne er da die Strömung sehen, die ihn fortziehen werde. Er sprach von den vielen Toten, er ging auch wieder herum und versuchte, die Leute zu trösten, die alles verloren hatten. Er wollte einfach für ihre Seelen sorgen, mehr nicht. Die letzten Juden waren abtransportiert worden. Niemand kümmerte sich darum, jeder dachte an sich selbst, an seine Familie, an sein Überleben.

Clau las ein Buch von Schopenhauer, und er lieh es mir anschließend. Schopenhauer sagt, dass das Leben nur Schmerz bereitet und erst danach ein schmerzfreier Zustand kommen kann, so dass es sich nicht lohnt, verzweifelt an dem zu hängen, was doch keinen Frieden und kein Glück bringt. Oft glaubte ich das jetzt auch. Es hatte keinen Sinn, sich aufzubäumen, sich zu wehren. Wenn wir erwischt wurden, war es auch gut.

Ich erinnere mich gut an den langen Sommer 1943. Ich war oft zu Hause, weil Mechthild zum Teil keine Schule mehr hatte. Albert hatte den Hof unserer Eltern fast verdoppelt, und trotz der Maschinen war die Arbeit immer mehr geworden. Aber ich wollte, dass Mechthild weiter lernte, ich setzte mich oft mit ihr hin und erklärte, las etwas vor, diktierte, ließ sie rechnen. Sie hatte eine bessere Schule verdient, ich wollte, dass sie einen höheren Abschluss machte als ich, dass sie vielleicht einmal Lehrerin werden konnte. Es war unglaublich, was das Mädchen alles fragen und wissen wollte. Ich weiß, dass ich Clau oft allein ließ, und ich hatte ein schlechtes Gewissen. Ich merkte, dass er froh war, wenn ich abends neben ihm lag, auch wenn er nichts sagte. Er rechnete so stark damit, dass wir bald eine Katastrophe erlebten, dass er jedes Mal dachte, es wäre die letzte Nacht. Vielleicht hatte er in seinen Visionen etwas gesehen. Er grübelte über seine Versäumnisse.

Er hatte sich nur um die gekümmert, die ihm anvertraut worden waren, wie ein schlechter Hausvater, sagte er. Er hätte sich auch um die anderen kümmern müssen, die Verschleppten, zum Tode Verurteilten. Gerade um die Gedemütigten und Angegriffenen.

Jesus verachtet mich, sagte er, ich bin kleinlich und engstirnig gewesen.

Eine Frau aus der Nachbarschaft hatten sie nach einem Bombenalarm sofort hingerichtet, weil sie einen Pullover geklaut hatte. Ebenso einen Jungen, der mit einem gestohlenen Fahrrad unterwegs gewesen war.

Wir sind immer zu spät gekommen, sagte Clau. Ein paar Kranke haben wir gerettet, aber für wie lange?

Er versuchte, sein Leben zu bilanzieren, und offenbar kam er dabei zu dem Schluss, dass er nicht mutig genug gewesen war.

Ich bin ein Waschlappen, sagte er, ich stehe noch immer nicht auf, es wäre nötig, den Tyrannen zu ermorden.

Er schrieb viel in seinem Tagebuch, das ich aber nicht gesehen habe, er las mir nie etwas vor oder so.

Die Ernte war sehr anstrengend, und der Hof musste ständig bewacht werden, weil immer Leute herumstrichen auf der Suche nach Lebensmitteln. Es ging fast über meine Kraft, zumal ich die zuversichtliche Maria spielte, die Mechthild erzog, Albert aufheiterte, wenn er in seine trüben Stimmungen geriet, Clau aufheiterte, wenn ich zurückkam, und ich weiß nicht, wie ich das immer geschafft habe.

Ich war in der Zeit stark, das muss ich sagen, ich hatte immer noch Kraft für die drei anderen. Josef lungerte viel herum, er hatte schlechte Laune, wenn wir kein Benzin bekamen, und er war alt geworden. Er fürchtete, noch irgendwohin abkommandiert zu werden, denn er hatte jetzt ja ein ruhiges Leben. Er war wie angesteckt von Claus unheilvollen Gedanken. Ich nahm ihn manchmal mit auf den Hof, zur Arbeit, das tat ihm gut, und er fühlte sich wieder wie jemand. Fast war es wie in unserer Kindheit, wir arbeiteten beide auf dem Hof, und dabei vergaß man alles andere.

Ich glaube, es war in dem Jahr, dass wir schon im Oktober Frost bekamen und uns wahnsinnig mit den Kartoffeln beeilen mussten. Clau hatte vor, noch einmal eine richtig große Predigt zu halten, jetzt, wenn alle mit der Ernte fertig waren, vor dem Winter. Ich hatte keine Zeit, mit ihm darüber zu sprechen, er machte das mit sich allein aus. Es sollte diesmal alles zur Sprache kommen, die Verschleppungen, die Selbstmorde, die Schuld, die viele an der Front auf sich geladen hatten, der Untergang, der bevorstand. Als letzte Warnung sozusagen und als Abschied.

Clau wusste, dass sie ihn diesmal nicht laufen lassen würden. Es sollte seine größte Predigt werden, seine Märtyrerpredigt, sie sollte überall bekannt werden und für eine Umkehr sorgen. Ja, er wollte, dass die Menschen umkehrten und alles änderten, das sie in den zehn Jahren errichtet hatten, er hatte gute Beispiele dafür und Vergleiche, ich weiß, dass mir das sehr plastisch und einleuchtend vorkam, kräftig, direkt, für jeden verständlich. Das wollte er mit niemanden absprechen, und er war sowieso davon überzeugt, dass keiner sich traute, das mitzutragen. Er würde die Deutschen ziemlich hart angreifen, die darauf warteten, dass sie erlöst würden, dass das Himmelreich zu ihnen kam, anstatt etwas dafür zu tun, dass wenigstens ein kleines Stück Anstand oder Gerechtigkeit erhalten blieb.

Es war ein sehr kalter Sonntag, das weiß ich noch, weil Mechthild morgens mit dem Zug nach Münster kam und völlig durchfroren war. Sie hatte keinen richtigen Wintermantel, aus ihrem letzten war sie herausgewachsen, und es war kein größerer zu bekommen, Albert hatte keine Zeit, sich darum zu kümmern, und er lehnte es ab, mit den Leuten Geschäfte zu machen, die etwas tauschen wollten. Das musste immer ich machen, er wollte davon nichts wissen. Ich hätte also einfach ein paar Tage auf dem Hof bleiben müssen, bis jemand mit einem passenden Mantel kam, für ein Stück Butter oder Speck.

Ich brachte Mechthild erst mal in die Küche, damit sie sich aufwärmen konnte. Sie war ein hübsches Mädchen, viel hübscher als ich, und mit ihren acht Jahren sah sie schon aus wie zwölf. Aber ihr Lächeln blieb alterslos, wie von einer Frau, die sehr viel gesehen hat. Sie hatte ja gerade Geburtstag gehabt, aber während der Kartoffelernte hatten wir nicht einmal richtig feiern können. Sie hatte nur die Bücher bekommen, die sie sich gewünscht hatte, etwas anderes wollte sie nicht. Wir gingen also zusammen in die

Kirche, es war wie üblich sehr voll, und ich hoffte nur, dass es keinen Fliegeralarm geben würde. Das kam häufig vor jetzt, und meistens passierte dann gar nichts, die Flugzeuge flogen über Münster hinweg, und niemand nahm das mehr richtig ernst.

Es war eine feierliche Messe, sie ließen sich viel Zeit mit dem Singen und Beten, so kam es mir vor, bis Clau endlich auf die Kanzel stieg. Ich war hochgespannt, und ich hatte bemerkt, dass heute mehr Gestapoleute als sonst da waren. Erst jetzt wurde mir klar, dass ich Clau vielleicht zum letzten Mal sehen würde, dass er gleich abgeführt werden konnte. Mechthild lächelte erwartungsvoll zu ihm hoch, und wieder bemerkte ich die Ähnlichkeit der beiden, fast kam es mir vor, das müsse jedem auffallen in der Kirche.

Ich wartete auf Claus Stimme, auf sein Räuspern, auf seine eintönigen Sätze, aber nichts passierte. Er sah schweigend von der Kanzel herab, mahnend, warnend, mit äußerster Konzentration und Autorität, so dass alle gebannt nach oben blickten, überlegten, verstanden, erschüttert waren. Ich merkte, dass Mechthild sofort begriff, dass etwas Unheimliches passierte, etwas in der Luft übertragen wurde, das nicht laut gesprochen werden konnte. Clau und die Leute hielten lange durch, zwanzig Minuten, eine halbe Stunde, in der das Schweigen anhielt. Es war wirklich wie eine Ehe zwischen dem Bischof und seinen Gläubigen. Sie sahen ihn an und verstanden ihn.

Oft habe ich später gedacht, dass ich diese Schweigepredigt nur geträumt habe, sie war so gespenstisch, so unheimlich, so bedrückend, weil allen klar wurde, wie schlimm es stand. Ich habe nie mit Clau darüber gesprochen, was aus seinem Manuskript geworden ist, ich brachte Mechthild zum Bahnhof, Gott sei Dank fuhr der Zug noch, und ging nach Hause, Mittagessen kochen. Ich habe viele weinend aus der Kirche gehen sehen. Es war schlimmer, als wenn er geschrien und sie verflucht hätte. Sie spürten, dass auch sie verloren hatten. Es war schon, als wäre der tiefste Punkt gekommen.

Dann aber passierte es erst, und heute denke ich, dass diese Schweigepredigt nur die Ankündigung des Unheils war, das wir erlebten. Ich war abends aus Vellern zurückgekommen, Gott sei Dank musste Mechthild wieder in die Schule, Gott sei Dank hatte ich sie nicht mitgenommen. Clau hatte lange geschlafen, es war ein Samstag, und er sollte nachmittags um drei eine kurze Messe lesen, ich weiß nicht mehr aus welchem Anlass. Zum Mittagessen hatte es zum ersten Mal wieder Bratkartoffeln mit Speck gegeben, daran erinnere ich mich noch, ich hatte alles von Albert mitgebracht.

Wir hatten uns danach zusammen hingelegt, zu einem kurzen Mittagsschlaf oder einem Zusammensein, wir lagen dicht aneinandergekuschelt und redeten nicht, es war, als versuchten wir beide, uns durch unser Schweigen etwas zu sagen, aber ich spürte auch, wie müde wir beide waren, erschöpft, erledigt. Es gab keinen Weg mehr nach oben, so dachte ich noch, ab jetzt würde es nur bergab gehen. Clau hielt meine Hand, und ich war damit zufrieden, ich war zufrieden, wenn ich einen Moment die Sorgen um Mechthild, um das Essen, den Krieg, die Kleidung, die Verbrechen vergessen konnte. Das konnte ich merkwürdigerweise nur, wenn ich dicht neben ihm lag, und auch ihm ging es so, dass seine Angst und seine Wut für einen Moment aufhörten, das hat er mir oft gesagt. Es schien doch, als seien wir füreinander bestimmt, bestimmt, uns gegenseitig wenigstens diese Erleichterung, diese kurze Erlösung zu geben.

Als ich wach wurde, war es merkwürdig still, das fiel mir auf, niemand war draußen unterwegs, aber ich achtete nicht darauf, ich versuchte, Clau zu wecken, der sich aber noch einmal herumdrehte. Er musste sich sofort anziehen, wenn er rechtzeitig diese Messe halten wollte, denn er musste ein Stück laufen. Viele Messen fanden jetzt in den kaputten Kirchen statt, solange es nicht regnete, kamen die Leute trotzdem oder noch mehr als früher. Ja, sie brauchten diesen Trost mehr als früher, und viele kamen jetzt zurück, die lange verloren gewesen waren.

Ich musste kurz in den Keller, um die Sachen runterzubringen, die ich von Albert mitgebracht hatte, die Kartoffeln, den Speck und ein paar schöne Äpfel zum Einlagern. Dann gab es eine Explosion, ein Hämmern, das Licht ging aus, und ich schrie, aber da war es zu spät, das ganze Haus stürzte mit einem Ruck zusammen, und ich war verschüttet.

Ich war Gott sei Dank in dem hinteren Keller gewesen, der stehenblieb, und als ich die Tür aufmachte, roch es auch schon nach Feuer. Ich lief, die Treppe war unversehrt, ins Erdgeschoss, sonst stand nichts mehr, überall brannte es schon. Ich schrie nach Clau, aber er gab keine Antwort, ich hörte über allem immer noch die nächsten Flugzeuge, die weiterbombten, die Sirenen, die jetzt erst, viel zu spät, losgingen, und ich lief zu meinem Zimmer, um noch schnell etwas zum Anziehen zu holen.

Da stand Clau mit einem seltsamen Gesichtsausdruck, als träume er, in seinen langen violetten Strümpfen, halb angezogen, oben trug er seine alte Lederweste, die er so gern im Haus anhatte. Er sah seltsam aus, wie versteinert, wie vergeistigt, als existiere sein Körper eigentlich schon nicht mehr, als habe seine Seele sich davongemacht und nur die leere Ruine zurückgelassen. Josef kam herein, packte uns beide und zerrte uns nach draußen, durch den Rauch, die Splitter und den Staub, und ich glaube, wenn er nicht gekommen wäre, wären wir einfach stehen geblieben.

Das Palais war völlig zerstört, die Feuerwehr kam natürlich nicht, und es brannte alles aus. Alle unsere Sachen, Bücher, Kleidung, Akten, Möbel, nichts blieb uns. Innerhalb von zwei Stunden hatten wir alles verloren. Es war, als habe Clau in seiner unheilvollen Stimmung und seiner schweigenden Predigt das schon vorhergesehen, als habe er diesen Tag die ganze Zeit erwartet.

Er blutete an beiden Beinen, aber das waren nur Fleischwunden durch die Splitter, und Josef verarztete ihn. Mir war nichts passiert, wäre ich zehn Minuten länger im Schlafzimmer geblieben, wäre ich nicht mehr am Leben gewesen. Mich beschäftigte nur die Frage, warum wir beide da stehen geblieben waren wie zwei verlassene, tote Säulen oder Standbilder, kurz davor, den Geist aufzugeben. Ich werde diesen Anblick nie vergessen, wie Clau dort ausharrte und alles annahm, was passierte.

Wir liefen ins Borromäum, in den Keller, wo die ganze Besatzung wartete. Sie sahen zum ersten Mal ihren Bischof halb angezogen, verletzt, mit wirrem Blick, blutverschmiert, nur knapp dem Tod entronnen. Die Stimmung war düster, es ging bis in den Abend weiter mit den Angriffen, aber man wusste nicht, ob es in der Nacht wieder anfangen würde. Wir bekamen zwei Zimmer im Borromäum, die sowieso leer standen, Josef hatte auch schon eins belegt, wir besaßen nichts mehr, aber wir lebten, dachte ich, keiner hatte sich darüber richtig gefreut. Nein, wir konnten das Gefühl, entkommen zu sein, nicht empfinden. Es war nur eine Verwirrung da, ein Durcheinander, ein Schmerz, sonst nichts. In der Nacht lag ich in meinem neuen Bett und horchte, ob Clau wohl schlief, aber da er nicht auf- und abging, musste er wohl eingeschlafen sein. Gott sei Dank ließen sie uns in der Nacht in Ruhe.

Am Sonntag wurde erst klar, dass von Münster nicht mehr viel übrig war. Keiner von uns wollte das wirklich sehen. Clau hatte nichts anzuziehen, er konnte so nicht herumlaufen, die ganzen Anzüge und Gewänder der anderen passten ihm ja nicht. Wir fanden in der Sakristei einen alten, muffigen Anzug, den er tragen konnte. Er ging ins Generalvikariat, das nicht getroffen worden war, und diktierte ein paar Briefe. Überall läuteten die Glocken, aber die Menschen waren nur damit beschäftigt, aufzuräumen, ihre Angehörigen zu suchen, ihre Sachen, das zu retten, was noch zu retten war.

Wir müssen hier raus, dachte ich sofort. Wir können hier nicht bleiben, es geht doch jetzt täglich so weiter.

Clau war sofort einverstanden. Josef schlug vor, nach Sendenhorst zu fahren, er hatte etwas Benzin aufgetrieben, es war nicht weit, und dort war nichts zerstört. Clau beschloss, den Bischofssitz dorthin zu verlegen. Wir fuhren noch am Nachmittag los, es gab da eine leerstehende Wohnung, weil der alte Pfarrer gestorben war und niemand Anspruch auf sie hatte.

Eigentlich hätten wir hier zur Ruhe kommen können, aber Ruhe muss von innen kommen, sonst ist es keine. Es gab keine Angriffe, kein Telefon, niemanden, der nachts schellte, keine eiligen Unterschriften. Die Wohnung war ein bisschen dunkel, aber sonst ganz schön, mit einem großen Wohnzimmer und Kamin. Ein richtiges Bad und Zentralheizung hatten wir auch.

Hier fing es an, dass Clau eine Krankheit in sich spürte, als müsse er daran sterben, er sprach wieder oft davon. Von einer Todkrankheit, die ihn erfasst habe. In dem Moment, als er in dem zerstörten Palais einfach stehen geblieben war. Ich hielt das damals für Einbildung und sagte ihm, dass er an der Todkrankheit leide, die das ganze Land erfasst habe, den ganzen Volkskörper, und dass er den Untergang am eigenen Leib vorausspüre.

Aber er war manchmal so komisch, er schwitzte plötzlich stark und hatte einen leichten Schüttelfrost, das ging schnell vorüber, doch etwas stimmte nicht. Ich dachte, dass er daran litt, dass alles zerstört war, seine sämtlichen Sachen, dass er nichts mehr besaß, aber heute glaube ich, dass das für ihn gar nicht schlimm war. Vielleicht hatte er doch insgeheim nicht wahrhaben wollen, dass es so furchtbar stand, dass unsere Männer alle in Kriegsgefangenschaft kommen und von unserem Land nichts mehr übrig bleiben würde. Diese totale Verwüstung und Verrohung, die machte ihm am meisten zu schaffen. Es lief alles auseinander.

Sie haben Gott umgebracht, sagte er auf einmal. Sie haben ihn in ein Lager gesperrt und vergast. Er ist nicht mehr da, ich höre seine Stimme nicht mehr. Sie haben es geschafft. Ich habe es gewusst und nichts unternommen. Er hat mit mir gesprochen.

Manchmal sah ich ein paar Jugendliche, die die Haare länger trugen, mit Gitarren unterwegs waren und sangen, aber nicht das, was erlaubt war. Sie waren ausgebombt, sagten sie, sie trieben sich hier rum auf der Suche nach Essen, manchmal handelten sie auch mit etwas, aber sie gingen schon lange nicht mehr zur HJ, sie machten nicht mehr mit, ihre Eltern gab es nicht mehr, keine Schule mehr, sie fühlten sich völlig frei. Sie kamen auch nicht zur Kirche, sie glaubten an nichts.

Clau war schwer zu ertragen, er klagte über ein Brennen im Bauch, ich riet ihm, kalte Milch zu trinken, das hatte bei uns immer geholfen, aber er wollte ganz scharf Gewürztes essen, mit Paprika und Chili und Cayennepfeffer, und das bekam ich doch alles nicht. Höchstens Knoblauch, und ohne den ging es jetzt gar nicht mehr. Er klagte über Trockenheit im Mund, es war, als ob er nicht richtig sagen könne, was ihm fehlte, während jeder sofort sah, woran er litt. Albert besuchte uns mit Mechthild, und da ging es Clau gleich besser. Mechthild war mir manchmal zu vernünftig, sie sagte nicht, was sie wollte, sie wartete erst ab, was die anderen sagten, aber auch sie hatte schon viel mehr gesehen und gehört, als für ein Kind in dem Alter gut ist. In Sendenhorst konnte ich Clau nicht mehr allein lassen, weil er dann niemanden hatte, denn Josef war trotz seines Alters noch eingezogen worden. Da wir beide keinen Führerschein hatten, war das Auto auch nutzlos geworden.

Wir gingen uns damals gegenseitig ganz schön auf die Nerven, wir hatten jetzt ja keine zwei Etagen mehr, und jeder bekam mit, was der andere gerade tat. Clau fühlte sich abgeschoben und alt, er wollte sobald wie möglich nach Münster zurück, aber bis sie da etwas wieder aufbauten, das würde mindestens ein Jahr dauern. Die Kirchengebäude würden sowieso zuletzt drankommen. Es gab Kolonnen von Fremdarbeitern und welchen aus dem KZ, die mussten den Schutt aufräumen und die Bomben entschärfen, die nicht explodiert waren, die waren auch als Bautrupps unterwegs und sollten helfen, Häuser wieder bewohnbar zu machen.

Clau schlich sich manchmal abends aus der Wohnung, in ganz normalen Sachen, er hatte ja keine eigene Kleidung mehr, und ich hatte ihm einen Anzug aus zweien genäht, die der verstorbene Pfarrer hinterlassen hatte, aber von zu Hause hatten sie ihm einen alten Jagdanzug geschickt, den trug er dann. Er sagte mir nicht, wohin er ging, aber ich wusste es trotzdem. Die Jugendlichen trafen sich abends im Wald, auf einer Lichtung am Bach, und Clau ging dorthin, um mit ihnen zu sprechen. Was sie dort redeten, weiß ich auch nicht, und ob er sich überhaupt als Bischof zu erkennen gab. Hier kannten ihn ja nicht viele. Er machte nur manchmal ein paar Bemerkungen, dass man so frei sein könnte, wenn man nur rechtzeitig alles aufgab. Wenn einem das Geschenk der Freiheit gemacht wurde. Zum Beispiel, indem man alles verlor. Immer redete er jetzt von Freiheit.

Eines Morgens erzählte er mir einen Traum. Er hatte einen Jungen wiedergetroffen, der in der ersten Zeit im Internat sein Freund geworden war, dann aber abgehen musste. Sie hatten sich später nie wiedergesehen, aber jetzt, im Traum, war alles wie früher, und sie verstanden sich sofort. Es war wohl der einzige richtige Freund gewesen, den Clau gehabt hatte, und den hatte er sofort wieder verloren.

Es schien ihm gut zu tun, bei den Jugendlichen zu sein, vielleicht verjüngte es ihn, vielleicht dachte er daran, was damals in ihm gesteckt hatte, was aus ihm hätte werden können, wenn er die Freiheit eher kennengelernt hätte. Es ging uns besser, wenn er abends weg war, denn in der engen Wohnung gab es sonst jede Minute Streit. Nichts Großes, immer nur

Kleinigkeiten. In dieser Zeit dachte ich, dass er für mich nichts mehr fühlte, aber dass er mich trotzdem brauchte, so merkwürdig sich das anhört. Er redete jetzt auch so komisch.

Ich begreife das nicht, sagte er, dass das mein Leben gewesen sein soll. Das Internat, die Jahre in Berlin, ein paar Blitze dazwischen, die Zeit als Bischof, der Papierkrieg. Ich kann mich nicht damit abfinden.

Mich und Mechthild erwähnte er überhaupt nicht, so als sei er ganz allein. Ich verstand ihn trotzdem. Er sah jetzt bei den Jugendlichen, wie es sein konnte, auf keine Autorität zu hören, einfach nicht in dem Reich drin zu sein, weder mitzumachen noch opponieren zu müssen, etwas Eigenes tun. So ähnlich stellte ich mir vor, was in ihm vorging. Und er sprach selbst auch davon.

Ich hätte mich niemals darauf einlassen sollen, sagte er eines Morgens. Ich hätte niemals mit den Eingaben anfangen sollen. Das war meine verdammte Autoritätsgläubigkeit. Ich habe in gewisser Weise auch mitgemacht. Ich habe nicht von Anfang an nein gesagt, ich habe gefeilscht und gezerrt, mich gerechtfertigt, war rechthaberisch, dabei war alles falsch, von Anfang an. Voller Kompromisse, voller Nachgeben und Rückschritte.

Ich verstand seine Verzweiflung, aber wenn ich versuchte, ihn an seine Predigten zu erinnern, lachte er nur.

Was hat das denn genützt? Ich bin in das Geschäft eingestiegen und habe es dann kritisiert. Die Jugendlichen haben von meinen Predigten nicht einmal gehört, die denken ganz anders.

Er ließ sich von denen anstecken, und ich sah ihn schon mit ihnen mitziehen. Ich sah uns nicht mehr nach Münster zurückkehren. Ich sah mich selbst ihnen folgen, ich hätte auch gern etwas mehr Freiheit gespürt oder kennengelernt, schließlich war ich ja am unfreisten, ich konnte nicht einmal meine eigene Tochter zu mir holen.

Es kam dann so weit, dass Clau ganz verschwand. Eines Abends kehrte er nicht zurück, und ich suchte ihn auch nicht. Wir hatten uns voneinander entfernt, in der engen Wohnung, und ich wollte endlich auch mal meine Ruhe haben. Ich genoss es sogar, dass er weg war, ich lief durch alle Räume, öffnete die Fenster, ließ die kühle Luft herein und sang, ja, ich sang, ich fühlte mich befreit, als hätte jahrelang ein schwerer Klotz auf mir gelegen. In dieser Nacht schlief ich gut, ich spürte, dass Clau nicht überfallen oder verhaftet worden war, sondern wegen mir wegblieb, weil die Atmosphäre zwischen uns so geworden war. Am nächsten Tag ging ich zu der Lichtung, aber auch die Jugendlichen waren nicht mehr da, es gab keine Spuren, sie hatten sich wohl aus dem Staub gemacht.

Ja, wie hatte ich mein Leben verbracht, dachte ich, immer im Schatten des großen Mannes, der mir nichts geben konnte, der mir mit seinen Wutanfällen und seiner schlechten Laune noch die letzten Jahre verderben würde. Als Clau weg war, spürte ich erst, worunter ich in den letzten Wochen gelitten hatte. Keine Freude hatten wir gespürt, dass wir den Angriff überlebt hatten, keine Freude, dass wir nun viel Zeit füreinander hatten. Keine Freude, als wir die Bücher des toten Pfarrers gefunden hatten, darunter viele englische. Clau hatte mit geraten, mein Englisch zu verbessern und viel zu lesen, er rechnete damit, dass das bald sehr wichtig werden würde.

Aber wofür hatte ich gelebt? Mechthild war ein ganz anderer Mensch geworden, unabhängig von mir, mir unähnlich, nicht so ein Mädchen, wie ich es gewesen war. Während meiner Schwangerschaft hatte ich mir mein Kind immer wie ein neues Ich vorgestellt, wie eine Vermehrung, aber ich merkte, dass es auch eine Enttäuschung sein konnte, wenn jemand gänzlich anderes vor einem stand. Das Störrische an Mechthild wurde mir immer fremder. Ihr Lächeln erschien mir jetzt wie eine Waffe. Keiner wollte mit ihr Streit haben, denn sie nahm alles ernst, sie gab nie nach, auch wenn sie darunter leiden musste.

Der Mann, der von sich sagte, krank und gescheitert zu sein, hatte ich für den gelebt? Am zweiten Tag ging ich wieder auf die Lichtung, es war alles leer, und ich versuchte, mich selber frei zu fühlen, befreit von ihm. Dann wurde ich traurig und lief nach Hause. Ich schrieb an Mechthild, dass ich nicht kommen konnte, dass sie mich nicht vergessen sollte. Ich wollte nicht, dass sie bei dem Chaos nach Sendenhorst kam, sie konnten einen Zug bombardieren, sie geriet in schlechte Gesellschaft, oder sie musste einfach einen Tag in einem stehengebliebenen Zug verbringen; auf dem Hof ging es ihr am besten, und dort sollte sie bleiben.

Wenn Clau verschwunden blieb, würde ich bald zu ihr kommen. Vielleicht hatte er es nach Rom geschafft? Oder man hatte ihn irgendwo an einem Baum aufgehängt. Ich konnte nichts empfinden, wenn ich an ihn dachte. Ich schlief mich aus, hier gab es keine Angriffe, und ich konnte endlich einmal lange im Bett bleiben. Ich las und blieb einfach liegen. Erst am vierten Morgen begann ich, ihn zu vermissen. Sein Schimpfen und Fluchen nicht unbedingt, seine Wut, aber etwas doch, sein helles, klares Reden, wenn er von sich erzählte.

Als er zurückkam, merkte ich, dass er sich verändert hatte. Erst mal war es mit der Offenheit vorbei, würde ich heute sagen. Er hat mir nie erzählt, wo er gewesen ist, was er gemacht hat. Er hatte nur so ein seltsames, wie aufgemaltes Lächeln um den Mund. Ich glaube, damals hat er mich als seine Feindin betrachtet, als Frau, vor der er etwas verbergen musste. In gewisser Weise hat er mir wohl seitdem die Schuld gegeben an allem, was falsch war in seinem Leben. Daran, dass er nicht genug getan hat, dass er nicht zum Führer eines Umsturzes geworden ist, daran, dass er jetzt hier in dieser Wohnung saß und nichts mehr zu sagen hatte.

Ich vermute, dass er mit den Jugendlichen unterwegs war, dass sie einfach irgendwo gezeltet oder in einer Scheune übernachtet haben, dass er ihre Freiheit spüren wollte und nicht konnte. Oder warum ist er zurückgekommen? Ich glaube nicht, dass er bei einer anderen Frau war, aber das kann ich nicht beweisen. Vielleicht ist er doch für ein paar Tage irgendwo untergeschlüpft, bei einer, die schon lange allein war? Die ihn aufstachelte gegen mich? Bei Mechthild ist er jedenfalls nicht gewesen, das weiß ich. Vielleicht hatte das auch was mit der Mappe zu tun, denke ich manchmal.

Er gab so seltsame Antworten und hatte dieses heiligmäßige Lächeln im Gesicht, wenn ich ihn etwas fragte. Ich habe ihn viel zu viel gefragt, hätte ich ihn in Ruhe gelassen, hätte er vielleicht von sich aus etwas erzählt. Er blaffte mich jetzt noch öfter an, alles war verkehrt, und wir hatten ja auch kaum etwas zu essen. Ich schloss mich oft in meinem Zimmer ein, weil ich nichts tun konnte. Manchmal kriegten wir von einem Bauern was, der ein Anliegen hatte.

Josef war gefallen, das kam ganz plötzlich, als wir gerade mal wieder nicht miteinander sprachen, und wir mussten beide weinen. Sie hatten ihn irgendwo in den Osten geschickt, wo er verheizt worden war. Es war schlimm, ich hörte immer noch seine Stimme und sah ihn ins Haus kommen, mit öligen Händen und seinem guten, ehrlichen Gesicht. Jetzt war es, als wäre mein Mann auch gefallen. Ich bekam ein neues Fahrrad und fuhr damit bis nach Vellern, ich brauchte ziemlich lange, und dann blieb ich eine Woche, weil ich keine Lust hatte, Clau zu sehen. Es ging ihm wohl genauso. Was war eigentlich passiert?

Ich weiß nicht, wie wir diesen Winter überstanden, ich fuhr mit dem Fahrrad in der Kälte hin und her, Clau saß in seinem Zimmer und las, wenn ich wegfuhr und wenn ich wiederkam, er fragte mich nach Albert, so als wäre ich allein für ihn verantwortlich und werde dieser Verantwortung nicht gerecht. Genauso fragte mich Albert nach Clau und drängte mich, ihn nicht allein zu lassen. Weihnachten blieb ich aber ganz auf dem Hof, am besten verstand ich mich jetzt mit Thea, der ich manchmal etwas von Clau erzählte. Sie bewunderte ihn, aber sie gab mir auch recht, dass etwas mit ihm nicht stimmte. Sofort tat er mir wieder leid, und ich hatte ein schlechtes Gewissen. Sah ich ihn aber mürrisch und wütend in seinem Sessel sitzen, wäre ich am liebsten sofort wieder gefahren.

Ich wurde oft angehalten, musste meine Papiere vorzeigen, wurde durchsucht. Einmal wurde ich überfallen, und alle Vorräte, die ich dabeihatte, waren weg. Clau saß wütend am Mittagstisch, trommelte mit den Knöcheln auf die Platte und unterstellte mir schweigend, dass ich ihn verhungern lassen wollte. Wenn er nichts zu essen hatte, wurde sein Bauchweh immer schlimmer. Manchmal legte er sich auf den Fußboden auf den Rücken, bis sie aufhörten. Wir hatten kaum noch Kohlen, und es war immer kalt bei uns. Diese

Kälte machte auch mich trübsinnig, ich bewegte mich kaum, blieb im Bett, ging nicht nach draußen, saß wie tot in der Küche, es war schrecklich, das war für mich das Schlimmste, nach den Bomben, dem Hunger, diese tiefe Kälte im Körper.

Clau hatte aufgehört zu beten. Man sah ihm an, dass er Gott beleidigte und beschimpfte, der nichts gegen den Untergang tat. Er predigte auch nicht mehr. Er wartete darauf, dass wir verhungerten oder erfroren, er tat nichts mehr, um unser Überleben zu sichern, vielleicht wollte er schon sterben, ich weiß es nicht. Wenn er zu tun hatte und Besucher kamen, riss er sich zusammen, aber er war kurz davor, jemanden anzuschreien. Wir hatten sowieso kein Papier, und er konnte nicht mal mehr Briefe schreiben.

Wenn er gute Laune hatte, las ich ihm aus den englischen Büchern vor, und er verbesserte meine Aussprache. Es waren viele Krimis darunter, von Agatha Christie, das weiß ich noch, und es tröstete mich, in diese heile Welt zu kriechen, in der fast alles stimmte. Wenn er schlechte Laune hatte, schloss er sich ein, und ich hörte den ganzen Tag seine Schritte. Seine Tabletten waren verbraucht, und er konnte keine neuen bekommen.

Dann kamen die Flüchtlinge, ein paar Wagen erreichten auch Sendenhorst, sie wurden bei den Bauern einquartiert, und wir sahen, wie schlimm es im Osten sein musste. Wir hatten nur noch selten Radio hören können, immer wurde der Empfang gestört. Die amerikanischen Sender verstand ich noch nicht gut genug. Clau tat immer so, als ob er alles verstünde, aber ich glaube, so gut war sein Englisch auch nicht.

Warum litten wir diese Niederlage so mit, die wir doch eigentlich herbeigewünscht hatten? Warum freute Clau sich nicht, dass seine Feinde bald zerrieben sein würden? Er knurrte nur, wenn ich ihn danach fragte, Knurren war jetzt seine bevorzugte Äußerung. Er knurrte etwas über die Besatzung, die nun kommen würde, über die Strafen und die Rache, die sie nehmen würden. Aber er war doch auf ihrer Seite gewesen, sie hielten doch so viel von ihm?

Ach, er winkte immer nur ab, wenn ich so was sagte, mit einer geringschätzigen, abwehrenden Geste.

Nur manchmal gelang es mir, nah zu ihm vorzudringen, das Geschimpfe und den Streit zu vergessen. Ich setzte mich zu ihm und achtete nicht auf das Knurren. Das war sowieso nur das Knurren eines Hundes, der nicht bellen und beißen würde, der auf seine Schwäche aufmerksam machte.

Hätte es nicht genügt, ein normaler, guter Pfarrer zu werden? Irgendwo einfach zu leben? Man hätte bescheidener bleiben müssen. Man hätte sich nicht verkauft an die Mächtigen, mit ihnen überhaupt nicht geredet. Man hätte sich um seine Gemeinde gekümmert, mit dem Herzen, das wäre ein Leben gewesen. Und im Kleinen Gutes getan. Man wäre im Stillen glücklich geworden. Ein Pfarrgarten, ein paar Apfelbäume, unter denen man im Sommer gesessen und Besucher empfangen hätte. Man hätte sich verstanden mit den Bauern, den wichtigen Männern im Dorf, man wäre versorgt gewesen. Eine Hochzeit, eine Beerdigung, Weihnachten, alles bescheiden und im Rahmen. Nicht anstrengend, nicht ungesund. Man wäre jeden Tag frei aufgestanden, zumindest der halbe Tag wäre da gewesen, für eine Ablenkung, für die Jagd, für den Garten. Niemandem hätte man hinterherlaufen müssen, wie man es dann doch leider getan habe, niemandem nach dem Munde reden, niemandem höfliche Briefe schreiben. Man hätte den Mund gehalten und seine Arbeit getan. Man hätte ein Pferd gehabt und selbst herumreiten können, wie es einem passte. Im Winter wäre man Ski gefahren. Niemand hätte es gewagt, einen zu beschimpfen, einen aus der Schule zu schicken, die Spitzel wären in der Kirche sofort von jedem erkannt worden. Man wäre angesehener gewesen als jetzt. Man hätte eine Seelenruhe gehabt, einen Frieden, eine Abwesenheit von Schmerz, ganz unvergleichlich dem jetzigen Zustand, der Nervosität, den Sorgen, der Schlaflosigkeit. Ja, man hätte Hühner gehabt und morgens frische Eier gegessen, man wäre früh ins Bett gegangen und früh aufgestanden.

Und wir? Was ist mit uns?, fragte ich.

Er sah mich verständnislos an, so als ob ihm jetzt erst wieder einfiele, dass er eine Tochter habe und es eine Mutter dazu gebe. In seinem Traum kamen wir nicht vor, er war ein dicker, dröhnender, gemütlicher Dorfpfarrer, der nichts mehr aufnahm, sich verweigerte, in seinem Garten lebte, nichts hereinließ, das ihm nicht passte. Wollte er wirklich so werden?

Man hätte den Krieg nicht segnen müssen und die Horden, die loszogen mit Mord und Verbrechen, unter Freunden hätte man die Wahrheit gesagt, und das hätte genügt. Man hätte nicht alles gewusst, man hätte nicht kotzen müssen vor lauter Widerlichem.

Und das würde er nach dem Krieg tun, eine kleine Pfarrstelle irgendwo ganz anders annehmen, beten und schweigen. Ein eigenes Pfarrhaus, das wäre schon nötig und die Freiheit, in den Garten zu gehen. Nur, dass man das nicht vergessen konnte, was man erfahren hatte, was man sogar noch versucht hatte zu erfahren, unter der Hand und geheim, man würde das nie wieder loswerden. Man würde immer klein bleiben und schlecht denen gegenüber, die dieses Furchtbare erleiden mussten. Deren Seelen würden noch Jahrhunderte über dem Land schweben und es beunruhigen. Niemand würde nach dem Krieg wieder ruhig schlafen können, das war es ja, man war den falschen Weg gegangen, sogar ein Stück mit denen, die die schlimmsten Mörder der Geschichte waren. Man hatte sich locken lassen von einem Amt, von einer Würde, die einen ins Verderben zog, man hatte der Eitelkeit nachgegeben und dem Ehrgeiz, sogar die Vorgänger zu übertreffen. Man hatte es genossen, das Jubeln und Winken, die Menschenmengen, wie der niedrigste Diktator, das waren die Antriebe gewesen. Man hatte schließlich Trost gesucht bei einem Menschen, der bildungsfähig, warmherzig, im Grunde ebenso ehrgeizig gewesen sei, und was war dabei herausgekommen? Angst und Sorge, und obendrein noch Vorwürfe. Man habe sich gebunden und nie mehr frei denken können, immer mit dem Gefühl, den anderen dürfe nichts passieren. Und man könne ja die beiden Menschen nicht verlassen, die einem so nahestanden.

Du liebst dich selbst nicht genug, sagte ich.

Man hätte gleich in Rom bleiben sollen, im Vatikan hätte sich eine Möglichkeit gefunden, man wäre Ratgeber geworden für ein Spezialgebiet, man hätte ein bequemes Büro gehabt und keinen Ärger. Man hätte solide gearbeitet, aber nicht zu viel, gut gegessen und geschlafen. Oder man wäre in Italien irgendwo in die Berge gegangen, in ein Dorf, das abgeschnitten lag von der Welt, ohne Strom, ohne fließendes Wasser, man hätte keinen Schaden anrichten können, man wäre für nichts verantwortlich gewesen. Oder man hätte gelehrt, an der Gregoriana, man wäre ein beliebter, unkonventioneller Professor geworden, voller Begeisterung für die Kirchengeschichte oder die Gottesbeweise, mit Vorlesungen, in denen die Studenten lachten, und Sprechstunden, vor denen sie Schlange standen.

Mit deinen Abschlüssen?, fragte ich. Du weißt, dass das alles Wunschträume sind. Ein Lehrer muss viel geschmeidiger sein.

Er knurrte nur noch etwas von seinem Garten mit den Apfelbäumen, er sah sie nah vor sich.

Man hätte Politiker werden können, murmelte er noch.

Dann wärst du in einem Lager gelandet und nicht mehr am Leben, sagte ich.

Man hätte ein paar ruhige Jahre gehabt im Alter, fing er wieder an, als Pensionär, während man unter den Bäumen Kaffee trank und Schach spielte. Ein paar Freunde wären gekommen, die nichts weiter wollten als ihre Ruhe. Die Äpfel hätten einen gesund gehalten, jeden Tag zwei, das wäre der Brunnen gewesen, aus dem man schöpfen konnte.

Und was soll ich sagen, rief ich, das weiß ich noch genau, was hätte ich tun können! Ich hätte studieren können, in einer großen Stadt, vielleicht sogar im Ausland. Ich hätte Sprachen gelernt und wäre nach Amerika gereist. Ich wäre Lehrerin geworden an einer bekannten Schule, ich hätte Englisch und Französisch unterrichtet, und meine Schülerinnen wären die mit der besten Aussprache gewesen.

Und eine Familie hättest du auch gehabt?, fragte Clau spöttisch.

Ich hatte mich so in meinen Träumen verloren, dass ich nicht antworten konnte.

Und hättest du auch den Braunen alles recht gemacht?, fragte er weiter.

Ich wäre an einer deutschen Schule im Ausland gewesen, in Südamerika, sagte ich, oder in den Staaten.

An diesem Abend vertrugen wir uns plötzlich wieder, es war, als wären all der Groll, das Knurren und die Unzufriedenheit ausgeräumt, nur, indem wir diese Träume ausgesprochen hatten. Wir hatten ein paar Stunden nicht an das gedacht, was draußen passierte.

Wir sind beide zu weich, sagte Clau, wir sind beide gescheitert, aber es macht nichts.

Er umarmte mich sogar und begann zu weinen, er bat mich um Verzeihung, ich ihn auch, und wir gingen zum ersten Mal wieder gemeinsam zu Bett.

Dieses Spiel wiederholten wir jetzt oft, was aus uns hätte werden können, was wir alles gemacht hätten, und es tat uns gut. Wir warteten einfach auf den Frieden, wir taten nichts mehr, und die Apfelbäume standen in unserer Wohnung. Ich sprach Clau frei von jeder Schuld, ich sagte es laut, und das tat ihm gut. Er versuchte, mir zu glauben, dass er nicht schuldig sei an dem Morden. Dafür wollte ich, dass wir beim Kriegsende, wenn wir es erlebten, Deutschland verließen und nach Amerika gingen, in einer einsamen Gegend eine Farm kauften und Mechthild auf eine gute Schule schickten. Meinetwegen auch nach Chile, sofort, wenn man hier rauskonnte, ich dachte, dass es nicht mehr lange dauern würde. Clau versprach es mir, unter Tränen, er wollte alles für mich tun, für uns, weil wir ihn gerettet hatten, sagte er, aber er hat es nicht gehalten.

Ich wünschte mir sehnlichst, einmal in meinem Leben aus Deutschland wegzukommen, aus den Trümmern, weg von den zertrümmerten Menschen. Albert war eingeweiht, er versprach, Mechthilds Land zu verkaufen und uns das Geld zu schicken, sobald wir irgendwo unter falschem Namen etwas gefunden hatten. Clau fühlte sich zu alt, um noch neu anzufangen, aber ich redete ihm das aus. Ich fühlte mich überhaupt nicht alt. Ich wünschte mir nichts mehr, als dass wir drei dort endlich einen Frieden fanden, dass wir unsere letzten Jahre zusammen mit Mechthild verbringen konnten, dass wir uns noch einmal richtig nah waren. Ich malte mir unsere Farm aus, das Auto, das ich fahren würde, denn dort bekam man ganz leicht einen Führerschein. Wir würden vielleicht keine Apfelbäume haben, aber etwas sollte dort gepflanzt werden, das uns überlebte.

Immerhin halfen mir Claus Versprechen und meine Hoffnung, die nächsten Monate zu überstehen. Immerhin waren wir jetzt abends wieder zusammen, Clau war immer noch voller Manneskraft und danach sah er mich manchmal verwundert an.

Man versteht sich selbst nicht, sagte er einmal. Wenn man sich wenigstens selbst verstünde. Es gibt einen Punkt, da sieht man sich selbst Sachen tun, ohne sie beeinflussen zu können. Vielleicht ist das überhaupt die größte Aufgabe, sich selbst zu verstehen.

Die größte Aufgabe ist, mit einem anderen Menschen zusammenzuleben, sagte ich.

Das war jetzt Claus Thema, die Selbsterkenntnis, und wir redeten lange und oft darüber, was man von sich eigentlich sehen konnte, was verborgen war und nur schwer zu erkennen. Was passierte, wenn man sich erkannt hatte? War das ein Wiedererkennen oder der Einbruch von etwas Fremdem? Wie viel Lebenszeit gehörte dazu, wie viel Energie, wie viel Passivität, wie viel Ertragenkönnen?

Auch das half uns. Wir lernten jetzt zusammen Englisch; ich wollte gut sprechen und verstehen, wenn wir dort drüben ankamen, schon auf dem Schiff musste man sich ja unterhalten und etwas lesen können. Wir sprachen vormittags immer englisch zusammen, und heute weiß ich, wie falsch und entstellend unsere Aussprache war, aber wir hatten keine anderen Lehrer als uns selbst. Immerhin lernten wir Vokabeln, lasen uns gegenseitig Romane vor, immer wieder dieselben Stellen, bis wir sie auswendig konnten. Clau verbesserte mich, obwohl er es selbst nicht gut konnte, aber das gehörte dazu, dass er mich verbessern musste, und ich ließ ihn gewähren.

Wir hatten schon lange keinen Strom mehr, keine Heizung, kein Wasser, wir gingen kaum noch raus und bekamen nichts mehr mit. Clau meinte, er würde erst wieder nach draußen gehen, wenn die Amerikaner hier wären, das würden wir dann schon merken. Ich musste aber immer wieder los, mit dem Fahrrad, bei Albert etwas zu essen holen, ich fuhr in der Kälte und im Dunkeln, das machte mir nichts aus, ich freute mich auf Mechthild, und ich freute mich auf unsere Auswanderung, auf die neue Heimat, wenn ich zurückfuhr. So überstanden wir den Winter, manchmal bekamen wir ein paar Kohlen, oft hatten wir Kartoffeln, etwas Fleisch und Äpfel. So ging es uns gar nicht schlecht, nur Kerzen gab es nicht, und wenn es dunkel wurde, mussten wir aufhören zu lesen. Wir lagen dann lange im Bett und redeten, bis wir einschlafen konnten.

Viele Städte sollten ganz zerstört sein, Köln, auch Berlin, das war das, was man hörte. Wir beteten, dass die Russen nicht zuerst bei uns wären. Clau tat nichts mehr, nur wenn jemand kam, der eine Unterschrift wollte oder eine Empfehlung, ging er in das Arbeitszimmer und schrieb. Er wusste nicht, wie es in Münster aussah, bei den Kollegen, in Rom, er hatte keinerlei Kontakt mehr. Hin und wieder kam jemand, der ihm etwas erzählte, aber Clau war misstrauisch gegenüber den Gerüchten. Vielleicht war dies sogar eine schöne Zeit, als wir nichts tun konnten außer reden, lesen, beieinander sein.

So verging der Winter, und Anfang März wurde es schon Frühling. Sonst hatte sich nichts getan. Man sah die Landsturmleute, die Jugendlichen, die sie zum letzten Aufgebot losgeschickt hatten. Man sah keine Kriegsgefangenen mehr, nur Flüchtlinge. Mein Bruder hatte ständig welche, die bei ihm unterkamen. Angriffe gab es in Sendenhorst nicht, es war, als hätte Clau genau den richtigen Ort gefunden, man ahnte schon, dass es bald Frieden geben würde, man roch, was für ein Aufatmen das sein würde, ich wartete auf unsere Ausreise. Ab und zu sah man einen Gehenkten an einem Baum, es war wie im Mittelalter, dachte ich, es gab kein Recht, der Stärkere tat das, was ihm gerade passte.

Wir warteten nicht einmal mehr, wir hatten lange genug gewartet, wir hatten jetzt aufgehört mit allem, wir horchten manchmal, ob sich etwas tat, aber im Grunde glaubten wir nicht, dass überhaupt noch viel passieren würde. Es war die Stille, die sich überall ausbreitete, die so ansteckend war. Es wurde immer stiller. Es waren nicht einmal mehr Schüsse oder Kanonen zu hören, das ganze Land kam zur Ruhe, nur die Vögel sangen jetzt morgens laut und erwartungsvoll.

Ich verstehe nicht, wie wir so gelassen werden konnten, nichts mehr hofften, nichts mehr glaubten. Es war beinahe wie eine Schwangerschaft, man denkt nicht darüber nach, was alles passieren kann, man lebt einfach mit dem, was sich entwickelt. Es war abends schon ein bisschen länger hell, wir hatten reichlich

Eier für Pfannkuchen, Clau hatte sogar eine Flasche Korn bekommen, wir saßen friedlich am Abendbrottisch, aßen und tranken, als könnten wir schon alles vorwegnehmen.

Ich will nie wieder Macht haben, sagte Clau einmal, das war nichts für mich, das ist mir nicht gemäß. Arbeiten ja, aktiv sein oder betrachten, anschauen, beides, aber nicht der sein, der sich einlassen muss mit der Macht. Hierarchie und Macht sind nicht das Richtige. Vielleicht müsste man eine neue Kirche gründen, ohne all das.

Wir finden etwas, sagte ich, einen Platz, an dem wir leben können, ohne uns einordnen zu müssen. An dem wir nur wir selbst sind.

Wir waren naiv, so zu reden, aber letzten Endes war es gut, dass wir wenigstens redeten. Wir wussten beide, wie schwierig es sein würde, auszuwandern, etwas Neues zu finden, aufzubauen, durchzuhalten, so was musste man mit zwanzig machen oder dreißig, und auch dann war es nur für die Kinder. Aber wir träumten wenigstens.

III

Es wurde immer wärmer, und wir saßen abends bei offenen Fenstern in der Dämmerung. Es hätte uns jemand belauschen können, aber daran dachten wir schon nicht mehr. Wir waren eingebildete Farmer und Apfelbaumbesitzer, wir sprachen über die Apfelsorten, über die Erträge, über Bewässerung und Zucht. Dabei wäre ich lieber in den Süden gegangen und hätte Pfirsiche angebaut oder Orangen. An einem dieser Abende hörten wir Schritte unter dem Fenster, leise, gedämpfte Schritte, nicht von Soldatenstiefeln, dachte ich, die Schritte blieben stehen, und es klingelte. Es war ein Amerikaner, ganz plötzlich stand er in der Wohnung, mit seinen Gummisohlen, sie waren da, und wir hatten nichts gemerkt. Zwei andere blieben vor der Tür stehen.

Er verlangte sofort den Bischof zu sprechen, er wusste genau, dass Clau hier war, sie wollten wissen, ob er lebte und ihn mit nach Münster nehmen. Dieser Colonel kam extra, um nach Clau zu sehen, aber ich sagte, durcheinander wie ich war, dass es ihm nicht gut gehe und er sich erst anziehen müsse. Ich sprach in meinem komischen Englisch, aber der Colonel sprach viel besser Deutsch, er hatte in Heidelberg studiert, sie hatten an alles gedacht. Er hieß Richardson, war Anwalt, und ich bot ihm erst mal einen Korn an und bat ihn, im Arbeitszimmer zu warten.

Gott sei Dank hatte er mein Englisch nicht verstanden. Ich hatte zu spät geschaltet, ich hätte ihn gar nicht reinlassen sollen, nichts zugeben, jetzt, wo sie wussten, dass Clau hier wohnte, würden sie ihn nicht mehr loslassen.

Seine Exzellenz ist ausgegangen, sagte ich, als ich wiederkam. Wollen Sie nicht ein bisschen warten?

Der Colonel sah mich merkwürdig an, sagte aber nichts.

Stattdessen begann ich, ihn nach den Staaten zu fragen, ich sagte, mein Bruder wolle vielleicht auswandern, mit seiner Tochter und mir, und wie denn die Einwanderungsbestimmungen seien.

War Ihr Bruder ein Nazi?, fragte er nur.

Ich verneinte. Ich fragte auch nach Möglichkeiten, gutes Land zu kaufen, in welchem Staat solle man sich niederlassen, seiner Meinung nach?

Er kam aus Columbus, Ohio, und empfahl mir die weiten, riesigen Landschaften des Mittleren Westens.

Aber ob wir dort glücklich werden würden? War es nicht im Winter zu kalt?

Er sah mich wieder merkwürdig an, denn er hatte aus dem Nebenzimmer ein Geräusch gehört, wie ein lautes Seufzen oder Gähnen.

Seine Exzellenz ist zurück, sagte ich. Aber seien Sie behutsam, er ist nicht gesund.

Clau saß in Hemd und Hausschuhen im Schlafzimmer, er träumte, er hatte nichts gehört. Er sah mich völlig verdutzt an, er konnte es zuerst nicht glauben.

Die Amerikaner?, fragte er mich noch.

Dann ging er schon rüber, so wie er war, ohne nachzudenken, ohne an das zu denken, was wir an unseren Abenden besprochen hatten. Die beiden begrüßten sich sofort auf Deutsch, Richardson fing gleich mit den Predigten an, die er alle gelesen hatte, und Clau winkte geschmeichelt ab. Ich sah sofort, dass dieser Colonel ihn einwickeln würde, aber was hätte ich tun sollen, ich konnte nichts mehr verhindern, es war zu spät. Clau rief und bat mich, Korn zu bringen und Wasser, ein Schinkenbrot zu machen, und ich nahm die letzte Kante, die wir in der Speisekammer hatten. Clau war wie umgedreht, er plauderte, er hatte seinen alten Gesellschaftston wieder, und ich merkte, dass ihm das auch gefehlt hatte, jemand zu sein, mit Respekt behandelt zu werden, um seine Meinung gebeten zu werden.

Der Richardson war raffiniert, und ich hasste ihn sofort, das beruhte auf Gegenseitigkeit. Er stellte Clau eine merkwürdige Frage über mich, kaum war ich aus der Tür, und ich hörte Claus Antwort nicht. Aber er wollte mich wohl nicht dabeihaben. Dieser Richardson hatte gespürt, dass ich Clau schützen, ihnen nicht ausliefern wollte. Er konnte nicht ahnen, an wen er sich da heranmachte, dass das jemand war, der auch dann noch stur bleiben konnte, wenn er ihn jahrelang kannte und hundertmal umschmeichelt hatte, dass er mit Clau nichts gewinnen würde.

Ich lauschte, ich muss sagen, das habe ich sonst nie gemacht, aber sie hatten mich ja auch auf diese unhöfliche Art ausgeschlossen. Richardson sagte, dass sie Claus Rat und Erfahrung brauchten, dass er der Einzige nicht nur unbelastete, sondern im Widerstand ausgezeichnete Kirchenfürst sei, so dick trug der auf, dass sie beim Wiederaufbau ganz auf ihn vertrauten, dass er alle Möglichkeiten haben würde, seinen Amtssitz wieder aufzubauen, seine Mitarbeiter zurückzuholen, dass er ihre volle Unterstützung habe solle.

Was uns erst viel später klar werden würde, dieser Richardson war vom Geheimdienst und wollte eigentlich nur Namen rauskriegen und Aufenthaltsorte von Kirchenleuten, die für die Partei gewesen waren, die man entfernen musste. Auch von anderen, die Clau kannte, nur deshalb war er gekommen. Er konnte gar nichts versprechen oder bewirken.

Clau war nach dieser langen Einsamkeit nicht zu bremsen, er redete und erzählte, gab Hinweise, nannte Namen. Drei Stunden saßen die zusammen, dann verschwand dieser angebliche Richardson wieder, und Clau hatte sich ausgeliefert. Er schwärmte jetzt von den Amerikanern, er redete davon, das Palais wieder aufzubauen, ganz neu und unbeschwert weiterzumachen, alles anders zu ordnen, besser als früher, noch einmal ein guter Hirte zu werden. Er war eben doch naiv. Auch ich ließ mich einen Augenblick verlocken, ihn wieder mit seiner alten Macht zu sehen, in einem eleganten, modernen Palais, dabei, die Schulen neu aufzubauen, mit guten, unbelasteten Lehrern, mit gutem Religionsunterricht, ohne Behinderung und Schikane, ohne dass er sich beschweren und prozessieren musste.

Dann passierte erst mal fünf Tage lang gar nichts. Die Soldaten waren da, aber zu uns kam keiner mehr. Keiner, der uns mit einem Auto abholte, wie von Richardson angekündigt. Wir hörten, dass Münster auch befreit sein sollte. Clau war wie eine alte Lokomotive, die lange auf einem Abstellgleis gestanden hatte und nun noch einmal fahren durfte. Er stand wieder auf seinem Gleis und wollte losfahren, blind wie immer. Und ich hätte der Lokführer sein sollen. Das ungute Gefühl, das ich hatte, konnte ich nicht erklären. Nach fünf Tagen hielten wir es nicht mehr aus, wir luden ein paar Sachen auf mein

Fahrrad und machten uns zu Fuß auf den Weg nach Vellern.

Ich schob, und Clau ging meist vor mir her, ich blieb oft stehen, um zu verschnaufen, aber er war ungeduldig. Es war ein wunderbarer, warmer Frühlingstag, einer der schönsten, die ich jemals erlebt habe, still, fast niemand war unterwegs, es gab kein Donnern und Grollen mehr, zum ersten Mal hörte man wieder die Geräusche der Natur, das Knistern und Zirpen, das Wispern und Arbeiten all der kleinen Tiere. Wir machten eine Pause und legten uns ins warme Gras, am liebsten wäre ich dort geblieben und läge heute immer noch da.

Die Welt kam mir auf einmal jung vor, sauber, hell, als wären wir in einem Paradies angekommen und könnten immer in der klaren warmen Luft herumspazieren. Gleichzeitig war es, als wäre ich selbst wieder ganz jung geworden, als wären wir auf einem Schulausflug als Jugendliche unterwegs, unbeschwerter als ich jemals gewesen war, neu geboren, gereinigt. Ich sang sogar zwischendurch, und auch Clau ließ sich anstecken und sang mit, Lieder, die ich als Mädchen gesungen hatte, mit meinen Freundinnen.

Vom Krieg bemerkten wir unterwegs fast nichts, es waren nur Bauern zu sehen, die pflügten, als sei nichts geschehen, als ginge der Kreislauf einfach weiter. Die Kühe standen wieder auf den Weiden, wie immer, es gab keine Soldaten, keine Panzer, keine Kontrollen. Ein paar Flüchtlinge sahen wir mit wenig Gepäck, sie wirkten, als wären sie schon fast angekommen. Ich sehe heute noch immer diesen Tag, den Frieden in seinen zarten, hellen Farben, und ich denke voller Schrecken, was damals alles möglich gewesen wäre.

Auf dem Hof waren alle in Aufbruchsstimmung, Albert arbeitete auf dem Feld, die Kinder warteten auf den Schulbeginn, Mechthild begrüßte uns heftig und verlangend, ich hatte sie viel zu lange nicht gesehen. Sie lebten alle, nichts war beschädigt, ich war so voller Hoffnung und Freude, dass ich Claus Stirnrunzeln nicht bemerkte. Wir aßen und tranken, warteten auf Albert und Thea, aber Clau wollte sofort weiter. Mit Mühe und Not konnten wir ihn überreden, eine Nacht auszuruhen, wir mussten ihn schließlich zwingen. Beinahe wäre er allein weitergegangen. Nur Mechthild hielt ihn davon ab, die ihn überredete, ihr Schachspielen beizubringen.

Um halb sechs morgens stand er auf, um weiterzugehen, er konnte es nicht mehr erwarten. Anders als sonst weckte er mich, Mechthild und alle anderen mit seinen schweren Schritten. Es wurde schon hell, und es war wieder ein warmer, sonniger Morgen. Wir frühstückten, beluden das Fahrrad und gingen los. Noch war für mich alles in der Schwebe, noch dachte ich an Amerika, noch sah ich uns drei zusammen an Bord eines Schiffes gehen. Noch konnte ich mir sagen, wenn es nicht sofort klappte, dann eben im Herbst, und dass mir das nichts ausmachte. Noch schwebte ich selbst mit meinen Gedanken über diesen leuchtenden Frühlingsmorgen, ich fühlte mich wie mit fünfzehn, als ich immer weggehen wollte und mir ein anderes Leben wünschte.

Clau seufzte unterwegs laut, es war ein Geräusch, als würde er sich verzehren nach einer Geliebten, als sei die Sehnsucht nicht auszuhalten, und ich sah ihn nicht in diesem Moment, sonst hätte ich alles verstanden. Ich sah nur mich und meinen Wunsch, noch einmal anders zu leben. Ich sah nur die letzten Wochen, in denen wir uns so gut verstanden hatten.

Unterwegs wurden wir von Amerikanern angehalten und durchsucht. Sie hatten keine Ahnung, wer Clau war, vielleicht wussten sie nicht einmal, was Bischof überhaupt bedeutete. Sie lachten über unser schlechtes Englisch. Der Leutnant, oder was er war, machte sich ein bisschen lustig über unsere Eile, über unseren Aufzug, über den Ernst, mit dem Clau sprach. Die anderen packten unsere Taschen aus, ließen die Luft aus den Fahrradreifen und gaben uns alles zurück, aber so, dass wir die Sachen wieder einpacken und die Reifen selbst wieder aufpumpen mussten. Sie machten auch einen Witz, den ich nicht richtig verstand, einen dieser Priesterwitze, ich verstand nur die Wörter *priest* und *bishop*, aber das genügte Clau, um wütend zu werden. Er wies den Leutnant zurecht, schrie ihn an, er war so ungeduldig, wie ich ihn nie vorher erlebt hatte.

Nazi, sagte einer der Soldaten daraufhin, und ich muss zugeben, er hatte irgendwie recht, wenn man Clau sah, wie er aufgebracht mit rotem Kopf in seinem harten Englisch herumschrie.

Er ließ sich nur noch mehr provozieren, sprach vom Militärgericht, aber die anderen meinten es ja nicht böse, die blieben gutmütig, die nahmen ihn immer noch nicht ernst, das war das, was ihn so aufregte.

Ich sagte einfach ein paar Worte, um Clau zu entschuldigen, mit fielen nur die Worte *nervous* und *ill* ein, dann war alles vorbei, wir konnten weitergehen, auch wenn die uns noch ein paar nicht so freundliche Wörter nachriefen.

Ihr seid noch schlimmer als die Nazis, rief Clau ihnen auf Deutsch nach, aber das verstanden sie Gott sei Dank nicht.

Ich stauchte ihn ein bisschen zusammen, aber er hörte gar nicht hin, er stapfte unbeirrt weiter, mit großen Schritten, und ich kam mit dem Gepäck kaum nach.

Was wollen wir überhaupt in Münster, rief ich schließlich aufgebracht, jetzt war ich ärgerlich und stellte mich quer.

Wir können nicht zulassen, dass diese ungehobelten Klötze alles bestimmen, sagte Clau dumpf, da muss man einen Riegel vorschieben. Da muss ich an den Papst schreiben oder an Roosevelt.

Münster nahm ich gar nicht richtig wahr, ja, ich kann mich nicht an den Anblick der zerstörten Stadt erinnern. Ich denke immer nur an den wahnsinnig blauen Himmel, an die Hitze, die für Anfang April außergewöhnlich war, an die Stimmung, nichts zu haben, nichts zu erwarten, die Leichtigkeit, mit der ich das schwere Fahrrad schob.

Wir ziehen auf einem Esel in die Stadt ein, sagte ich, aber Clau lachte nicht, vielleicht nahm er das sogar ernst.

Einmal kannte ich mich nicht mehr aus, aber er ging voran, wie von einem Kompass gesteuert, unbeirrbar, bis zum Borromäum. Jetzt winkten ihm viele Leute zu, Kinder liefen hinter uns her, viele riefen: Der Bischof ist zurück! Da erst wurde mir klar, dass wir nie mehr hier wegkommen würden. Jetzt begann ich zu schimpfen, über die Trümmerbrocken, die im Weg lagen, über die Hitze, über die sinnlose Ankunft in der Stadt. Das Borromäum war unzerstört, aber es gab kein Wasser und nichts zu essen. Wir verdursteten fast.

Wären wir doch in Vellern geblieben, schnauzte ich Clau an, da gab es alles, da hätten wir eine Woche aushalten können!

Aber er hörte mich schon nicht mehr, ich war wieder eine Nebenperson, er suchte sofort ein Zimmer aus für sich, eine Kanzlei, ich belegte auch eins, und er erwartete, dass ich Bettzeug holte und Waschkrüge, wie damals, als wir hierher geflüchtet waren. Es gab aber nichts. Gott sei Dank brachte Pater Bart Wasser, der war immer noch da, ihm war nichts passiert.

Clau telefonierte mit den Amerikanern, er hatte einen Colonel am Apparat und schrie und schimpfte auf Englisch. Neben ihm stand eine Nonne, die in Amerika gewesen war und ihm aushalf mit den richtigen Ausdrücken. Schließlich musste sie selbst den Hörer nehmen und sollte weiterreden, konnte aber vor lauter Hin und Her nichts mehr verstehen. Sie weinte fast, weil Clau sie anbrüllte. Er wollte sofort einen Bautrupp haben, einen Wagen und Fahrer, der ihm irgendwo passende Gewänder besorgte. Er lud den Colonel zur Messe am Sonntag ein, aber der war wohl Baptist oder Reformierter oder jedenfalls Protestant, der schien auch gar nicht zuzuhören. Von Richardson hatte er nie gehört. Clau verlangte und forderte, er wollte, dass alle Priester, die zuletzt noch eingezogen und Kriegsgefangene geworden waren, sofort entlassen wurden, aber ich merkte, dass der Colonel das gar nicht entscheiden durfte. Clau knallte den Hörer auf, und das Gespräch war beendet.

Ich muss da hinfahren, knurrte er nur.

An ein vernünftiges Gespräch mit ihm war nicht zu denken, er lief über vor Energie, er gab überall Anweisungen, knurrte und schimpfte, diktierte und kam auch abends nicht in sein Zimmer. Wir hungerten die ganze Nacht, und ich beschloss, nicht zu bleiben, es hatte ja doch keinen Sinn, ich nahm mein Fahrrad und fuhr zurück nach Vellern, Clau schien es nicht einmal richtig zu bemerken.

Ich nahm mir unterwegs vor, allein mit Mechthild wegzugehen, aber als ich sie sah, wie sie mir mit Hermann und der kleinen Magdalena entgegengelaufen kam, schien sie so zufrieden, schon leicht gebräunt, gut ernährt und gesund, dass ich nichts sagte. Die Kriegsgefangenen waren nun weg, die Fremdarbeiter, und Albert hatte keine Leute mehr, die Männer waren ja alle noch nicht zurück. Wir arbeiteten wie verrückt, Albert, Thea, ich, die Kinder, aber es war trotzdem nicht alles zu schaffen. Diesel für den Traktor war natürlich sowieso nicht zu bekommen. Ich hätte nicht gedacht, bis zum Herbst zu bleiben, aber dieses halbe Jahr verging so schnell wie keins zuvor, und ich vermisste Clau überhaupt nicht.

Er schien mich nicht mehr zu brauchen, jedenfalls hörte ich nichts von ihm. Doch, Albert besuchte ihn einmal, aber er erzählte, dass Clau furchtbar aufgeregt und beschäftigt war, er hatte lauter Termine mit Amerikanern und sich in neuen Streit verstrickt. Es ging wohl darum, ob nun alle Deutschen mitschuldig waren, wogegen Clau sofort protestiert hatte. Für Albert hatte er wenig Zeit gehabt, und Albert schien es, als habe er ein schlechtes Gewissen, aber er sagte natürlich nichts. Er ließ mich nicht einmal grüßen, und mir wurde richtig kalt am Rücken, als ich das hörte.

Er hatte mich also nur in der schlechten Zeit gebraucht, ja gut, dann brauchte ich ihn jetzt auch nicht mehr. Es war schon komisch nach fast zwölf Jahren, die wir zusammen verbracht hatten. Er ließ mich nicht einmal grüßen, er hatte nicht einmal nach mir gefragt!

Anfangs wiederholte ich mir bei der Arbeit immer diese Sätze. Manchmal war es mir, als wäre er neben mir, und ich brauchte ihm nur einen Rippenstoß zu geben, damit er wieder zur Vernunft kam. Wer weiß, welche Idee er jetzt verfolgte. Vielleicht die Amerikaner katholisch zu machen, etwas Verrücktes hatte er wahrscheinlich vor. Ich gebe zu, auch ich war manchmal froh, ihn nicht mehr zu sehen. Nach ein paar Wochen atmete ich richtig auf. Dabei hatten wir uns ja nicht getrennt oder so. Ich wusste nicht einmal, wer jetzt für ihn kochte. War ich entlassen, bekam ich ein Zeugnis? Wahrscheinlich war es diese zickige englischsprechende Nonne, die sich um ihn kümmerte. Ob er jetzt mit der zusammen war? Die ganze Wut stieg in mir hoch, alles, was ich in den Jahren heruntergeschluckt hatte.

Endlich konnte ich laut lachen und singen, wann ich wollte. Ich war den ganzen Tag mit den Kindern zusammen, alberte und machte Quatsch mit ihnen, wann ich Lust hatte. Ich brachte den Kindern schwimmen bei, in einem kleinen See in der Nähe. Ich lernte mit ihnen Englisch, ja, ich hatte Albert überredet, dass wir jeden Morgen Schulstunden abhielten, von zehn bis zwölf, damit sie nicht alles vergaßen und bereit waren, sobald die Schule weiterging. Ich diktierte ihnen Geschichten, die ich mir ausgedacht hatte, ich rechnete und übersetzte mit ihnen, ließ sie malen und singen. Im Sommer sollte die Schule wieder anfangen. Bei der Arbeit redete ich mit Mechthild nur englisch, und sie kam schon ganz gut mit.

Albert hatte zwei Flüchtlingsfrauen aufgenommen, die sich Kost und Logis verdienen wollten, und sie arbeiteten gut. Sie waren seltsam, sie wollten nicht darüber reden, woher sie gekommen waren, was sie erlebt hatten, wo ihre Familien waren. Sie hatten alles verloren, das war klar, und sie hatten auch keine Hoffnung mehr. Sie gingen sonntags in die Kirche und nahmen die Kinder mit, ich blieb zu Hause, ich hatte erst mal genug und konnte keine Predigten mehr hören.

Warum ich nicht einmal nach Münster gefahren bin? Ich wollte nicht hinter ihm herlaufen, das hatte ich in meinem ganzen Leben nicht gekonnt, dazu war ich nicht gemacht. Dann auch wegen der vielen Arbeit, wegen der Kinder, und wenn ich mit ihnen auf dem Feld arbeitete, bildete ich mir ein, wir wären schon in Amerika, im Mittleren Westen, auf den riesigen Getreidefeldern, die endlos so weitergingen. Wir konnten zufrieden sein, wir lebten, es gab genug zu essen, erst jetzt wurde mir langsam klar, welch großes Glück wir gehabt hatten, dass wir alle noch lebten.

Aber ein Schmerz war es schon, an Clau zu denken. Ende Juli begann die Schule, und ich hatte immer noch nichts von ihm gehört. Nach drei Monaten. Bis zum Oktober blieb es so, und ich rührte mich nicht. Mechthild ging es gut, sie hatte zwei Kleider und Schuhe, sie wuchs und würde mich bald einholen, so groß war sie schon. Ich nahm mir vor, eines Tages, wenn sie vierzehn oder fünfzehn war, mit ihr über alles zu sprechen, und schon jetzt juckte es mich manchmal, und ich hätte beinahe den Mund aufgemacht. Die Engländer hatten Westfalen übernommen, und ich dachte, dass Clau das bestimmt nicht passte. Er würde sich noch mehr ärgern. Aber die hässliche Nonne konnte das ja bestimmt ertragen.

Da passierte es, dass die Kinder plötzlich abends nicht mehr da waren, keiner hatte sie gesehen, keiner hatte etwas bemerkt, alle drei waren verschwunden, und eigentlich war es meine Schuld, weil ich zuletzt bei ihnen gewesen war, als sie ihre Hausaufgaben machten, die beiden Großen jedenfalls, aber die Kleine war auch dabei gewesen. Ich dachte an eine Gruppe von Flüchtlingsfrauen, die nachmittags vorbeigekommen waren und nach Arbeit gefragt hatten, wir konnten sie nicht gebrauchen, aber hatten sie vielleicht etwas mit dem Verschwinden der Kinder zu tun?

Es wurde die schlimmste Nacht, an die ich mich erinnern kann, wir suchten alles ab, die Ställe, die Scheunen, die Schuppen, den Bach, den See, die Wiesen, den Wald, ich keuchte nur noch vor Erschöpfung, konnte kaum rufen, so heiser war meine Stimme, ich flehte zu Gott, dass den Kindern nichts passiert war, dass es bald hell werden sollte, dass wir sie finden würden, aber die Nacht dauerte endlos lange. Albert und Thea sagten nichts, sie blieben ruhig, aber ich spürte die ganze Verantwortung. Albert fuhr zu den Nachbarn, niemand hatte die Kinder gesehen. Ich sagte mir die ganze Zeit, dass mir nichts so wichtig war wie Mechthild, wie die drei, wie ihr Leben. Ich verzichtete sonst auf alles, auf das Auswandern, auf Clau, auf eine Veränderung, ich wollte immer hier bleiben und alle Träume aufgeben, wenn sie nur wieder auftauchten.

Am Morgen fand ich sie dann und kam mir hysterisch und wie ein Feigling vor. Ich entdeckte den Eingang zu dem Erdloch gleich neben dem Weg zum Wald, es war frische Erde ausgeworfen, und das Loch groß genug für Kinder. Ich brüllte in das Loch, und sie kamen heraus, sich keiner Schuld bewusst, sie hatten wochenlang an dem Bunker gegraben, sagten sie, und sich Decken und Proviant mitgenommen für die Nacht. Ich schimpfte fürchterlich, mit zehn Jahren musste man doch so vernünftig sein, Bescheid zu sagen, Mechthild hatte ja in ein paar Tagen Geburtstag, aber die Kinder schienen so zufrieden mit ihrem Loch und der Nacht, dass sie mich nicht ganz ernst nahmen. Erst Albert und Thea machten ihnen klar, welchen Schreck sie uns eingejagt hatten.

Natürlich stand an diesem Morgen plötzlich Clau im Stall. Er war mit einem Einspänner gekommen, hatte selbst kutschiert und sah mager aus, angespannt. Er griff nach meiner Hand, aber ich zog sie weg. Ausgerechnet jetzt, wo ich übernächtigt und verheult war, ungewaschen, im Kittel, noch mit der überstandenen Angst im Körper, tauchte er hier auf. Ich zitterte immer noch ein bisschen von der Aufregung.

Was willst du?, fragte ich.

Er betrachtete mich lange, so als habe er eine unbekannte Seite an mir entdeckt, eine offene Wunde, einen Schacht, durch den er tief in mich hineinsehen konnte. Er sagte nichts.

Wir gingen schweigend in die Küche, wo wir allein waren. Ich reichte ihm Kaffee und Brot, er schien Hunger zu haben, aber er schämte sich auch, das sah ich.

Es wird Zeit, dass wir nach Münster ziehen, sagte er.

Es stellte sich heraus, dass er Münster wieder hatte verlassen müssen, die Engländer hatten ihn zurück nach Sendenhorst geschickt, aber sie wollten das Palais wieder aufbauen, so dass er bald einziehen konnte. Er war die ganze Zeit unterwegs gewesen, immer in dem Einspänner, hatte verhandelt und gebeten, gedroht und gefleht, seine Macht war jetzt größer, das spürte er, aber die Entscheidungen wurden in London oder Washington getroffen, da konnte er gar nichts beeinflussen.

Du machst das, was du nicht wolltest, sagte ich.

Er nickte.

Und was ist mit deinem Versprechen?

Er schüttelte nur den Kopf.

Ich will hierbleiben, bei den Kindern, sagte ich.

Aber das war natürlich nicht das letzte Wort. Wir machten einen langen Spaziergang, und ich ließ mich überreden, wieder nach Münster zu kommen, wenn das Palais fertig war und Clau seinen Sitz dorthin verlegt haben würde. Wie er mich überredete? Ich weiß es nicht, nicht durch Worte, er redete ja kaum, durch seinen Händedruck, durch seine Gegenwart, mit seinem Körper? Er wollte Mechthild sehen, er hatte für sie ein Geburtstagsgeschenk mitgebracht. Immer war schon alles entschieden, wenn ich mit Clau zu tun hatte, nie war ich frei, ich sah keinen zweiten Weg mehr.

Also, kommst du jetzt mit?, fragte er.

Nein, sagte ich.

Wann kommst du denn?

Du hast dein Versprechen nicht gehalten, sagte ich.

Es ist eben anders gekommen.

Du hast dich die ganze Zeit nicht gemeldet, drei Monate nicht, ich bin kein Besen, den man in den Schrank stellt, wenn man ihn nicht braucht, und wieder herausholt, wenn man fegen will.

Er schwieg.

Du hast dich auch nicht gemeldet, sagte er leise.

Ich glaube, ich will nicht bis an mein Lebensende Haushälterin in Münster sein, sagte ich.

Du weißt, dass du kein Besen bist, sagte er.

Wir lachten, aber ich bemerkte, dass mit ihm etwas nicht stimmte, er sah nicht gesund aus, nicht nur mager, etwas zehrte an ihm, das erkannte ich in seinen Augen, er war unglücklich, das gab für mich den Ausschlag.

Wenn alles fertig ist, sag mir Bescheid, aber diese amerikanische Nonne kommt mir nicht ins Haus.

Er sah mich seltsam an, nicht wie ein Kind, aber wie jemand, der gar nichts Schlechtes denken kann.

Ich glaube, es wird nicht lange gutgehen, sagte er.

Das kann sein.

Nein, ich meine, mit mir. Die Engländer haben sich über mich beschwert. Ich habe da so ein Interview gegeben, es ist vielleicht falsch übersetzt worden. Ich habe nicht gesagt, dass sie weiter unsere Feinde sind. Ich habe nur gesagt, dass nicht alle Deutschen, du weißt es doch, sie tun so, als habe niemand etwas unternommen, als hätten alle mitgemacht.

Was sagt der Papst?

Der Pacelli ist ein Waschlappen, sagte er plötzlich. Der behauptet, von nichts gewusst zu haben. Der lässt uns im Stich. Entweder er antwortet nicht oder nur dummes Zeug. Der wusste doch alles, der kannte die Leute doch. Jetzt tut er so, als wären wir alle Verbrecher gewesen.

Dann hör doch auf, sagte ich.

Ja, wie denn, sagte er so kläglich, dass ich lachen musste.

Wir aßen mit Albert und Thea zu Abend, mit den Kindern, und es war kein fröhliches Essen. Albert und Clau redeten über die zwölf Jahre, über die Morde, über die Lager. Wir waren alle bedrückt, ich brachte die Kinder ins Bett, aber die beiden redeten weiter, auf diese dumpfe, schmerzhafte Weise.

Natürlich sind wir alle schuldig, sagte Albert, alle, jeder, der nicht gekämpft hat, außer dir und ganz wenigen.

Ja, jetzt bin auch ich noch schuldig, sagte Clau. Wir haben gewusst, dass sie Gott umbringen wollten. Das haben wir jetzt davon, dass wir alle schuldig sind. Aber angesichts dieser Verbrechen kann niemand unschuldig sein. Nur viele haben doch versucht, anständig zu sein. Was sollten sie denn tun?

Er musste übernachten, weil er mit seinem Einspänner im Dunkeln nicht fahren konnte. Er legte sich zu mir, er war groß und kalt, so wie ich ihn in Erinnerung hatte, aber er bewegte sich nicht, blieb steif, zitterte nur ein bisschen, murmelte vor sich hin und schien schließlich vergessen zu haben, dass er bei mir war.

Am anderen Morgen war er weg, ich hatte nicht einmal bemerkt, dass er aufgestanden war, und vielleicht sollte das so sein, dachte ich. Ich war nicht entschlossen zurückzugehen. Je länger ich überlegte, desto weniger wollte ich. Es war, als müsste ich mich teilen, denn eine Hälfte würde sowieso hierbleiben, egal, was ich unternahm. Oder sie würde weggehen, aber nach Münster, in das Palais, wollte ich eigentlich nicht mehr. Ich zögerte, obwohl ich wusste, dass ich es doch tun würde. Ich machte lange Spaziergänge, lag nachts lange wach, dachte an die vielen Toten.

Manchmal war mir, als könnte ich mit ihnen sprechen, oder als wären da viele Stimmen, die mit mir sprechen wollten, die mir unbedingt etwas mitteilen mussten. Wir hatten jetzt ein Fass Bier im Keller stehen, jemand hatte Albert das im Tausch gebracht, und ich trank abends immer zwei, drei Gläser, bis ich schlafen konnte. Es half mir, als die dunkle Zeit kam. Ja, ich begann, mich in zwei Personen zu zerlegen. Die eine war ich mit den Kindern, mit Albert, wenn ich arbeitete, draußen war, aß und trank, ich vergaß dann die Schwere, die mich immer mehr ergriff. Die andere war ich, wenn ich allein war, etwas Dunkles nahm mich in Beschlag, ein Druck, der sich im ganzen Körper ausbreitete, als wolle mich von innen her etwas verschlingen. Diese andere Hälfte würde ich nach Münster schicken, dachte ich.

Ich hatte in der Zeitung gesehen, wie die Amerikaner eine Gruppe Deutsche durch ein befreites KZ geführt hatten, ich hatte die entsetzten Gesichter gesehen, und ich musste pausenlos daran denken, was ich die ganze Zeit getan hatte. Es war diese Untergangsstimmung gewesen, man hatte das Dunkle und Verbrecherische gespürt, und doch war alles verschleiert gewesen, geheimnisvoll, verlogen, geschönt, so dass man sich halb beruhigen konnte, es werde doch schon nicht so grausam sein, wie man insgeheim wusste, dass es war. So ähnlich war es wohl den meisten gegangen.

Ein Volk hatte eine Hölle erfunden und errichtet, jetzt gab es eine Wut auf die, die das aufgedeckt und bekannt gemacht hatten. Doch, wir waren alle schuldig, das stand für mich fest. Jeder Überlebende war verbunden mit Toten, gegen deren Schicksal er nichts unternommen hatte. Wir hatten das Gas gerochen, aber nichts dabei gedacht. So sehr ich auch arbeitete, mit den Kindern lernte und spielte, für sie stopfte und bügelte, bastelte und lachte, diese andere Hälfte fühlte sich wie tot an. Ich würde nie wieder lebendig und vollständig sein, dachte ich, ich hatte geschwiegen und war abgestorben.

Nur Clau hatte etwas getan, nur er hatte sich getraut, aufzubegehren, zu reden, aber auch er war blind gewesen und stumm, hatte seine Ohren verschlossen, seinen Mund, wenn es um die Verbrechen ging, die er nicht unmittelbar mitbekommen hatte. Auch er war zur Hälfte gestorben, jedenfalls für mich. Er wurde jetzt plötzlich verehrt, in den Zeitungen gerühmt, als der Deutsche, der aufgestanden war, sie hatten recht, und sie hatten unrecht, wenn man daran dachte, wie wild er hätte aufspringen müssen. Viele beriefen sich jetzt auf ihn, die niemals zu seinen Predigten gekommen waren, die ihn gar nicht verstanden hatten. Viele brauchten jemanden, mit dem sie sich rechtfertigen konnten.

Nach der Kartoffelernte, als nicht mehr so viel zu tun war, wurde es für mich düster. Ich grübelte, ich dachte an die Leute, die sich bei uns im Keller versteckt hatten, ich war mir sicher, dass keiner von ihnen mehr lebte. Ich sackte selbst in diesen Keller, manchmal träumte ich und wurde wach mit dem Gefühl, dort zu liegen und nicht mehr hinauszukönnen. Was hatte ich in den Jahren getan? Gegessen, gearbeitet, neues Essen besorgt, gekocht, wieder gegessen, gelesen, gesprochen, aber getan? Es wurde die düsterste Zeit meines Lebens, ich versuchte, bei denen zu sein, die dachten, sie würden duschen und plötzlich erstickten, oder bei Leni, aber es gelang mir nicht.

Ich spürte meine Krankheit, aber ich konnte sie nicht nennen, sie kam mit großen Schritten, mich zu fressen, und ich ahnte nicht einmal, wie sie hieß. Es war das Zusammengedrückte, das Heruntergeschluckte dieser zwölf Jahre, das hochkam als etwas anderes, als Schädliches und Zerstörerisches. Ich konnte nicht mehr aufstehen, ich spürte meinen Körper nicht, oder er gehorchte mir nicht mehr. Es war so, als wäre ich an mein Bett gebunden und könnte nur mit Gewalt daraus entfernt werden, oder durch den Tod. Ein Arzt kam, aber er schüttelte nur den Kopf zu meinen Beschreibungen. Albert setzte sich zu mir, er hielt meine Hand, aber ich spürte seine nicht. Thea half mir, aufzustehen, aber ich war wie ein Mehlsack und klappte gleich wieder zusammen. Der Arzt hatte etwas von Blutdruck und Kreislauf geredet, aber auch nicht weitergewusst. Ich hatte eine Flasche Korn im Nachtschrank stehen und stärkte mich damit, wenn ich nicht schlafen konnte. Ich schlief viel zu viel, zehn oder zwölf Stunden in der Nacht, und tagsüber auch noch, aber ich fühlte mich immer müde und schwer.

Nur für Mechthild riss ich mich zusammen, wenn sie mit den Hausaufgaben kam oder dem, was in der Schule passierte, ich hörte ihr zu, gab ihr Ratschläge, verbesserte ihre Fehler. Sie sah mich eigenwillig an, und ich hatte Angst, dass sie mir weglief, dass sie mich bald nicht mehr verstehen oder auf mich hören würde, dass sie sowieso nur das machte, was sie wollte, dass ich sie gar nicht mehr erreichen konnte. Wenn sie mir einen Kuss gab, spürte ich eine kühle Berührung, sonst nichts. Sie brachte mir etwas zu trinken, aber ich fühlte nur die Entfernung.

Meine Krankheit ist, dass ich nicht nachgedacht habe, sagte ich mir. Ich habe alles geschehen lassen, ich habe nicht gefragt und gesehen, nur den Kopf eingezogen. Doch dann müssten Millionen andere auch krank werden. Ich grübelte und grübelte, ich kam nicht darauf. Ich sah meine Gedanken in großen Buchstaben an die Tapete geschrieben. Ich fühlte meine Stirn schrumpfen, jedes Mal, wenn ich sie anfasste. Ich hatte seltsame Gelüste, berührt zu werden, etwas zu spüren, ich träumte von Josef und unserem Spiel im Heu, ja, das war das Leben gewesen, da war ich noch lebendig, ein Abend im Heu, die Arbeit, die Schwangerschaft, die Geburt, die Verbrechen, und schon war alles vorbei.

Meine Krankheit war, dass ich mich verschenkt hatte, dachte ich, meine Liebe, und ich war nicht wiedergeliebt worden. Schon wie eine Schwester, wie eine Mutter, aber nicht wie eine Frau, nicht von dem, der es gekonnte hätte. Er war meine Krankheit, und ich spürte, dass er zunahm und gesünder wurde, während ich hier lag und litt. Mir war, als würde ich eine dunkle Treppe hinuntersteigen, immer tiefer, jeden Tag und jede Nacht ein paar Stufen, es wurde kälter, ich kam nicht an, ich wusste nicht, wohin sie führte, aber es ging immer noch tiefer. Ich hoffte, dass ich Weihnachten aufstehen könnte, irgendwann musste doch der tiefste Punkt erreicht sein, der kürzeste Tag, dann, wenn die Nächte wieder kürzer wurden, könnte sich alles wenden.

Ich aß an manchen Tagen fast nichts, ich hatte keinen Hunger. Ich sprach mit mir selbst, und manchmal kam jemand herein und wunderte sich, das war mir schon lange egal. Mein Topf musste ausgeleert werden, ich konnte mich nicht waschen und nicht umziehen, ich dachte an die vielen Gelähmten, die geheilt wurden und aufstanden, auf ein Zeichen von Jesus, aber vielleicht glaubte ich nicht fest genug daran.

Nachts kam Mechthild aufgeregt zu mir, sie hatte geträumt, aber ich war zu kalt und zu steif und zu gelähmt, um antworten zu können, ich nahm ihre Hand und ließ sie erzählen, dabei spürte ich, wie warm sie war. Sie hatte von Clau geträumt und einem Mann, der auf einer schwankenden Trage saß. Alle waren sehr froh in dem Traum, und ich erschrak, als ich merkte, dass ich auch von Clau geträumt hatte. Mechthild schilderte immer wieder in allen Einzelheiten, was sie gesehen hatte, und allmählich vergaß ich die Bilder aus meinem Traum. Ich sah nur Mechthild und Clau, wie sie im Gespräch durch eine Straße gingen, in der bunte Wäsche aufgehängt war.

Es war drei Tage vor Weihnachten, Winteranfang, als Clau zu Besuch kam. Wieder waren drei Monate vergangen, und ich hatte nichts von ihm gehört. Er stand mit besorgtem Gesicht in der Tür, sah besser aus als beim letzten Mal, er rieb sich das Kinn, als wolle er sagen, ich solle endlich aufhören mit dem Quatsch. Er wollte mich holen, das Palais war notdürftig fertig und konnte wieder bezogen werden, er wollte gleich heute Abend alles einweihen.

Ich schüttelte traurig den Kopf.

Ich kann nicht mal aufstehen, sagte ich.

Maria, sagte er. Es wird alles wieder gut.

Ich kann nicht, sagte ich.

Er setzte sich zu mir und beschrieb mir, was sie alles repariert und wieder aufgebaut hatten. Ich fühlte mich so unbeschreiblich müde, so weit entfernt von allem, ich lächelte zwar, empfand aber nichts.

Ich bin krank, sagte ich. Siehst du das nicht?

Du wirst wieder gesund, sagte Clau.

Da kam Mechthild herein, begrüßte Clau und räumte mein Nachtgeschirr weg.

Es ist so dunkel draußen, sagte ich. Bist du mit dem Auto gekommen?

Clau nickte und sah mich unverwandt an, nicht besorgt, eher zuversichtlich, wie ein Liebender, der ein Mittel weiß gegen diese Krankheit. Sie gingen zu Albert, und ich hörte, wie sie über mich sprachen. Trotzdem schlief ich ein, ich wollte nur in meinem Bett bleiben, nichts mehr erleben, keine Veränderung, ich wollte an dieser Stelle festsitzen, das, was ich erlebt hatte, reichte mir bis ans Lebensende. Ich sah im Traum die Leichenberge, die Frauen, die nackt vor den Gruben mit Toten standen und selbst sterben mussten, wie Tiere, ausgedacht von uns, von unseren Ingenieuren und Beamten, es war wie eine schwere, ziehende Kraft, die mich dorthin schleppte und nicht mehr wegsehen ließ. Ich sah Leni, wie sie vor einer solchen Grube stand, oder wie sie eine Spritze bekam und weggestoßen wurde, wie sie fiel und nicht mehr aufstand. Da auf dem Boden lag auch ich und wollte nicht mehr aufstehen.

Als Clau zurückkam, erzählte ich von dem Traum, von den Träumen, die ich jeden Tag und jede Nacht hatte.

Du wirst wieder gesund, sagte er nur, du wirst wieder aufstehen.

Wären wir doch weggegangen, sagte ich leise. Ich kenne keinen einzigen Mörder, und doch ist das alles passiert.

Ich kenne genug, sagte Clau.

Ich kann nicht mal allein aufs Klo gehen, sagte ich.

Das kommt wieder, sagte Clau.

Er wollte nicht, dass ich krank war, es war, als ob dieser starke Wille mich langsam umbog und meine Kraft wieder weckte.

Albert und er trugen mich in den Wagen und legten mich hinten auf die Sitzbank. Sie luden ein paar von meinen Sachen in den Kofferraum. Ein englischer Soldat fuhr, und wir mussten aufpassen, was wir sagten. Clau stieß mit dem Kopf an das Dach, das Auto war nicht sehr groß.

Du bekommst dein Zimmer wieder, sagte Clau. Es ist ein Küchenmädchen da, die wird sich um dich kümmern.

Es war noch nicht spät, aber vollkommen dunkel, als wir in Münster ankamen. Ich sah von meinem Platz aus nur ein paar Lichter, mehr nicht. Der Soldat und das Küchenmädchen trugen mich in mein Bett, dann hatte ich keine Kraft mehr und schlief ein. Ich träumte, ich wäre neun oder zehn und müsste bei der Ernte helfen, hatte aber meine Hausaufgaben nicht gemacht. In der Schule wurde ich aufgerufen und ermahnt.

Ich konnte nicht, sagte ich immer wieder, aber die Entschuldigung wurde nicht akzeptiert.

Clau weckte mich und brachte mir heißen Tee. Das Mädchen war schon gegangen, sie hieß Lotte, und sie hatte die ganze Zeit die Arbeit allein gemacht. Sie durfte bloß nicht im Haus wohnen. Clau half mir, das

Nachthemd anzuziehen, er gab mir eine Bettflasche, er hatte an alles gedacht.

Das kannst du doch nicht immer machen, sagte ich. Lass mich auf den Hof zurück, da bin ich versorgt.

Du hast für mich viel mehr getan, sagte er leise. Du wirst wieder aufstehen.

Erst jetzt roch ich die frische Farbe, es war kalt, und die neuen Mauern schienen noch nicht trocken zu sein. Clau küsste mich, ich reagierte nicht, aber spürte die warme Berührung seines Mundes. In der Nacht hatte ich Angst, ich wusste nicht, wo ich war, oder es erschien mir nicht als der richtige Ort, ich dachte, dass ich hierhergekommen war, um zu sterben. Ich fror und zitterte unter der Decke, bildete mir ein, dass jemand an der Tür geklopft hätte, niemand sonst hatte das gehört, und ich konnte nicht aufmachen. Ich war wieder in der Zeit, die damals nicht vorbeizugehen schien, als es Gerüchte gab und gehetzte, verängstigte Menschen, die nur noch zappelten, um ihrem Tod zu entgehen. Ich dachte an den Tod der Millionen, ich hatte es nicht verdient, wieder aufstehen zu können, und eigentlich sollten wir Deutschen nie wieder aufstehen dürfen. Am Morgen muss ich eingeschlafen sein, denn Clau stand vor meinem Bett und sah mich durchdringend an.

Du denkst zu viel nach, sagte er streng. Das ist alles passiert, wir können es nicht mehr ändern.

Ja, und hättest du nicht etwas tun können, schrie ich beinahe.

Ich bin schuldig, sagte er, ich habe nur an meine Schafe gedacht, an niemanden sonst. Doch, ich habe daran gedacht, aber nichts getan. Ich hätte viel mehr tun können.

Es quält mich, dass wir nur zugesehen haben, sagte ich.

Du hast recht, sagte er.

Er lief an diesem Tag ziemlich bedrückt herum und sagte kein Wort mehr zu mir. Es war mir unangenehm, von Lotte versorgt werden zu müssen, die ich nicht kannte, und ich schaffte es, mit ungeheurer Anstrengung, mich bis zum Stuhl zu schleppen und zu setzen. Zurück ins Bett musste sie mir helfen, aber es war ein Anfang, Clau hatte recht gehabt, ich spürte, dass ich gesund werden würde. Ich hatte den Tiefpunkt durchschritten, ich fühlte mich wieder stärker werden, ganz wenig, aber immerhin. Es war, als hätte ich etwas von dem Gewicht, das mich lähmte, an Clau abgegeben.

Er saß abends lange an meinem Bett, hielt meine Hand, sprach aber nicht. Ich musste immer wieder sagen, wie bedrückt ich war von unserem Verhalten, wie dumm wir gewesen waren, blind, träge, unwillig, mit Kleinigkeiten beschäftigt. Es traf Clau besonders, dass ich ihm vorwarf, sich nur verzettelt zu haben mit irgendwelchen Schulkreuzen. Wir weinten beide. Clau schlief im Sessel neben mir ein, und ich hatte das Gefühl, dass wir uns zum ersten Mal wieder verstanden hatten, ja dass meine Bedrückung unsere Bedrückung geworden war und sich ein wenig hob, als würde sie eines Tages leichter werden. Wir mussten sie nun zusammen tragen, wir konnten nichts wiedergutmachen, nur reden und reden.

Ich schlief sehr kurz und tief, es war, wie in einem Grab gewesen zu sein, so dunkel und kalt war es dort, und als ich das Klopfen hörte, dachte ich, es wäre noch Krieg und ein Verfolgter vor der Tür. Plötzlich stand ich im Zimmer, ohne es zu merken, und Clau rührte sich nicht, als sei ihm alles gleichgültig geworden. Ich ging zur Haustür, öffnete sie, draußen stand Pater Bart mit wirrem Haar und einem Telegramm in der Hand.

Ich war im Nachthemd, dachte an Mechthild und bekam einen Schreck, aber er rief, das komme aus Rom und sei wichtig, ich müsse den Bischof sofort wecken.

Erst jetzt merkte ich, dass ich stehen und gehen konnte, ich hatte es ja gewusst, dass es wiederkommen würde; ich nahm das Telegramm, schloss die Tür, ohne ein Wort zu sagen, und ging zurück in mein Zimmer. Clau saß da wie ein Toter, die Augen halb geöffnet, ich sah den ganzen Schmerz, den er erlebt hatte, ich sah seine Reue und seine Scham, ich sah, dass er jetzt bereit war, aufzuhören, wegzugehen.

Ich öffnete das Telegramm, war ein bisschen enttäuscht und spürte, dass ich wieder vergeblich gehofft hatte.

Du wirst Kardinal, sagte ich zu Clau, der sofort die Augen öffnete.

Was?

Du musst jetzt bescheiden sein, sagte ich, denk daran, was wir besprochen haben.

Das habe ich nicht verdient, sagte er.

Er stand auf und umarmte mich, er hob mich hoch und merkte erst jetzt, dass ich wieder gehen konnte.

Ein Wunder, sagte er, du bist gesund.

Wir konnten uns nicht richtig freuen, ich weiß nicht, woran es lag, wir waren so verbunden wie nie zuvor, und noch lag diese Bedrückung über uns. Jetzt wurde es Clau schwindlig. Er klappte einfach zusammen, das hatte ich bei ihm noch nie erlebt. Er lag auf dem Fußboden und konnte nicht mehr aufstehen. Ich legte seine Beine hoch aufs Bett, und er schien sogar in seiner Ohnmacht zu schmunzeln. Ich setzte mich in seinen Sessel und atmete tief.

Ab jetzt würden wir keine Ruhe mehr haben, keinen Moment zusammen sein können, nicht mehr reden, es war alles vorbei. Schon kam Lotte, aber ich schickte sie in die Küche zum Feuermachen und Kaffeekochen, dann sollte sie gleich auf den Markt zum Einkaufen. Ich sagte ihr noch nichts, damit wir ein bisschen Ruhe haben würden. Sie wunderte sich, dass ich wieder gehen konnte, aber ich hatte keine Lust, das zu erklären. Ich blieb bei Clau, hielt seine Hand und vergab ihm alles. Nicht, weil er Kardinal geworden war, sondern weil er angefangen hatte, nachzugeben. Das hatte er noch nie getan.

Steh wieder auf, sagte ich laut.

Aber ich wünschte mir, dass er hier liegen blieb, ich wünschte mir, die Zeit anzuhalten oder wenigstens ein paar Tage mit Clau. Dann wünschte ich mir nichts mehr, denn jedes Mal, wenn ich das getan hatte, war es nicht erfüllt worden. Clau öffnete die Augen und rieb sich das Kinn. Ich musste ihm das Telegramm dreimal vorlesen. Die Verleihung würde erst im Februar sein.

Diesmal kommst du mit, Maria, sagte Clau.

Diesmal komme ich mit, sagte ich. Und Mechthild.

Als Lotte einkaufen gegangen war, saßen wir in der Küche und frühstückten. Noch war alles ruhig, noch wusste keiner Bescheid, noch konnten wir reden.

Ich kann mich nicht richtig freuen, sagte Clau, ich weiß nicht, wie ich das machen soll.

Wir tranken schweigend den Kaffee, dann klopfte es an der Tür. Wir blieben sitzen. Oben in Claus Zimmer hörte ich das Telefon klingeln, das wieder funktionierte.

Wir sagen einfach niemandem was, rief Clau. Wir behalten das für uns, mal sehen, was dann passiert.

Ich ging zum ersten Mal wieder nach oben und sah mir Claus neu eingerichtetes Zimmer an. Er hatte von irgendwoher alte, düstere Eichenmöbel bekommen, die mir nicht gefielen, aber das war jetzt egal. Ich sah, dass draußen auf dem Platz Leute standen und auf das Palais zeigten. Es war also kein Geheimnis mehr. Lotte schien aber noch nichts gehört zu haben.

Eine merkwürdige Stimmung war im Haus, und wir hielten es nicht lange aus. Ich wollte Albert und Mechthild besuchen, Clau wollte versuchen, Strick zu erreichen, der es als Erster erfahren sollte. Er hatte das Lager überlebt und traute sich nicht mehr nach draußen, er lebte jetzt in Merfeld. Wir spürten, wie wir beide immer nervöser wurden und irgendetwas tun mussten. Nach dem Mittagessen fuhr ich nach Vellern, Clau rief seinen Bruder an, und damit war unsere stille Zeit vorbei, an die ich so gerne denke, weil ich sie nicht festhalten konnte.

Albert blieb mit offenem Mund stehen, als er mich kommen sah.

Er hat dich geheilt, sagte er, ich wusste, dass er Wunder tun kann. Warum hat er nicht damals –

Er nahm mich in den Arm, Mechthild kam dazu, die anderen, ich hatte ganz vergessen, dass ich fast gelähmt gewesen war. Ich erzählte die Neuigkeiten, und es breitete sich eine eigenartige Stille aus, niemand traute sich, etwas zu sagen, bis ich lachte und rief, Mechthild und ich würden nach Rom fahren in die Sixtinische Kapelle zum Konsistorium und zur Kardinalsernennung.

Aber da habe ich Schule, sagte Mechthild.

Da bekommst du frei, sagte Albert. Der Kardinal kann Wunder tun.

Er war so verblüfft, dass ich wieder laufen konnte, dass ihn die andere Neuigkeit kaum beschäftigte. Er würde nicht nach Rom fahren können, er kam mir nachdenklich vor, in sich gekehrt, er konnte seine

Freude nicht zeigen, oder andere Gedanken schoben sich davor.

Später stellte er das Radio an, zu den Nachrichten, und Claus Ernennung wurde gemeldet, jetzt wussten es alle.

Er ist jetzt ein Heiliger, sagte Albert.

Ich dachte an die, die neidisch sein würden. Ich dachte an die, die ihm in den Rücken gefallen waren, aber an einem solchen Tag sollte man großzügig sein. Mit dem letzten Zug von Oelde fuhr ich zurück, morgen war Weihnachten, und daran hatte ich noch überhaupt nicht gedacht. Ich hatte weder Geschenke noch Pläne für das Essen gemacht. Lotte war schon weg, als ich im Palais ankam, Clau telefonierte, und er hatte wieder seine kräftige, ruhige Stimme, er schien nicht aufgeregt oder glücklich. Er nickte mir zu, ich brachte ihm einen Schnaps und wartete dann in der Küche, wo es am wärmsten war. Ich legte Kohlen nach und blieb wach, ich wollte heute nicht schlafen gehen, mir war, als hätte ich in den letzten Wochen auf Vorrat geschlafen.

Clau hatte am ersten Feiertag das Pontifikalamt im Dom, das berichtete er mir, während draußen jemand klopfte. Es war Pater Bart mit den Seminaristen, die Clau gratulieren wollten. Er ließ sie alle in die Diele kommen, jeder bekam einen Schnaps, und alle stießen fröhlich mit Clau an, ich rannte die ganze Zeit mit den Gläsern und der Flasche wie früher und spürte überhaupt nichts mehr von meiner Krankheit.

Clau hatte mit Strick gesprochen, er würde ihn in den nächsten Tagen besuchen. Ich saß nachts allein in der Küche, es tat mir gut, Clau so verändert zu sehen, und ich dachte, dass diese Veränderung oder Anerkennung nicht nur von außen gekommen war, dass ihr eine weitere innere folgen müsste, möglichst in der nächsten Zeit. Man spürte etwas Elektrisches im ganzen Haus, so als sei es endlich doch noch ein Haus mit glücklichen Bewohnern geworden. Als ich nach oben ging, sah ich, dass Clau in seinen Sachen im Sessel eingeschlafen war, ich weckte ihn nicht, sah ihm einen Moment zu, wie er im Schlaf zu grübeln schien, dann löschte ich das Licht.

Wir hatten alles immer zu negativ gesehen, dachte ich, Clau war ein Held, ein bewunderter Mann, ein Kardinal, in der ganzen Welt sprach man von ihm. Er hatte nicht nur Fehler gemacht. Er saß immer noch so dort, als ich ihn morgens wecken wollte. Er hatte sogar seine Schuhe an, das hatte ich abends übersehen. Schon um acht klingelte jemand von der Stadt, ein Vertreter des neuen Oberbürgermeisters, der einen Gratulationsbrief brachte und besprechen wollte, wie die Stadt feiern würde. So ging es den ganzen Tag weiter, erst nachts, als die Glocken zur Christmette läuteten, wurde es bei uns ruhig. Clau schenkte mir die Eisenbahnfahrkarten nach Rom, wir würden vom 16. bis 22. Februar fahren, ich hatte nichts für Clau. Ich dachte an Mechthilds Traum, den ich erst jetzt verstand. Clau zählte auf, wer ihm alles gratuliert hatte, natürlich auch der englische General Templer! Den hatte er gefressen! Mit dem würde er noch ein Wörtchen zu reden haben, sie hatten Ende Januar eine Konferenz. Der war ein durchtriebener und intriganter Bursche, der hatte das unterwürfigste und schmeichlerischste Telegramm geschickt.

Freu dich doch, sagte ich.

Der buckelt doch nur, um nachher umso fester zuzutreten, sagte Clau.

Heute wird nicht geschimpft, sagte ich.

Du musst mir versprechen, dass du mir verzeihst, fing Clau an. Das soll dein Weihnachtsgeschenk sein.

Dass wir nie zusammen sein konnten, dass ich immer gezögert und mich nie getraut habe. Dass ich so verstockt war.

Habe ich alles schon verziehen, sagte ich kurz. Du musst nur öfter auf mich hören.

Ich habe noch keine Predigt für morgen.

Ja und, wofür hast du deine Sekretäre und Mitarbeiter, Referenten und wie die alle heißen.

Ich möchte, dass wir das zusammen machen, sagte er.

Am besten bist du doch, wenn du frei sprichst, sagte ich.

Aber ich muss ein Manuskript haben, sagte er.

Also setzten wir uns in der Weihnachtsnacht nebeneinander an seinen Schreibtisch. Wir hatten keine Kohlen mehr nachgelegt, aber wir froren nicht. Er schrieb, und ich diktierte, aber so, als ob mir im Kopf schon jemand die Worte vorsagte, die ich nur noch nachsprechen musste. Die Predigt wurde sehr persönlich, und Clau bedankte sich bei allen, die zu ihm gehalten hatten. Sie wurde wie ein Gleichnis, denn ich erzählte die Geschichte von dem Bauern, der alles getan hat, gepflügt, gesät, geeggt, gewartet, gedüngt, und dessen Saat nicht aufzugehen scheint, während die Disteln und das Unkraut gedeihen. Erst zuletzt, als er schon fast aufgegeben hat, erscheinen die ersten Halme, setzen sich durch, verdrängen die Disteln und bringen reiche Ernte. Wir saßen bis vier Uhr zusammen, Clau war begeistert von der Geschichte, aber er wollte immer noch etwas einfügen, das dann doch nicht hineinpasste. Er wollte unbedingt die Disteln ausreißen und verbrennen.

Ich spürte, dass er am Ende seiner Kraft war, als er sich ins Bett legte. Ich schlief überhaupt nicht, ich heizte in der Küche an und kochte mir Kaffee. Ich war wie berauscht von der Geschichte, die ich mir ausgedacht hatte. Ich hätte immer so weiter diktieren können. Ich wünschte mir, dass wir noch viele Predigten gemeinsam schreiben würden.

So wie Clau sie dann ablas, hatte ich mir sie nicht vorgestellt, man spürte seine Müdigkeit und seine Anspannung, aber auch seine Rührung und Begeisterung. Als wir nach Hause kamen, hatten wir nicht einmal ein richtiges Weihnachtsessen, nicht einmal Bratkartoffeln, nur eine Bohnensuppe. Wir legten uns danach ins Bett, Clau schlief ein, aber ich hörte ein Gewirr von Stimmen, Fetzen von Sätzen, die von irgendwo angeschwebt kamen und durch meinen Kopf hindurchflogen.

Ich war so übermüdet, dass ich alles für wirklich nahm, was da geredet wurde. Etwas, das meine Lehrerin in der ersten Klasse einmal gesagt hatte, ein Lied, das wir dort gesungen hatten, ein Gedicht, das ich auswendig lernte, eine Vorschrift, die ich auf der Hauswirtschaftsschule abschreiben musste, eine Aufschrift auf den Düngersäcken in der Scheune, alles sprach durcheinander und redete zu mir. Dann war es plötzlich jemand, der mir einschärfen wollte, jeden Tag zu ergreifen, zu genießen, auszunutzen, nicht an die Zukunft zu denken. Die Hebamme machte mir vor, wie ich ein- und ausatmen sollte. Josef erklärte mir den Ölkreislauf eines Motors. Ich hielt mir die Hände vor die Augen, aber die Stimmen wurden immer mehr, die Bilder und Gesichter. Ich sah meine Mutter beim Waschen, meinen toten Bruder, wie er beklommen loszog in den Krieg, ich sah Clau, wie er als junger Priester bei der Firmung half, wie von einem Rad wurde das alles abwechselnd an mir vorbeigefahren, auf Platt fragte mich jemand nach dem Weg, ein Gewitter ging über Vellern nieder, dann klopften wieder die Flüchtlinge an die Tür. Es war, als hätte ich selbst in mir diesen Kellerraum, in dem wir sie untergebracht hatten, und als lebten sie dort unten weiter. Ich roch den Heuboden, ich stand barfuß da und wollte mich ausziehen, ich war in dem zerstörten Palais, ich saß vor den Knechten auf der Tenne, ich spielte mit Albert, als er gerade laufen lernte, ich brachte Leni eine Tablette. Sie redete mir zu, nicht alles auf eine Karte zu setzen. Ich sah mich mit Mechthild im Zug nach Rom fahren und ein großes Wohlgefühl empfinden, vielleicht nur deswegen, weil ich endlich Zeit für sie hatte. Dann muss ich eingeschlafen sein, und als ich wach wurde, war ich älter als vorher, viel älter, das spürte ich sofort, ich hatte etwas in Besitz genommen, das mir vorher nicht gehört hatte, etwas war zugeklappt oder hatte sich geschlossen.

Von der nächsten Zeit ist mir nur in Erinnerung, wie wenig ich Clau noch gesehen habe, so richtig, unter uns. Er war pausenlos unterwegs, hatte Besuch, gab Einladungen, telefonierte. Ich versuchte, für Mechthild und mich Kleider zu bekommen oder Stoffe, damit wir für Rom etwas Richtiges zum Anziehen hatten. Mal gab es nichts zu essen, und wir hungerten wieder, mal hatte ich mehr bekommen, als ich zubereiten konnte, und musste etwas verschenken. Einmal hatte Clau Besuch, und ich konnte nur die Bohnensuppe anbieten, ohne Speck und ohne jede Einlage, das war peinlich. Clau klagte manchmal wieder über Bauchweh nach dem Essen, aber wir waren zu aufgeregt, um lange darüber nachzudenken. Meistens, wenn wir allein waren, schimpfte er auf die Engländer, die würden es sich zu einfach machen, jetzt würde er sich nichts mehr bieten lassen, und als Kardinal würde er ihnen schon zeigen, wie es weiterging. Er schimpfte viel, aber er verhielt sich ordentlich, wie früher, abwechselnd versuchte er zu verhandeln, diplomatisch zu sein, er hatte eigentlich doch nichts dazugelernt. Aber das war jetzt alles egal.

Journalisten kamen aus Amerika und von überall her, die ihn fotografieren wollten. Sogar ein Film wurde über ihn gedreht für die Wochenschau. Das war Claus Schwäche, wenn die ihm schmeichelten, wurde er übertrieben freundlich, ein bisschen eitel war er schon, und das war nie der Clau, den ich kannte, mein Clau, auf den Fotos oder im Film. Wenn er versuchte, so väterlich-freundlich zu gucken, das gelang ihm nicht. Es war eine falsche Freude, eine falsche Eitelkeit, irgendwie sah das alles nicht echt aus. Er sprach dann auch anders, so erhoben, ich weiß nicht, warum, aber er fühlte sich in seiner Berühmtheit nicht wohl, als müsse er ein Paar zu enger Lackschuhe tragen und habe ständig Schmerzen.

Mir waren die Fotos am liebsten, auf denen er richtig grimmig blickte, so als würde er gleich einen Wutausbruch bekommen, wie ein mittelalterlicher Herr, den seine Untertanen zu sehr gereizt haben. Das war der echte Clau, mein Clau. Das Schlimme war, dass ich damals spürte, wie schlecht es ihm wirklich ging, an diesen falschen Signalen, und es doch nicht ernst genug genommen habe.

Ende Januar war die Konferenz der Bischöfe mit General Templer, und Clau war nachher der Meinung, er habe sich durchgesetzt. Jedenfalls konnte er viele kleine Dinge erreichen, für die Schulen, die Gemeinden, aber ich war der Meinung, das hätte der General ihm vielleicht auch so zugestehen müssen, er hatte ihn nur gern gereizt und kämpfen lassen, um seinen Spaß zu haben.

Ich sehe mich den verschneiten Feldweg entlangfahren nach Vellern, Mechthild hatte eine Woche schulfrei bekommen für Rom, und die anderen waren neidisch auf sie. Sie nahm alles ganz ernst und arbeitete in den Schulbüchern vor, um nicht in Rückstand zu geraten. Wir übten ein paar Sätze Italienisch, damit sie sich ein bisschen verständigen konnte.

Ich hatte damals einen Traum, der mir heute immer wieder einfällt, ich war mit ausgetrocknetem Mund wach geworden und hatte im ersten Moment nur gespürt, wie tief ich geschlafen hatte, dann war mir eingefallen, was ich geträumt hatte: Clau war in meinem Traum immer kleiner geworden, wie eine Figur in einer Modelleisenbahn sah er schließlich aus, die man in die Hand nehmen und bemalen konnte, ja und ich hatte ihn so mit mir herumgetragen, er hatte überhaupt kein Gewicht mehr gehabt, selbst für eine solch kleine Figur, und irgendwann hatte ich ihn weggeworfen, weil er mir wertlos vorkam. Damals hatte ich nicht mehr an den Traum gedacht, aber ein paar Wochen später fiel er mir ein und ließ mich seitdem nicht mehr los. Ob ich mir gewünscht hatte, ihn los zu sein? Dass er sterben solle? Wollte ich ihn so klein haben, dass ich ihn beherrschen konnte? War ich selbst die kleine Figur?

Am 8. Februar fuhr er los, ich weiß noch genau, wie wir sein Gepäck ins Auto trugen, bis Frankfurt reiste er mit dem Wagen, ab da würde er die Bahn nehmen. Unser Abschied war kühl gewesen, aber ich begriff, wie nervös Clau war, er redete nur von dem Gepäck, von seinen Sachen, seiner Wäsche, seinen Manuskripten. Es war so geplant, dass er auf der Reise eine Menge Termine hatte, dann noch seinen

Bruder besuchen wollte und erst am 16. März zurück nach Münster kommen würde, wo eine große Feier und Kundgebung der Stadt geplant war.

Beim Abschied zischte er mir etwas zu, das ich nicht richtig verstand, es ging um die Mappe, die er mir gegeben hatte, aber sollte ich sie nun nicht öffnen oder durchlesen? Es war eine Sammlung von Dokumenten über Leute, die bei den Nazis mitgemacht hatten, jetzt aber untergetaucht waren oder unter anderen Namen weiterlebten, solche, die wirkliche Verbrecher waren, Menschenschinder, Sadisten, und solche, die einfach Clau einmal durch irgendetwas geärgert hatten. Der junge Lehrer von Mechthilds Schule stand darin, der Rektor, der ihn am Besuch des Religionsunterrichts gehindert hatte, er sammelte Material über sie, ließ sie beobachten, verfolgte ihre Bemühungen, sich reinzuwaschen. Clau hatte Angst, dass die Unterlagen gestohlen werden konnten, dass jemand sie bei ihm suchte, er hatte mich gebeten, sie in Vellern zu verstecken. Was er damit vorhatte, wusste ich nicht, vielleicht wollte er sich an dem einen oder anderen rächen? Wollte er verhindern, dass einige von denen wieder ganz normal auf ihre alten Stellen zurückkehrten, vielleicht sogar befördert wurden? War das nicht unchristlich, so lange seine Rache vorzubereiten? Aber warum hatte er Angst um diese Mappe? Warteten die Amerikaner darauf? Wollte er sie den Engländern verkaufen? Er hatte wohl viel mehr gewusst, als er mir sagte, und das alles schriftlich festgehalten, falls ihm etwas passieren sollte. Es waren wohl noch viel schlimmere Verbrechen darin notiert. Aber sollte ich sie nun öffnen oder nicht? Sollte ich wissen, was darin stand oder gerade nicht? Brachte ich mich damit in Gefahr?

Wir hatten noch eine Woche bis zu unserer Abreise, ich räumte in Münster alles auf, schloss ab und fuhr für die letzten Tage nach Vellern. Albert ging es gut, das freute mich jeden Tag zu sehen, er hatte es verdient, er ruhte sich nicht aus, aber man merkte, dass er manchmal wieder fröhlich war, wie früher. Mechthild und ich packten schon jeden Tag etwas in unseren Koffer, wir hatten nur einen großen zusammen, aber das würde reichen. Wir brauchten vor allem Proviant für unterwegs.

Eines Abends, als Mechthild schlief, holte ich die Mappe aus ihrem Versteck, ich hatte sie in der Scheune unter einem Brett deponiert, dort würde sie niemand suchen. Es war so ähnlich, wie ich mir gedacht hatte, lauter Anklagen in Claus schwungvoller Schrift, die Leute, die ihn schikaniert hatten, die Verlogenen, die mit den Verbrechern zusammengearbeitet hatten, und einen roten Ordner gab es, nur über Kirchenleute. Natürlich stand ein großes »Waschlappen« außen drauf. Clau hatte zusammengetragen, was die Bischöfe, der Nuntius, der Papst getan und versäumt hatten, die Verfehlungen der Einzelnen genau protokolliert, was sie in den Konferenzen gesagt und was sie stattdessen getan hatten, wer nachgegeben und kooperiert hatte. Er hatte die gemeinsame Schuld fein säuberlich jedem Einzelnen zugeteilt. Ich fand das Ganze sehr unangenehm, schämte mich für Clau und hätte es am liebsten niemals gesehen. Sofort steckte ich die Mappe wieder zwischen die Bretter, wahrscheinlich liegt sie heute noch da unten, ich habe sie nie wieder herausgeholt. Mit diesen Akten hätte man eine Menge Bischöfe und Würdenträger zum Rücktritt zwingen können, sogar den Papst hätte man damit anklagen können. Vielleicht hatte Clau ja doch ausdrücklich verboten, dass ich in die Mappe schaute?

Das war typisch für ihn, alles aufzuschreiben und aufzubewahren, er wollte es wohl nur benutzen, wenn etwas passierte, jemand zu heftig log oder sich etwas Neues zu Schulden kommen ließ. Vielleicht hatte es ihm auch gut getan, das alles zu sammeln, und er hatte damit einfach überlebt. Natürlich wusste er viel, und das war für manchen gefährlich. Der eine oder andere konnte den Verdacht haben, dass Clau nicht schweigen würde. Jetzt denke ich wieder, dass Clau doch wollte, dass ich alles wusste. Mir war, als hätte ich diesmal in sein Herz gesehen, in alle tiefen Ecken und Verstecke. Seine Wut und sein Wunsch nach Rache waren ja berechtigt, nur es war das Ordentliche, kühl Gesammelte, was mich daran erschreckte.

Aber das vergaß ich, als wir endlich losfuhren. Es war die erste Reise in meinem Leben, noch nie war ich über das Münsterland hinausgekommen. So zurückgeblieben hatte ich gelebt. Mechthild nahm das alles selbstverständlich hin, aber ich war die ganze Zeit aufgeregt, schaute staunend aus dem Fenster, sah das zerstörte Land, und zwischendurch wirkte wieder alles ganz normal, ein paar Dörfer, Bauernhöfe, ein Fluss und eine Vorstadt, die fast heil aussah. Wir mussten in Frankfurt und in Stuttgart umsteigen, dort war alles kaputt, und die Züge hatten stundenlang Verspätung. Oft blieben wir auf freier Strecke stehen, oder es ging nur zockelnd voran.

Wir fuhren durch die Schweiz, wir sahen die Alpen, hier war alles unzerstört und friedlich, wir kamen nach Italien, und plötzlich lag eine liebliche, herrliche, schon frühlingshafte Landschaft vor uns, und ich sagte mir, ich bin endlich angekommen, hier will ich für den Rest meines Lebens bleiben. Ich genoss jeden Moment, das Umsteigen in Mailand, die herrlichen kleinen Städte, die wir vom Zug aus sahen, die Dörfer, die hoch auf einem Berg lagen, man konnte überall etwas zu essen kaufen, und ich leistete mir eine Flasche Rotwein, die ich in der Nacht trank.

In Rom war es warm, es gab ein großes Durcheinander, bis wir den Weg zu unserer Pension fanden, die von Nonnen geführt wurde, aber dann war alles gut. Es gab Mittagessen, wir schliefen danach, dann machten wir einen ersten Spaziergang, und ich wurde nicht satt davon. Wenn Mechthild nicht gewesen wäre, wäre ich am liebsten die ganze Nacht durch die Straßen gelaufen, hätte ab und zu in einem Café etwas getrunken, wie Clau es mir erzählt hatte. Es war so mild, dass man draußen sitzen konnte. Wir hatten zwei Tage ganz frei, und ich merkte, dass mir Clau nicht fehlte. Ich hatte den rasenden Wunsch, hierbleiben zu dürfen, für immer, eine Stelle als Haushälterin bei einem Deutschen oder in einer Pension würde ich auch finden, das war alles, was ich brauchte.

Natürlich sagte ich Mechthild nichts davon, aber sie wunderte sich über meine Begeisterung, ihr gefiel das stundenlange Umherlaufen nicht, sie mochte das Essen bei den Nonnen nicht, aber sie hielt sich tapfer bei mir. Bestimmt gab es hier eine deutsche Schule, in die Mechthild hätte gehen können. Wir brauchten nur hierzubleiben, das Land zu verkaufen, eine Wohnung zu suchen. Das Leben war hier sehr billig, die Lebensmittel, die Kleidung, die Schuhe, wir hätten es schaffen können.

In der Sixtinischen Kapelle saßen wir ganz vorn, wir hatten reservierte Plätze, aber trotzdem konnten wir nicht viel sehen. Clau saß weit weg mit den anderen Kardinälen. Sie trugen den Papst mit seinem Thron herein, irgendwas machten die Träger falsch, denn er schwankte so stark, und Mechthild musste lachen, es sah aus, als würde der Papst herunterfallen.

Es war wie in ihrem Traum. Clau und die anderen Kardinäle mussten ihm einzeln die Hand küssen und ihren Eid leisten. Clau gehörte jetzt zu denen, die den nächsten Papst wählen würden, und zu den Kandidaten, das wurde mir auf einmal klar. Wir sahen ihn nicht einmal von nahem oder konnten mit ihm sprechen. Ich winkte ihm zu, aber er schien uns nicht gesehen zu haben. Er hatte noch ein volles Programm mit Reisen nach Tarent und Bari, er wollte deutsche Kriegsgefangenenlager besuchen und würde wahrscheinlich wieder mit jemandem streiten. Er sah nicht gut aus, das bemerkte ich, so als würde er sich oder ein bestimmtes Gefühl unterdrücken.

Unser Zug ging schon abends, und ich konnte es nicht fassen, dass ich diese Stadt verlassen musste. Ich würde wiederkommen, das schwor ich mir. Ich sprach mit Mechthild darüber, ob sie nicht Lust hatte, ein Jahr hier zu leben, zur Schule zu gehen, Italienisch zu lernen, aber sie war starrköpfig und wollte nur nach Vellern zurück. Ich hasste jetzt dieses kalte, hässliche, kaputte Deutschland, ich wollte es nie mehr wiedersehen.

Ich hasste das langweilige, flache, beschränkte Münster, als wir zurückkamen, mit seinen schwerfälligen, dickköpfigen Menschen, ja sie hatten buchstäblich große, schwere Köpfe, und sie machten damit ihr Leben schwer. Ich hasste diese unbeweglichen, plumpen Körper, angefüllt mit schlechten Gedanken über ihre Mitmenschen, die sie sich aber nicht auszusprechen trauten, ich hasste diese lahmen Gestalten, die sich nur hinschleppten, anstatt zu gehen, noch nicht einmal richtig laufen konnten sie. Die Kälte, die ich immer ausgehalten, aber für normal gehalten hatte. Die Einsamkeit, mit der hier jeder lebte, als müsse das so sein, als könne man nicht immer zusammen sein, lachen, trinken, als sei das eine Sünde oder schädlich.

Ich merkte, dass ich mich immer angepasst, aber nie das gefunden hatte, was ich brauchte. Ich brauchte nur ein bisschen freundliche Landschaft, etwas Wärme, etwas mehr Lebendigkeit. Die Westfalen waren ja jetzt schon tot! Sie bereiteten sich ihr ganzes Leben auf die Totenstarre vor und übten schon als Kinder! Sie kapierten so langsam, oder sie stellten sich dumm, das war bei ihnen ein Zeichen von Intelligenz. Ich merkte, dass ich überhaupt nie gelebt hatte.

Ich hasste die zufriedenen Gesichter, die man überall wieder sah, zufrieden über ein kleines Geschäft, bei dem man jemanden übers Ohr gehauen hatte, zufrieden mit sich selbst, wir haben nichts getan, sagten diese Gesichter. Das war ja das Schlimme, sie hatten nichts getan! Ich auch nicht, aber ich war nicht zufrieden.

An Amerika dachte ich überhaupt nicht mehr, ich war wie besessen von der Idee mit Rom, ich wusste, dass ich nun mein Ziel gefunden hatte. Mechthild war mir fremd vorgekommen auf dieser Fahrt, ihr Eifer, in der Schule alles richtig zu tun, es allen recht zu machen, die freudige Eile, mit der sie wieder zu der Herde lief, ihr Starrsinn, ich hatte das Gefühl, dass wir nicht mehr übereinstimmten oder etwas Gemeinsames verloren hatten, ich wusste nicht, was. Ich wünschte mir, dass sich alles noch einmal ändern möge, dass ich nicht jahrelang zwischen dem Palais und dem Hof pendeln musste, dass mich jemand erlöste. Nein, so viel hatte ich gelernt, dass mich niemand erlösen würde, ich musste mit aller Kraft daran arbeiten. Im Grunde war schon alles geschehen, ich wusste nicht, wie stark mein Wünschen war, ich spürte die Veränderung, aber ich hatte keine Ahnung, wie plötzlich sie kommen würde.

Es war entsetzlich kalt in Münster, regnete, und ich verstand nicht mehr, wie die Leute es hier aushielten. Schon stritt ich mich mit den Lieferanten, den Marktfrauen, mit Pater Bart, mit einem fremden Priester, der plötzlich etwas von Clau wollte. Ich war immer davor zu explodieren, mein Bauch war zusammengekrampft, und es gelang mir nicht, ihn zu entspannen. Ich wollte kein Platt mehr sprechen, dieses Seufzen und das »Jaja« gingen mir auf die Nerven, dieses kleinliche Abrechnen, das Nachtragende.

Alles drehte sich jetzt um das große Fest, ich hörte nichts von Clau, ich musste es allein vorbereiten. Er würde erst am Abend vorher nach Hause kommen, ich hatte keine genauen Anweisungen und entschied alles allein. Ich nahm mir vor, sofort danach zu kündigen, Mechthild mit nach Rom zu nehmen, ich würde mich nach der deutschen Schule erkundigen, nach den Formalitäten, nach Möglichkeiten, eine Stelle zu finden. So oft hatte ich mir das vorgenommen, diesmal spürte ich, dass es ernst war. Ich sprach mit Albert darüber, der nicht begeistert war, das war ja klar, auch riet er mir, Mechthild fürs Erste hierzulassen und später nachzuholen. Ich stritt mich sogar mit Albert. Ich stritt mit Thea und mit Mechthild, ja, sie schrie mich einmal an, weil sie genug hatte von meinem Meckern, das konnte ich sogar verstehen.

Am 15. März musste ich im Palais sein, weil Clau zurückkommen wollte. Ich erwartete nichts von ihm, er würde ja doch keine Zeit haben. Ich mochte eigentlich lieber nicht mehr bei ihm sein, wenn ich mir das recht überlegte. Ich hatte Mehl bekommen und selbst Brot gebacken, die frischen Laibe lagen zum Auskühlen in der Küche, aber es schmeckte mir nicht, in Rom hatten sie ein helles, knuspriges Brot gehabt, unordentlich geformt, voller großer Löcher, danach sehnte ich mich. Es war zehn oder noch später, als das Auto vor dem Palais ankam. Clau sah schlecht aus, er wollte nichts mehr essen, nur sofort ins Bett. Er kniff den Mund zusammen, das kannte ich von ihm nicht. Er war die letzten Tage bei seinem Bruder in Merfeld gewesen, das musste doch erholsam gewesen sein. Aber ich wollte nicht fragen, und er hatte keine Lust mehr zu erzählen. Im Schlafzimmer war es ihm zu kalt, und ich musste ihm eine Wärmflasche bringen, die er sich auf den Bauch legte, er keuchte laut, als bekäme er keine Luft. Er trank noch ein paar Schnäpse, die ich ihm holte, dann schlief er mit offenem Mund ein.

Ich musste ihn um sechs wecken, denn um neun war der Gottesdienst in Telgte. Er hatte schlechte Laune, seine Verdauung klappte nicht, er wollte auch nicht frühstücken. Ich sah ihn wegfahren, ich fuhr nicht mit, ich wollte nachher auf dem Domplatz warten. Mechthild kam, wir aßen zu Mittag, dann beobachteten wir die Menschenmenge. Wir gingen auch nach draußen und sahen die Kutsche mit Clau und dem Oberbürgermeister näher kommen. Beide stiegen aus und gingen auf das Palais zu, davor sollte eine Ansprache sein. Die Menschen waren aus dem Häuschen, sie riefen und jubelten und klatschten, es war, als würde ihnen nun alles vergeben, da sie wenigstens einen Rechtschaffenen in ihrer Mitte gehabt hatten, als würden sie dadurch gerade noch gerettet und müssten ihre Dankbarkeit herausschreien. Das war es. Sie standen vor den Trümmern, dünn und hungrig und zerlumpt, wie viele waren, aber sie hatten jemanden, dem sie zujubeln konnten.

Clau hielt eine kurze Ansprache, es war grotesk, wie er strahlte vor Freude und Stolz, inmitten der Trümmer, inmitten der Schuldigen, inmitten derer, die schwerfällig und ernst mitgetrottet waren. Er war aufgeregt wie ein kleiner Junge, das merkte ich sofort, seine Stimme rutschte nach oben und war dünn, er sagte auch nur, dass er alles denen verdanke, die zu ihm gehalten hätten in der düsteren Zeit, dann war sowieso durch den Jubel und das Schreien nichts mehr zu verstehen. Clau winkte allen zu und ging gekrümmt zum Palais, als habe er Schmerzen. Ich hatte abgeschlossen und musste erst mit dem Schlüssel kommen, das sah komisch aus, wie er da vor der Tür stand und nicht reinkonnte. Er musste dringend aufs Klo, deswegen krümmte er sich so, ich schloss auf, und er rannte nach drinnen.

Er war erschöpft, aber gutgelaunt, seine Schmerzen schienen weg zu sein, aber er wollte nichts essen, nur trinken. Wir hatten kaltes Bier im Keller, davon trank er mehr, als mir gut schien. Er war leicht betrunken und saß immer noch in seinen Gewändern unten bei mir in der Küche.

Maria, das verdanke ich alles dir, sagte er plötzlich mit Tränen in den Augen.

Aber er rührte mich nicht, ich dachte an das, was ich getan, was ich gelitten und geschluckt hatte, und ich konnte mich nicht freuen. Ich gebe zu, das war meine Schuld, ich konnte seine Gefühle einfach nicht mehr erwidern.

Geh ins Bett, sagte ich, du siehst erschöpft aus.

Er nickte, so als habe ich etwas ganz anderes gesagt, als habe er verstanden, was ich gedacht hatte.

Wir müssen mal wieder reden, sagte er leise. Kommst du mit nach oben?

Ich wusste, dass er etwas anderes meinte.

Ich gehe weg, sagte plötzlich meine Stimme. Ich gehe nach Italien, ich will auch einmal etwas Schönes erleben, ich halte es hier nicht mehr aus.

Er sah mich erschrocken an, als habe ich das nicht schon hundertmal gesagt und geplant und doch wieder aufgegeben. Vielleicht hatte er den Ernst in meiner Stimme gehört.

Maria, komm mit rauf, sagte er, ich kann nicht mehr die Treppe hoch.

Er hatte wieder Schmerzen, und ich half ihm vorsichtig, nach oben zu gehen, sich auszuziehen, ins Bett zu gehen. Da ging es ihm wieder besser, und er schmunzelte.

So jemanden wie dich gibt es nicht noch mal, sagte er, aber ich wusste nicht, ob er das ernst meinte.

Ich musste fast weinen.

Ich will versuchen, Mechthild nachkommen zu lassen, ich möchte nach Rom, ich brauche von dir ein Zeugnis.

Das ist jetzt das Ende? fragte er. Ich wusste es. Ich habe früher jeden Abend die Stimme von da oben gehört. Seit das vorbei ist, bin ich allein.

Ich hatte nicht den Mut, ja zu sagen, ich ging einfach, wünschte ihm gute Nacht, legte mich ins Bett, zog mir die Decke über die Ohren, lag wach, horchte auf Geräusche von oben, aber es blieb alles ruhig.

Am nächsten Tag war wieder ein volles Programm, dabei hätte Clau dringend etwas Ruhe gebraucht. Erst das Pontifikalamt, dann die Gratulationsrunde im Borromäum, dann nachmittags der Kardinalsempfang im Twickel'schen Hof. Ich hätte das nicht mehr durchgestanden. Ich sah ihn nicht, ich machte ihm nur morgens das Frühstück, half ihm beim Anziehen, er hatte geschlafen und sah besser aus, aber er aß zu wenig. Ich schimpfte, aber das nützte natürlich nichts. Ich riet ihm auch, sich untersuchen zu lassen, aber da stieß er nur die Luft durch die Lippen.

Ich sah ihn den ganzen Tag nicht, blieb zu Hause, denn es regnete ununterbrochen, das weiß ich noch, ich heizte, saß in der Küche und las, in einer Mischung aus Enttäuschung und Wut, dabei wusste ich nicht einmal, was ich Clau überhaupt vorwarf. Er war doch nicht schuld, ich hatte alles mitgemacht und mich geduckt und war nicht frei gewesen.

Gegen sieben kam er nach Hause, ziemlich angetrunken, aber guter Stimmung, oder war das nur gespielt? Er wollte baden, und ich ließ ihm heißes Wasser ein. Er hatte einen roten Kopf, als er aus der Wanne kam, er wollte Bier, und ich holte es ihm. Er war irgendwie aufgelöst, haltlos, aber ich dachte an die Anspannung, und dass er jetzt nachgeben konnte, ein paar Tage Ruhe haben würde. Ich wagte nicht mehr, von Rom zu sprechen, aber ich schwor, mir meinen Plan nicht ausreden zu lassen, von niemandem. Ich riet ihm, den Arzt zu holen, sich untersuchen zu lassen, aber er hörte einfach weg. Er zog mich zu sich, als ich das Bier brachte, ich hatte keine Lust, aber ich wollte es ihm angenehm machen, er tat mir leid, wie er so bittend dalag, und ich legte mich zu ihm. Er war so drängend, so entschlossen an diesem Abend, das kannte ich nicht von ihm. Als es vorbei war, begann er zu weinen, aber offenbar hatte er Schmerzen.

Er bat mich, ihm eine Tablette zu bringen. Er krümmte sich wieder im Bett und war ganz heiß. Ich machte ihm noch eine Wärmflasche. Ich blieb bei ihm, die ganze Nacht, aber als das Wimmern immer schlimmer wurde und er nicht mehr bei Bewusstsein schien, rief ich den Arzt. Der war sofort da, innerhalb von zehn Minuten und zögerte auch nicht lange. Vielleicht hat er die Spuren der Nacht noch bemerkt, aber das war jetzt egal. Er ließ Clau sofort ins St. Franziskus bringen, er trieb die Sanitäter zu höchster Eile an, Clau müsse sofort operiert werden.

Ich ging später hin, sie ließen mich lange warten, dann sagte mir ein Arzt, Clau habe einen Blinddarmdurchbruch und werde gerade operiert. Ich war zuerst erleichtert, ich dachte noch, es reiche, den Blinddarm zu entfernen, das konnte ja nicht so schlimm sein. Ich blieb zu Hause und wartete. Mal räumte ich auf, aß etwas, las, aber die Abstände, in denen ich horchte und an Clau dachte, wurden immer kürzer. Dann dachte ich, dass ihn vielleicht jemand vergiftet hatte, wegen der Mappe und all dessen, was er wusste. Oder aus Rache. Konnte das sein?

Auf einmal hörte ich, wie er zu mir sprach, wie er sagte, ich müsse sofort kommen, er werde sterben, er müsse mich dringend noch einmal sprechen. Seine Stimme war ganz deutlich und laut gewesen, ich konnte mir das nicht eingebildet haben. Ich zog mich an und ging ins Krankenhaus, sie ließen mich aber nicht zu ihm. Er sei nicht bei Bewusstsein und habe sich von der Operation noch nicht erholt, sagten sie. Ich blieb eine Stunde vor der Tür sitzen, dann ging ich auf und ab, schließlich, als es ruhig war und mich niemand mehr beobachtete, öffnete ich vorsichtig die Tür. Clau schien zu schlafen, mit einem ärgerlichen Ausdruck im Gesicht, so als sei ich zu spät gekommen und habe alles verdorben. Ich berührte ihn an der Stirn, die mir heiß vorkam, er reagierte nicht, aber ich spürte, dass er lebte, dass er an mich dachte.

Ich komme wieder, sagte ich. Ich gehe nicht weg.

Aber er hörte mich nicht, und es war schon zu spät.

An den nächsten vier Tagen dachte ich überhaupt nichts mehr, ich rannte zwischen Palais und Krankenhaus hin und her, immer in der Hoffnung, Clau wäre wach, sie ließen mich jetzt zu ihm, aber immer war jemand anderes da, und ich konnte nicht richtig bei ihm sein. Die anderen waren alle sehr aufgeregt und besorgt und steckten einen nur an mit ihren Befürchtungen. Der Arzt ließ sich ja nicht herab, mir etwas zu sagen.

Von einer Schwester hörte ich nur, dass es sehr ernst war, dass er innere Vergiftungen habe. Stimmte das also doch mit dem Gift? Er wäre zu spät eingeliefert worden, ein oder zwei Tage früher wäre alles ganz einfach gewesen, er müsse doch starke Schmerzen gehabt haben? Manchmal ginge das in dem Alter aber auch ohne Schmerzen los. Sie traute sich nicht, mir alles zu sagen, aber ich wusste es sowieso, ich ließ es nur nicht in meinen Kopf. Vielleicht würde er eine Woche so liegen, er bekam Spritzen gegen die Schmerzen und gegen die Entzündung, aber er hatte die Narkose nicht gut vertragen, und er wurde einfach nicht wach. Einmal hatte er nach mir gerufen, sagte die Schwester.

Ich dachte nicht, ich begann zu beten, ich begann zu ihm zu sprechen, ich hörte seine Stimme, aber alles drehte sich durcheinander, und am dritten Abend blieb ich bei ihm. Er atmete kaum spürbar, er war weiß und bewegte sich nicht. Ich saß die ganze Nacht neben seinem Bett, zwischendurch schlief ich ein paar Mal ein. Als die Ärzte kamen, musste ich rausgehen, ich wusch mich zu Hause, frühstückte etwas und kam zurück. Ich hatte mir vorgenommen, so lange bei ihm zu sitzen, bis er wach wurde. Ich redete auf ihn ein, ich merkte, dass er mich hörte, und ich sagte ihm, was er hören wollte. Wir würden für immer zusammenbleiben, ich würde die Zähne zusammenbeißen und in Münster bleiben, ich würde alles tun, wenn er nur wieder gesund würde.

Albert kam mit Mechthild, Donders, Pater Bart, alle standen stumm vor dem Bett und trauten sich nicht zu reden. Am Nachmittag schlief ich ein paar Mal ein und schreckte hoch, weil Claus Hände sich bewegten, ich hielt sie, und ich spürte, wie er sich aufbäumen wollte, aber nicht konnte.

Maria, sagte er plötzlich, und ich küsste ihn, damit er spürte, wie nah ich war.

Die Augen hat er nicht mehr aufgemacht. Ich rief nach der Schwester, die holte den Arzt, und sie stellten sofort fest, dass Clau tot war.

Ich weiß nicht mehr, was ich empfunden habe. Das ist über zwanzig Jahre her. Er lag da so trotzig und unschuldig, als habe er von allem nichts gemerkt. Ich konnte es nicht glauben, dass er jetzt nicht mehr aufstand. Ich tat nichts. Ich ging nach Hause und schlief. Ich wusste, dass ich nun das Palais für immer verlassen musste.

Ich habe alles, was dann folgte, nicht richtig gesehen, so als wäre ich in einem Zoo und würde den Fischen durch die Scheiben der Aquarien zusehen. Ich begann erst am nächsten Morgen zu weinen. Ich wusste, dass Clau öffentlich aufgebahrt war, für drei Tage, dass viele dort vorbeizogen, aber ich hatte das Gefühl, damit gar nichts zu tun zu haben. Ich schlief sehr viel. Es war Frühling geworden, das weiß ich noch. Ich verstand auf einmal, warum Clau Priester geworden war, sich immer mit dem Jenseits beschäftigt hatte. Ich verstand es einfach so, ohne es in Begriffen fassen zu können. Er war jetzt dort, das war für mich ganz klar, das weiß ich auch heute noch. Ich höre ihn ja manchmal sprechen.

Wenn Gott das gewollt hatte, worin lag dann der Sinn? Clau hätte bestimmt widersprochen, er hätte sogar Gott widersprochen und dessen Rechtfertigung nicht gelten lassen. Aber die Krankheit musste einen Sinn haben, das war für mich ganz klar. Welchen? Ihn jetzt in diesem Moment wegzuholen, damit er so in Erinnerung blieb, mutig, erhöht, voller Genugtuung? Oder damit er sich nicht wieder verstrickte in Beschwerden und Eingaben? Damit er nichts Falsches sagte? Damit nicht herauskam, wie er wirklich war, wie er mit mir gelebt hatte?

Ich habe dann mein Versprechen gebrochen. Das Requiem, den Trauerzug, die Beisetzung, das habe ich alles nicht gesehen. Es hatte einfach keine Bedeutung mehr. Ein paar Tage war ich bei Albert, der natürlich mit Mechthild dabei sein wollte. Ich arbeitete auf dem Hof, wie so oft, und mein Kopf war leer. Ich fuhr den Traktor und säte mit der Maschine, das beruhigte mich. Ich war nur bei den Samenkörnern, die bald aufgehen und wachsen würden, ich war friedlich und haderte nicht. Nachdem klar war, dass ich nichts erben würde, besprach ich mich lange mit Albert. Er und Thea waren der Meinung, ich solle Mechthild erst mal weiter hierlassen und nachholen, wenn ich da unten etwas gefunden hatte. Albert sorgte auch dafür, dass ich vom Domkapitular ein hervorragendes Zeugnis bekam, in Deutsch, Latein und Italienisch, für alle Fälle. Ich hatte ja praktisch nichts. Mein Zimmer im Palais hatte ich schon ausgeräumt. Mir war nur der Ring geblieben; die Bücher, die Clau mir geschenkt hatte, waren verbrannt. Mechthilds Vermögen, das Land, das sie von Clau bekommen hatte, das Sparbuch, würde ich nicht anrühren, jedenfalls nicht, solange sie in Vellern blieb. Albert verfügte darüber und würde besondere Ausgaben für sie davon bezahlen. Er liebte die drei Kinder, sie waren für ihn das Wichtigste. Ich erzählte

Mechthild nicht die Wahrheit, ich konnte es einfach nicht.

Ostern war ich schon in Rom, ich konnte es nicht glauben, dass ich mich so schnell von allen getrennt hatte, aber ich war immer noch fast bewusstlos. Ich fand eine Stelle bei einem jungen amerikanischen Rechtsanwalt, der etwas deutsch sprach, er lebte allein in einer großen Wohnung, in der auch die Kanzlei war, er hatte keine Frau und keine Kinder und genau so jemanden wie mich gesucht. Er half mir, ein kleines Zimmer in der Nähe zu finden, und ich ging jeden Morgen in die Wohnung, räumte auf, putzte, kaufte ein, kochte, er kam dann herüber zum Mittagessen, danach hatte ich Pause, am Abend bereitete ich wieder das Essen zu. Ich aß immer dort, ich verdiente zuerst nicht viel, aber ich brauchte ja kaum etwas, nur für die Miete und Kleidung.

Das Schönste waren die Nachmittage, wenn ich frei hatte und in Rom herumspazierte. Ich lernte immer mehr Italienisch, ich traf jemanden, mit dem ich sprechen konnte, im Park, in den Geschäften, im Café, und am liebsten wäre ich den ganzen Tag so herumgelaufen. Es war, als lebte ich zum ersten Mal in einem mir gemäßen Klima, in einer für mich passenden Umgebung, als wäre ich endlich zu Hause. Jeden Abend freute ich mich auf den nächsten Tag, und das hatte ich in meinem ganzen Leben noch nicht getan.

Es war nicht einfach mit dem Anwalt, er reagierte empfindlich, er vertrug vieles nicht, und er musste Diät halten; oft hatte er Heißhunger, und es reichte ihm nicht, dann ließ er wieder tagelang fast alles stehen. Er kümmerte sich nicht um mich, und vielleicht war das auch gut. Er gab mir das Geld, und damit fertig. Er fragte zwar mal nach dem Zimmer, aber das war alles. Manchmal kam seine Mutter zu Besuch, und dann musste alles sehr sauber und aufgeräumt sein. Ich wusste nicht, was er eigentlich dachte, wie er lebte, er musste doch noch etwas anderes haben als nur die Arbeit, aber es ging mich nichts an. Ich blieb viele Jahre bei ihm, viel länger als ich bei Clau war, und doch habe ich sehr wenig von ihm erfahren. Er schenkte mir zu Weihnachten etwas, zum Geburtstag, er erhöhte mein Gehalt, er half mir bei der Einbürgerung. Danach bin ich aus der Kirche ausgetreten. Es ist erstaunlich, dass man immer noch einen neuen Lebensabschnitt anfangen kann, auch mit sechzig. Ich hatte viel Zeit zum Lesen und zum Lernen.

Jetzt bekomme ich eine Rente, und ich habe das Zimmer behalten. Alles andere scheint zu versinken, es kommt mir komisch vor, dass sich mein Leben in dieser kalten nördlichen Stadt abgespielt haben soll, dass ich in den Trümmern ausgehalten und etwas empfunden haben muss. Es ist nicht ganz vergangen, aber auch nicht mehr lebendig. Ich kann nicht mehr verstehen, was diese Mappe für eine Bedeutung hatte.

Mechthild ist nie nachgekommen. Sie schrieb mir jede Woche, und immer endeten die Briefe damit, dass sie gern weiter auf ihre Schule gehen und in Deutschland bleiben wollte. Sie war genau wie Clau. Natürlich vermisste ich sie. Die deutsche Schule wäre mit dem Bus über eine Stunde entfernt gewesen, und ich hätte sie von meinem Geld nicht einmal bezahlen können. Albert schrieb manchmal, welche Fortschritte sie machte, und auch er blieb bei seiner Meinung. Sie kam mich einmal in den Ferien besuchen, aber sie hatte Angst, dass ich sie dabehalten wollte.

Ich bin nie mehr nach Deutschland gefahren, ich wollte es einfach nicht wiedersehen, ich hatte kein

Heimweh nach Vellern oder Münster. Vielleicht fahre ich jetzt noch einmal, aber ich habe nicht so viel Geld. Als Albert starb, hat er mir einen Teil des Hofes vermacht, er ist verpachtet, und ich bekomme eine monatliche Rente. Thea ist mit den Kindern nach Münster gezogen. Mechthild hat es bis zum Abitur ausgehalten, aber sie wollte nicht studieren. Sie hat eine Lehre als Fotografin gemacht und geheiratet. Ich wurde nicht gebraucht, oder ich redete mir das ein, weil es so einfacher war. Bis heute hat sie nichts erfahren, und bis heute hat sie auch keine Kinder. Manchmal schreibt sie, dass sie mit ihrem Mann nach Rom kommen will, aber bisher ist nichts daraus geworden. Ich kenne ihn nicht einmal.

Ich erwarte nichts mehr, ich habe mein Zimmer streichen lassen, habe mir neue Schuhe gekauft, gehe viel spazieren und leiste mir ab und zu ein Essen in dem kleinen Restaurant in unserer Straße. Dort kenne ich ein paar Leute. Einen Fernseher will ich nicht. Ich habe ein Radio, das genügt mir. Ein paar Jahre werde ich noch leben, das weiß ich. Oft kommt es mir vor, als wäre alles gar nicht passiert, so gespenstisch weit weg liegt es, so entfernt bin ich davon. Es ist, als hätte ich nur davon gelesen oder einen Film darüber gesehen. Als sei meine Seele gewandert. Manchmal bin ich wohl ein bisschen durcheinander. Claus Stimme höre ich immer noch, auch wenn es komisch ist, dass er manchmal Italienisch spricht.

Roland E. Koch
Unter fremdem Himmel
Roman
ISBN 978-3-937717-46-3
240 S., gebunden
€ 19,80, SFr. 34,60

»Roland Kochs Roman verfolgt in der Manier eines modernen poetischen Realismus die ›Kriechströme‹ (Karl Schlögel) der osteuropäischen Migration in der deutschen Provinz. Er gibt den Migranten keine Geschichte, aber eine Gegenwart und eine Zukunftsoption. Ein lesenswertes, ein nachdenkliches, ein eindringliches Buch!«
Michael Braun, Kölner Stadt-Anzeiger

»Über den ganzen Text, der aus der Sicht des Ich-Erzählers Simon geschrieben ist, legt sich bleischwer, was Herta Müller einmal ›die große Angst‹ genannt hat. Immer wieder und plötzlich überfallen den Erzähler Erinnerungen an einstige Verletzungen. […] Ein tief bewegender Roman. Wenn es aus der Lektüre eine Lehre zu ziehen gelte, könnte dies die anhaltend aktuelle Frage des Philosophen Theodor W. Adorno sein, ob so etwas wie das richtige Leben im falschen möglich sei.«
Werner Jung, Neues Deutschland